教育部职业教育与成人教育司推荐教材
中等职业学校计算机技术专业教学用书

Photoshop 8.0 案例教程

（第2版）

石文旭　主编

王　筠　石冬梅　张安健　等参编

電子工業出版社
Publishing House of Electronics Industry
北京·BEIJING

内 容 简 介

本书是根据当前中等职业学校的实际需要及设计人员的普遍要求而编写的一本关于 Photoshop 8.0 的实例型、专业型、应用型教材，突出实用、专业、经典、有趣的特点。本书分为三部分：第一部分为第 1 章至第 4 章，着重讲解 Photoshop 8.0 的基本概念及重要功能；第二部分为第 5 章，着重讲解了软件使用人员必须掌握的平面构成、美学艺术知识；第三部分为第 6 章至第 8 章，以经典、富有针对性的实际案例讲解了数码影像的处理、商业广告的设计以及 Photoshop 8.0 运用中的高级技巧。

本书适合作为中等职业学校计算机类专业和 Photoshop 平面设计培训班的教材，以及广大爱好者学习电脑美术、网页制作的参考用书。

本书还配有电子教学参考资料包内容包括素材文件、教学指南、电子教案、习题答案（详见前言）。

图书在版编目（CIP）数据

Photoshop 8.0 案例教程 / 石文旭主编. —2 版. —北京：电子工业出版社，2009.8
教育部职业教育与成人教育司推荐教材. 中等职业学校计算机技术专业教学用书
ISBN 978-7-121-09036-3

Ⅰ. P…　Ⅱ. 石…　Ⅲ. 图形软件，Photoshop 8.0－专业学校－教材　Ⅳ. TP391.41

中国版本图书馆 CIP 数据核字（2009）第 095923 号

策划编辑：关雅莉
责任编辑：关雅莉　肖博爱　　特约编辑：李新承
印　　刷：北京天宇星印刷厂
装　　订：三河市皇庄路通装订厂
出版发行：电子工业出版社
　　　　　北京市海淀区万寿路 173 信箱　邮编 100036
开　　本：787×1092　1/16　印张：18　字数：460.8 千字
印　　次：2009 年 8 月第 1 次印刷
印　　数：8 000 册　　定价：28.00 元

前　言

许多中等职业学校计算机类专业的学生和从事计算机图像处理工作的朋友都有这样的体会，已经学会了某个软件的基本使用方法，可要去解决设计中的一些实际问题时都觉得无从下手。深究其原因后发现，这一现象是综合运用软件的能力不够所造成的。

计算机是工具，是为我们工作服务的，学习使用计算机就必须和我们所从事的专业紧密结合起来，这样才能学有所用、学有所成。要实现这一目的就需要有一本好的启蒙、进阶教材或参考书，而本书就是为解决在学习 Photoshop 8.0 中出现的诸多实际问题而编写的。本书突出实用、专业、经典、易趣的特点。

本书在内容安排上打破了传统的逐一介绍手法，内容组织别具匠心，章与章联系紧密。通过该教材的学习，能使学生在学习该应用软件理论知识的同时，领悟到平面设计的要领与精髓，从而拓展了学生的设计创造能力。

“实用”是指：书中的针对性案例给读者提供了解决设计中常见问题的方法，让读者一学就会，稍加改动便可运用到设计中，效果立竿见影。

“专业”是指：本书列举的案例和使用的专业术语都是平面设计中常用的内容，读者在掌握后能顺利过渡到工作中。

“经典”是指：本书所列举的案例都是经过笔者精心设计的，这些案例能反映流行设计理念，看似信手拈来，可全是经典文章哦！

“易趣”是指：全书内容易学、易懂、易操作，读者能轻松掌握，能激发读者的创作兴趣和激情。

本书结构清晰，内容组织别具匠心，各章内容联系紧密，且可操作性强，对所有针对性案例均列出了详细的操作步骤，读者只要按照书中的步骤一步一步操作，就可轻松掌握所讲内容，从而达到活学活用、现学现用的目的。我们深信，通过本书的学习后，在今后的应用中能够游刃有余，实现质的进步。

本书由石文旭主编，武马群、俞瑞钊两位院长主审，参加编写的人员有：石文旭、王筠、石冬梅、张红梅、罗明章、何明亮、敖万成、罗光先、丁中博、苏燕、赵蓉光、张安健、张家俊。另外，在本书的编写过程中得到了日月广告公司的帮助，在此表示衷心感谢。

在使用本书时，可根据与本书所配套的电子教案包及练习册进行教学安排及学习。

由于作者水平有限，书中错误及不妥之处在所难免，敬请广大读者批评指正，我们的E-mail: swx@scwbh.com。

为了方便教学、本书还配有电子参考资料包，内容包括素材文件、教学指南，电子教案、习题答案（电子版），请有此需要的教师登录华信教育资源网（http://www.hxedu.com.cn）下载或与电子工业出版社联系，我们将免费提供，E-mail: hxedu@phei.com.cn。

编　者

2009 年 8 月

目 录

第1章　Photoshop 8.0 概述

本章要点

- ◆ Photoshop 8.0 的界面布局及基本组成。
- ◆ 掌握 Photoshop 8.0 的常用启动与退出方式。

Photoshop 8.0 是 Adobe 公司开发的全球最优秀的图像处理软件之一，它把选择、绘画、编辑处理、色彩校正和特殊效果有机地统一起来，成为一个强大的数字成像系统。通过使用神奇而艺术的 Photoshop，我们可以将自己心中想象的艺术，形象地表现出来。经过不断地发展和创新，Photoshop 8.0 的功能又得到进一步增强，为用户提供了更富有创新的图像处理和绘图工具。通过本章的学习，使我们对 Photoshop 8.0 有一个概括了解。

1.1　Photoshop 简介

Photoshop 最初是由 Michigan 大学的研究生 Thomas Knoll 开发的程序，后来，在 Knoll 兄弟和 Adobe 公司的共同努力下，Photoshop 成为了一款优秀的图形编辑软件，并在 20 世纪 90 年代初推出。1994 年 9 月，Adobe 公司又与生产 FreeHand 产品的 Aldus 公司合作，使 Photoshop 的版本不断升级，功能不断增强，Photoshop 成为一个功能十分强大的电脑图像制作工具，从而在图像处理领域中占领了市场。

如今，Photoshop 是微机处理图像的首选软件，目前仅在中国的用户就已逾千万。Adobe 公司新近推出的 Photoshop 8.0 不仅继承了 Photoshop 7.0 的所有优点，而且新增了一些功能，使其更加完善，操作更加简单和方便。

Photoshop 具有丰富的内容和无穷的魅力，广泛应用于广告创意、平面构成、三维效果处理、图像后期合成等。

下面我们先对 Photoshop 的常用功能进行简单的介绍。

① 工具箱中的铅笔、画笔、历史画笔、油漆桶、橡皮擦、图章等工具可以实现基本的绘图功能。

② 工具箱中的选框、套索、魔棒、移动等工具可以实现图像的选取与图片剪裁等功能，并可以对选取区域进行增减、移动和变形等操作。

③ Photoshop 支持多种色彩模式，可以对色彩进行调节和控制，并能对黑白图片上色，修复图片缺陷等。

④ 支持多图层处理图像功能，可以对图层进行合并、镜像、翻转、移动和复制等操作，并可以控制图层的视觉效果。

⑤ 文字处理和样式功能，可以让我们制作出色彩缤纷、姿态万千的艺术字，并能实现一定的三维立体效果及奇妙的灯光效果。

⑥ 支持多种格式的图像文件，图像的调整功能使 Photoshop 在众多的图像软件中独占鳌头。

⑦ 与因特网紧密联系，使我们可以方便地实现预览和自建网页图片库等功能。

⑧ 历史记录允许用户几乎无限次地撤销和恢复到历史操作的某一步。

当然，Photoshop 的强大功能在这里不可能逐一列举，在后面的章节中会进行详细介绍。

1.2 Photoshop 8.0 的界面布局与基本组成

了解 Photoshop 8.0 的界面布局和基本组成是快速入门的基础。通过熟悉界面的布局和基本特性的使用，可以让我们工作起来更加得心应手。

1.2.1 界面布局

打开 Photoshop 8.0，一个友好、直观、丰富的界面就会展现在面前，这就是绘制图形大显身手的地方，也是我们扬帆远航、实现梦想的“加油站”，其界面布局如图 1.1 所示。

图 1.1 Photoshop 8.0 界面布局

从图 1.1 中可以看出 Photoshop 8.0 的界面由标题栏、菜单栏、工具属性栏、工具箱、图像文件、桌面、浮动控制面板、状态栏组成。

1.2.2 基本组成

1. 标题栏

标题栏用于控制 Photoshop 8.0 的工作界面，如图 1.1 所示。单击工作界面左上角的图标图标，会打开 Photoshop 8.0 视窗的控制菜单：恢复、移动、大小、最小化、最大化和关闭，双击图标会快速关闭 Photoshop 8.0 程序，所以许多人又称该图标为“控制盒图标”。此外，在标题栏空白处单击鼠标右键也可以弹出控制菜单。标题栏右上角的按钮从左至右依次为最小化按钮、最大化/还原按钮、关闭按钮。

2. 菜单栏

在 Photoshop 中，菜单命令是非常重要的，只有掌握了菜单命令的使用方法，才能创造出丰富多彩的图像。菜单栏位于工作区的上方，它包括“文件”菜单、“编辑”菜单、“图像”菜单、“图层”菜单、“选择”菜单、“滤镜”菜单、“视图”菜单、“窗口”菜单和“帮助”菜单，如图 1.2 所示。

文件(F)　编辑(E)　图像(I)　图层(L)　选择(S)　滤镜(T)　视图(V)　窗口(W)　帮助(H)

图 1.2　菜单栏

下面我们对每个菜单的基本功能进行简要说明。

文件(F) 菜单：主要对图形文件进行建立、打开、存储、输入/输出等操作。

编辑(E) 菜单：主要对图形文件进行复制、粘贴、填充、变换等操作。

图像(I) 菜单：主要控制图像文件的色彩模式、颜色修正和图像尺寸。

图层(L) 菜单：主要对图像进行层控制和编辑。

选择(S) 菜单：主要对图像进行选取和对选区进行控制。

滤镜(T) 菜单：可以为图像添加各种特效滤镜。

视图(V) 菜单：主要进行视窗控制。

窗口(W) 菜单：主要进行桌面环境的控制。

帮助(H) 菜单：为用户提供帮助信息。

单击菜单栏里的任意一个菜单项就会出现相应的下拉菜单。下拉菜单是与工具箱完全不同的命令组，它采用了典型的视窗风格，几乎将 Photoshop 8.0 的所有命令都集成在里面，与工作界面下方的状态栏相呼应，每一个菜单命令都能完成一个特定的功能。

在菜单命令中，如果其后有“▸”符号，则表示隐藏有子菜单；如果其后有“…”符号，则表示在执行该命令时会打开一个对话框；如果菜单命令前有“✔”符号，则表示该命令处于有效状态，当然，有的菜单命令还具有键盘快捷键。如果菜单命令呈灰色显示，则说明该菜单命令此时不可使用。

和很多软件一样，按“Alt+菜单名后的下画线字母”即可打开特定的下拉菜单，例如，按 Alt+E 快捷键可以打开 编辑(E) 菜单。另外，在进行图像处理时还可以使用快捷菜单。在打开的图像窗口中单击鼠标右键，会弹出一个与当前操作相关的快捷菜单，在其中就可以选择需要的命令。

3. 工具箱

默认时，工具箱位于工作界面的左侧，在 Photoshop 8.0 中，工具箱中的工具大致可分为：选取工具组、绘图工具组、辅助工具组、文字工具组、选区模式工具组、造型工具组。

单击工具箱中的图标即可选择该工具，凡工具按钮图标右下角带黑三角形的，则表示此工具组有隐藏工具，只需在图标处按住鼠标左键不放，就会展开隐藏工具，然后将光标移到要选择的工具上按下鼠标即可。当然工具的切换也可按住 Alt 键不放，然后单击工具组中的工具，直至切换出自己所需的工具为止。下面我们对上面所列的 6 类工具进行简单的介绍。

① 选取工具组。该工具组中的工具主要用来对图像的全部或部分进行选取，包括规则选取工具组、裁切工具、套索工具组、切片工具组、魔棒工具、移动工具、路径选择工具组。这几种工具我们将在第 3 章进行详细介绍。

② 绘图工具组。绘图工具组共分 8 类，它们分别是修补工具组、画笔工具组、橡皮擦工具组、历史画笔工具组、渐变工具组、聚焦工具组、曝光工具组、图章工具组。所有这些工具组工具都可以设置笔刷的宽度和角度等属性。这些基本绘图工具将在第 3 章进行详细解说。

③ 辅助工具组。辅助工具组就是在处理图形、图像时起辅助作用的特殊工具，包括抓手工具、缩放工具、注释工具组、吸管工具组等。它们都是非常有用的工具，将在第 3 章进行介绍。

④ 文字工具组。文字在图像中起着画龙点睛的作用，文字工具组包括文字工具和文字蒙版工具。

⑤ 选区模式工具。选区模式工具的主要功能就是控制选区的改变和工作界面的显示方式，将在以后章节中进行详细解说。

⑥ 造型工具组。造型工具组的主要功能就是绘制和创建一些图形轮廓形状。它包括钢笔工具组和形状工具组。

4. 状态栏

状态栏位于 Photoshop 8.0 工作界面的底部，如图 1.3 所示。状态栏一般显示图像的显示比例、操作提示和文档大小等信息。

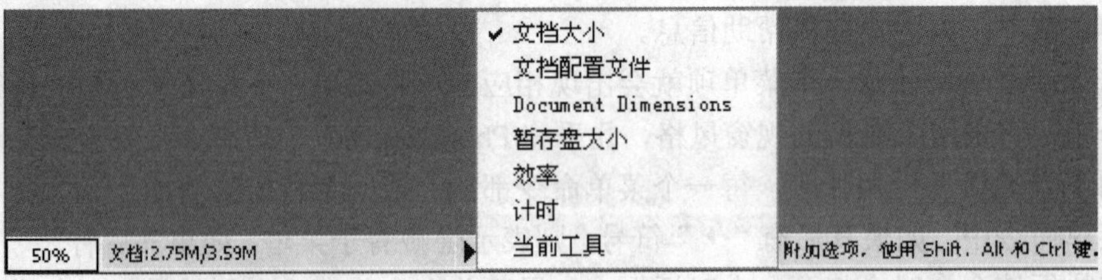

图 1.3　状态栏

显示比例：50% 表示当前活动窗口的图像显示比例为 50%，可直接在此处输入数值来调节显示比例。

文档大小：在 文档:2.75M/3.59M 中，前者表示原始文件的大小，后者表示进行一系列图像编辑后，当前状态下的图像的大小。

图像信息：单击 ▶ 按钮会弹出如图 1.3 所示的快捷菜单，选择不同的菜单命令可显示图像的不同信息，如果菜单命令前有“✔”符号则表示命令有效，同时会在 ▶ 按钮左边把信息显示出来。

操作提示信息：点按并拖移以用前景色绘画。要用附加选项，使用 Shift、Alt 和 Ctrl 键。用于显示当前操作的一些相关帮助信息。

1.3 Photoshop 的应用领域

Photoshop 品质卓越，经过不断的发展，已逐渐成为美术设计人员的必备工具。Photoshop 广泛应用于广告业、商业、建筑业、影视娱乐业、机械制造业等。经过 Photoshop 的润色处理可以使作品达到更加完美的艺术效果，并且可以设计出更新颖的产品，缩短设计周期，节省制造费用。很多用户经常使用 Photoshop 修饰照片、处理图像，但它不只是一个修饰工具，而且是一个数字成像系统，可以对大量的原材料进行处理，包括静态图片、录像、电影胶片、数字化的图画，甚至是想象中的图形。

此外，其他一些常用软件如 AutoCAD、3DS MAX、CorelDRAW 等都直接或间接地与 Photoshop 相联系，用 Photoshop 完成图像的后期合成与润色，从而达到客户们的要求。可以说到目前为止，Photoshop 8.0 是图形、图像处理方面功能最为完善、强大的专业软件。图 1.4 所示的几幅图片就是经过 Photoshop 处理并应用于商业广告的例子。

图 1.4　用 Photoshop 处理并用于商业广告的图片

1.4 Photoshop 8.0 的启动与退出方式

1. Photoshop 8.0 的启动方式

当用户成功进入操作系统后，有以下 4 种方式启动 Photoshop 8.0。

① 通过开始菜单：单击 开始 菜单按钮，选择 所有程序(P) ▶ 下的 Adobe Photoshop CS 命令。

② 通过资源管理器：在资源管理器中双击 Photoshop 8.0 的应用程序图标 Photoshop 。

③ 通过桌面快捷方式：用鼠标双击桌面上的 Photoshop 8.0 的快捷方式图标，这是许多读者常用的一种方式。

④ 通过运行命令：单击 开始 菜单下的 运行(R)... 命令，在弹出的“运行”对话框中单击 浏览(B)... 按钮。在打开的“浏览”对话框中找到 Photoshop 8.0 安装路径下的应用程序，单击 确定 按钮即可。

2. Photoshop 8.0 的退出方式

用户在使用 Photoshop 8.0 时，有 3 种方式退出 Photoshop 的应用程序。

① 通过文件菜单：单击 Photoshop 8.0 文件(F) 菜单下的 退出(X) 命令，快捷键为 Ctrl+Q。

② 通过窗口命令：双击 Photoshop 8.0 窗口左上角的图标即可。若单击图标，可在弹出的控制菜单中选择 关闭(C) 命令，快捷键为 Alt+F4。

③ 直接退出：直接单击 Photoshop 8.0 窗口右上角的 ☒ 按钮，这是许多读者常用的一种方式。

以上 3 种方式在退出 Photoshop 8.0 时，若用户的文件没有保存，程序会弹出一个对话框，提示用户是否要保存文件。若用户的文件已经保存过，则程序会直接关闭。

思考与练习 1

1. Photoshop 8.0 的工具大致可归纳为几大类？
2. 列举出 3 种与 Photoshop 有关的行业。
3. Photoshop 8.0 具有交互性吗？
4. 请用不同方法启动或关闭 Photoshop 8.0。
5. 学好 Photoshop 8.0 您有足够的思想准备和信心吗？
6. 启动其他绘图软件，比较 Photoshop 8.0 与其他绘图软件界面布局的异同点。

的两个矩形为例，进行填色对照比较。

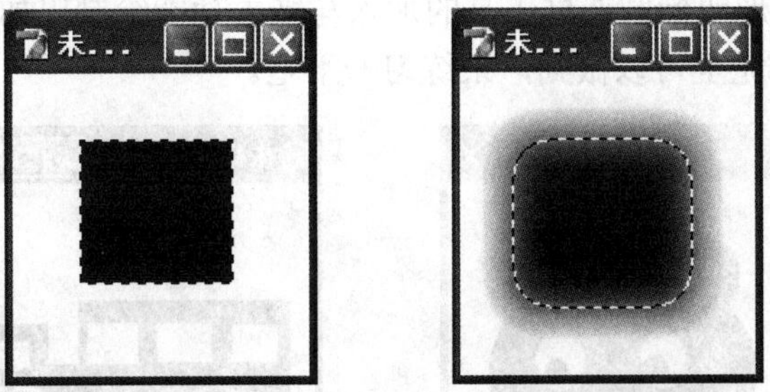

（a）　　（b）

图 3.10　选区羽化填色比较图

从图 3.10 中可以明显看出，羽化值为 0 像素与羽化值为 10 像素之间的色彩过渡差异，所以在以后的实例中，若要进行色彩的柔和过渡，羽化是一种非常好的方法。当然，如果需创建不同程度的羽化选区，则必须分别在选区的工具属性栏中设置不同的羽化值才行。

要对一个绘制好的选区进行羽化，可以单击鼠标右键，并在弹出的快捷菜单中选择羽化选项进行设置，当然这种方法，与先设定羽化值后再绘制选区的操作效果是一样的。

选区的撤销，可以用鼠标在选取区域外单击，或按 Ctrl+D 快捷键来实现。

在矩形选框工具属性栏的样式选项中有“正常”、“约束长宽比”、“固定大小”3 个选项。

正常选项 正常 ：可使用鼠标在图像中绘制任意大小和方向的矩形。

约束长宽比 固定长宽比 ：可以在其后面的文本框中输入一定的长、宽比例值，如长度值为 1，宽度值为 2，则表示所绘制出的选区长与宽的比例为 1∶2。

固定大小 固定大小 ：选择该项后可以在宽度与高度值文本框中输入用户需要的值，这样只需在绘图区域单击鼠标，就可以绘制出一个固定大小的选区。

2. 椭圆选框工具

椭圆选框工具用于在图像中绘制椭圆形或圆形选区。椭圆选框工具属性栏与矩形选框工具属性栏基本一样，只是多了一项 ☑消除锯齿 选项。这个选项是为了使绘制的椭圆平滑程度要好一些。在图 3.11 所示的两幅图像中，左边一幅是没有选中 ☑消除锯齿 选项的椭圆形选区填色效果，右边一幅是选中 ☑消除锯齿 选项后的椭圆形选区填色效果。通过两幅图像效果的对比，可以看出 ☑消除锯齿 选项对选区平滑程度所产生的影响。

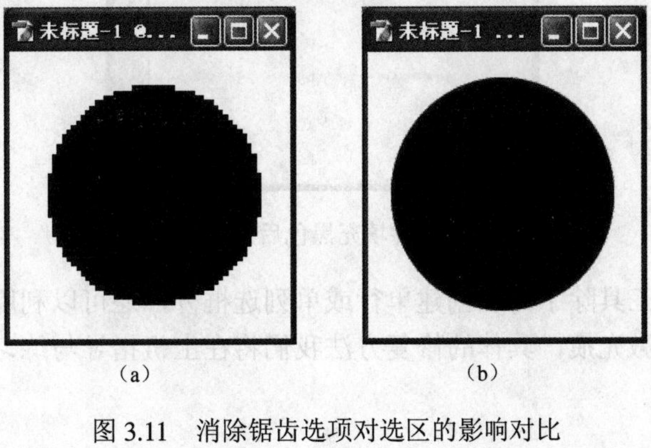

（a）　　（b）

图 3.11　消除锯齿选项对选区的影响对比

至于后面的两个选项，如加入与减去选区与前面所讲述的矩形选框工具的使用方法完全相同。希望读者能用矩形或椭圆选框工具的加入与减去功能绘制出如图 3.12 所示的图像，不要被困难吓倒，因为你完全可以做到，来练习一下吧。

（a）　　　　　　（b）

图 3.12　用椭圆或矩形选框工具绘制的图形

在椭圆选框工具属性栏的样式选项中有 3 个与矩形选框工具一样的选项，其具体设置和使用方法与矩形选框工具相同，只是前者绘制的是矩形选框，而后者绘制的是椭圆选框。

3. 单行与单列选框工具

这两个工具使用得较少，常用该工具修补图像中丢失的像素或创建辅助线条。在工具箱中选择这两个工具后，会在工具属性栏出现如图 3.13 所示的选项，这里所有的选项与前面所讲的选框工具的选项相同。

图 3.13　单行与单列选框工具属性栏

当然，因为单行与单列选框工具的内部宽度只有一个像素，所以当选择羽化值时会弹出一个警告对话框，提示信息告诉我们，任何像素都不大于 50%时，选区边缘虽不可见，但这时选区却是存在的。图 3.14 所示的是一个羽化值为 2 像素的单行选区填充黑色后的效果。这就说明虽羽化后的选区看不见，但它绝对存在。

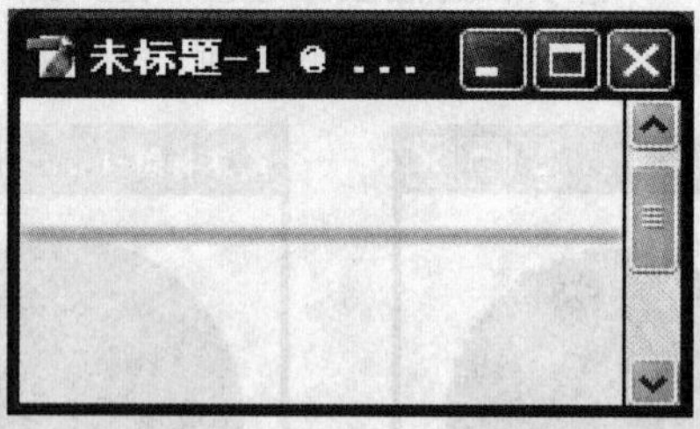

图 3.14　羽化并填充黑色后的单行选区效果

单行或单列选框工具除了可以创建单行或单列选框外，还可以利用它来巧妙修复因电分扫描图像时所形成的激光痕，具体的修复方法我们将在上机指导与练习中进行讲解。

3.1.2　套索工具组

套索工具组由套索工具、多边形套索工具、磁性套索工具组成，如图 3.15 所示。

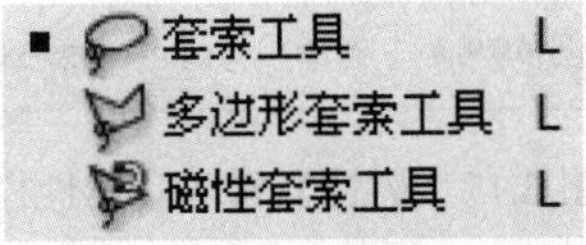

图 3.15　套索工具组

1. 套索工具

选择该工具，拖动鼠标可以建立任意形状的选择区域。由于在拖动的过程中，鼠标非常难以控制选择区域的形状，所以经常用于绘制要求不很严格的区域形状。当然，若我们使用的鼠标定位较精确，且使用鼠标的熟练程度较高，也可以绘制出比较准确的图像。图 3.16 就是笔者运用套索工具绘制的人头像。

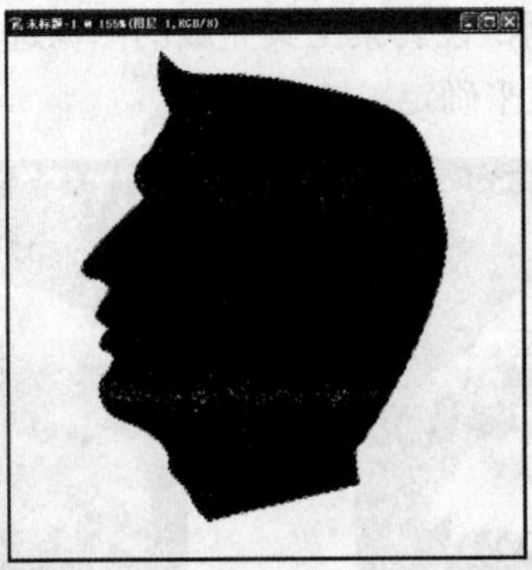

图 3.16　用套索工具绘制的人头像

2. 多边形套索工具

使用该工具可产生一个多边形的选择区域，当多边形的边足够多时，它能很好地模拟各种曲线形状的选择区域。多边形套索工具能够精确地控制选择区域的形状。但它的缺点是：在选择区域时比较费时费力。

在选择区域时，先单击鼠标确定多边形选择区域的起点，移动鼠标到新的位置，再次单击鼠标确定多边形的下一个端点，依次继续，直至需要闭合时。在操作的过程中，要注意每条直线的边不要太长，这样才能很好地模拟曲线形状的选择区域。

我们在操作时，有时会将图像放大进行选取，若图像显示太大，有一部分会被隐藏，这时可按住空格键，多边形套索工具就变成了抓手工具，这样就可以拖动图像，显示被隐藏的部分，松开空格键后，又回到多边形套索工具。

如果希望多边形的某一条边是曲线，则在拖动鼠标的同时按下 Alt 键，完成后松开 Alt 键，再松开鼠标即可。若要完成选择，双击鼠标即可，或者单击起点也可以完成选择区域的创建。

3. 磁性套索工具

这个工具使用曲线来建立任意形状的选择区域，它与套索工具的区别在于用户只需大体指定选区的边界，它就能够自动根据图像颜色的区别来识别选择区域的边界。磁性套索工具在选择具有清晰边界的物体时最为有效，而在边界不够清晰时得不到精确的选择区域。图 3.17 是磁性套索工具属性栏。

图 3.17　磁性套索工具属性栏

当选择磁性套索工具后，可以通过图 3.17 中的选项对参数进行设置，以达到所需要的效果。其主要选项的功能如下。

宽度：设置在距离鼠标指针多大的范围内检测边界，它的取值范围是 1～40。

频率：设置磁性套索工具的定位点出现的频率，取值范围是 0～100。如果该值越高，选择区域边界的定位点的数量就越多，选择区域边界固定得也越快。

边对比度：设置检测图像边界的灵敏度。取值范围是 1%～100%，较高的取值探测对比度较高的边界，较低的取值探测对比度较低的边界。图 3.18（a）是用多边形套索工具完成的选取操作效果，图 3.18（b）是用磁性套索工具完成的图像选取操作效果，当然图像选区的好坏程度要根据上述的几个选项值来确定。

（a）　　（b）

图 3.18　多边形套索与磁性套索工具选取的状态

磁性套索工具的精确度和选项的设置有很大关系。对于具有明显边界的图像，可以设置较大的宽度和较高的边对比度，用户只需要粗略勾画边界即可完成；而对于边界比较模糊的图像，可以设置较小的宽度和较低的边对比度，用户需精细跟踪边界的轨迹。因为图像不同的颜色通道具有不同的清晰度，我们还可以通过通道面板选择一个边界清晰的通道使用磁性套索工具。

3.1.3　魔棒工具

魔棒工具主要用于选择颜色相近的图像区域，在图像中单击，则自动选择容差范围所允许的色彩区域。魔棒工具属性栏如图 3.19 所示。前面几个选项与矩形选框工具中所学习的使用方法相同。

图 3.19　魔棒工具属性栏

容差：这个选项的默认值为 32，它的含义是在用魔棒工具单击的色彩点上下偏差 32 个像素的色彩区域都能被选取，图 3.20 是用魔棒工具在同一个点但容差分别设定为 10，20，30，40，50，60 六个不同值所得到的选区效果。

选中“用于所有图层”选项，则可选择不同图层中的着色相近的区域。选中“连续的”选项，则选择颜色相近的连续区域；否则，选择颜色相近的不连续区域。

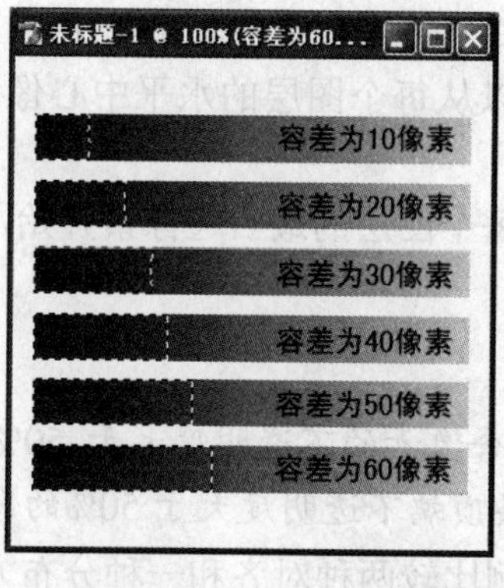

图 3.20　容差值不同的选区效果

3.1.4 移动工具

移动工具主要用于移动图层或选择的图像内容，可以完成排列、组合移动和复制等操作。在使用别的工具的过程中按下 Ctrl 键可切换为移动工具。图 3.21 为移动工具属性栏。

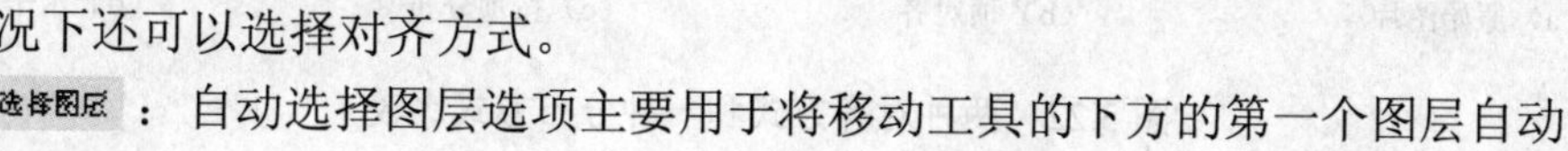

图 3.21　移动工具属性栏

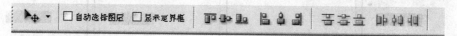

使用移动工具在绘图区域单击鼠标右键，将弹出一个选择当前图层的快捷菜单。快捷菜单中列出了当前指针所在位置的像素的所有图层，这样可以快捷地选择当前图层。在有选择区域的情况下还可以选择对齐方式。

☑自动选择图层：自动选择图层选项主要用于将移动工具的下方的第一个图层自动设置为当前图层。

☐显示定界框：显示定界框主要用于显示移动区域的边框。

顶对齐按钮：可以将链接图层的垂直方向的中心像素与当前图层的顶层像素对齐，或与选区边框的顶边对齐。

水平中齐按钮：可以将链接图层的水平方向的中心像素与当前图层的水平方向的中心像素对齐，或与选区边框的水平中心对齐。

底对齐按钮：可以将链接图层的底端的像素与当前图层的底端的像素对齐，或与选区边框的底边对齐。

左对齐按钮：可以将链接图层的最左端的像素与当前图层的最左端的像素对齐，或与选区边框的最左边对齐。

垂直中对齐按钮：可以将链接图层的垂直方向的中心像素与当前图层的垂直方向的中心像素对齐，或与选区边框的垂直中心对齐。

右对齐按钮：可以将链接图层的最右端的像素与当前图层的最右端的像素对齐，或与选区边框的最右边对齐。

按顶分布按钮：可以从每个图层的顶端像素开始，以平均间隔分布链接的图层。

垂直中心分布按钮：可以从每个图层的垂直居中像素开始，以平均间隔分布链接的图层。

按底分布按钮：可以从每个图层的底部像素开始，以平均间隔分布链接的图层。

按左分布按钮：可以从每个图层的最左边像素开始，以平均间隔分布链接的图层。

水平中心分布按钮：可以从每个图层的水平中心像素开始，以平均间隔分布链接的图层。

按右分布按钮：可以从每个图层的最右边像素开始，以平均间隔分布链接的图层。

注意

Photoshop 只对齐和分布所含像素的不透明度大于 50%的图层。例如：使用“顶对齐”按钮，链接的图层只与当前图层顶端不透明度大于 50%的像素对齐。

图 3.22 所示以几个对照实例比较两种对齐和一种分布方式，在操作过程中必须将所有操作图层进行链接。与选区进行对齐是指一个图层中的操作。例如：想让一个图形对齐到选区中间，只需选择工具箱中的 工具后，单击 上的水平中对齐与垂直中对齐按钮即可，这种方法对于背景层不起任何作用。

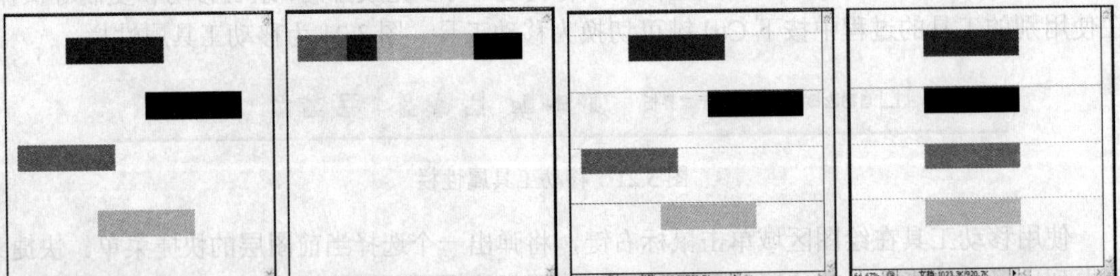

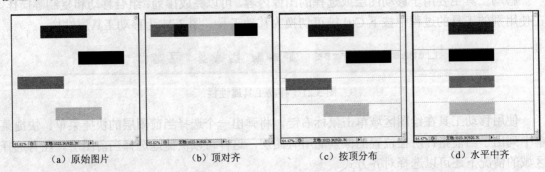

（a）原始图片　（b）顶对齐　（c）按顶分布　（d）水平中齐

图 3.22　两种对齐方式和一种分布方式比较

3.1.5　裁切工具

裁切工具主要用于裁切不用的图像部分，使用方法非常简单，只要在工具箱中选择 工具，然后在图像上拖动鼠标即可创建一个裁切框，框内的部分是最终要保留下的图像，而框外的图像就是要被裁切掉的部分，创建好裁切框后，可以按 Enter 键或在裁切框内双击鼠标左键，就可裁切掉图像的多余部分。裁切图像除了使用裁切工具外，还可以用矩形选框工具选取图像需要保留的部分，再单击 图像(I) 菜单下的 裁切(P) 命令，也可实现裁切图像的功能。裁切图像前后对照如图 3.23 所示。

（a）图像裁切前　　（b）图像裁切后

图 3.23　图像裁切前后效果比较

3.1.6　切片工具组

切片工具组主要是用来进行相关位置的链接，多用于网页制作。

1. 切片工具

使用切片工具，可从一个图层或选择区域中创建切片。如果是在一个图层中创建所需要的切片，那么切片包含了图层中所有的像素信息，在对图层进行编辑时，切片区将自动进行调整，以包含新的图像像素内容。切片工具属性栏如图 3.24 所示。

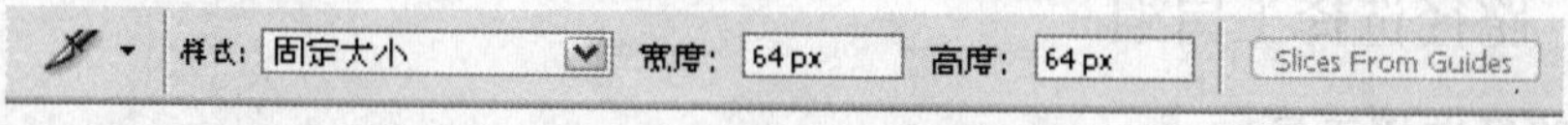

图 3.24　切片工具属性栏

在样式选项中有 3 个选项：正常、固定大小、约束比例，这 3 个选项的功能与前面所学习的矩形选框工具相同，是用来确定切片大小的。

2. 切片选取工具

当用户创建的多个切片重叠在一起时，最后创建的切片将按堆栈顺序位于最上方。但是这些切片的顺序是可以改变的。用户可指定位于堆栈最上方或最下方的切片，也可将切片的位置进行上下移动。切片选取工具属性栏如图 3.25 所示。

图 3.25　切片选取工具属性栏

：用于切片排列顺序，从左到右依次表示置于顶部、上移一层、下移一层、置于底部。

切片选项...：单击此按钮可打开“切片选项”对话框，如图 3.26 所示。

“切片选项”对话框中主要选项功能如下。

切片类型:：打开其右侧的下拉列表框，其中有图像和非图像两项供选择。图像切片包含图像数据，而非图像切片只包含纯色或超文本，由于它不包含图像数据，因此下载速度非常快。

名称:：输入切片的名称。

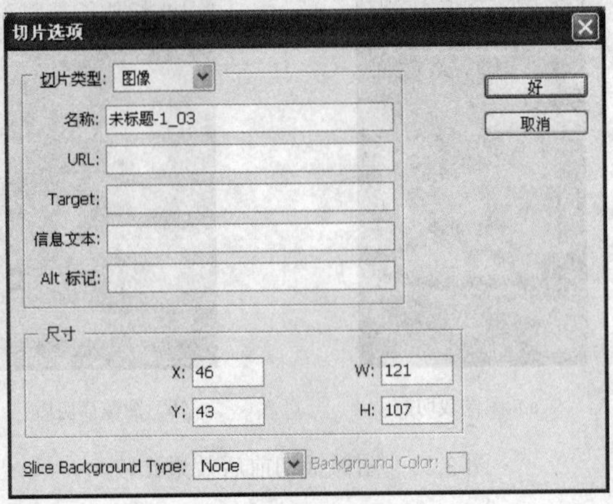

图 3.26　“切片选项”对话框

URL:（统一资源定位地址）：主要用于为切片设置地址，使切片区域成为网页热区。但它只对图像切片有效。

Target:（目标）：主要用于设置目标结构的名称。它必须与 HTML 文件中定义的结构一致。

Alt 标记:（改变标签）：主要用于为选中的切片设置标签的信息。

3.1.7　路径选择工具组

1. 路径选择工具

单击路径上的任意位置，可以选择路径的所有锚点；按住鼠标拖曳路径，可移动整个路径；按 Alt 键的同时用鼠标拖曳路径，可复制路径，如图 3.27 所示。

2. 直接选择工具

单击某个锚点则可以选择该锚点，被选择的锚点呈黑色；按住鼠标拖动锚点，可以改变锚点的位置；拖动锚点的两侧的控制杆，可以改变路径的形状，如图 3.28 所示；按 Shift 键的同时单击锚点，可选择多个锚点；按 Alt 键的同时单击任意一个锚点，可选择该路径上的所有锚点。

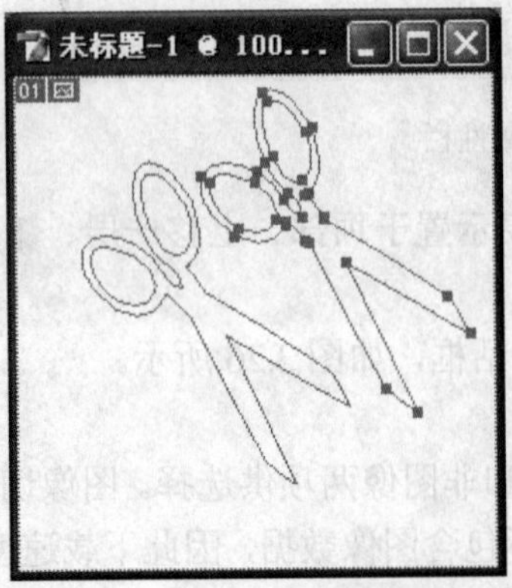

图 3.27　按住 Alt 键复制生成的路径副本

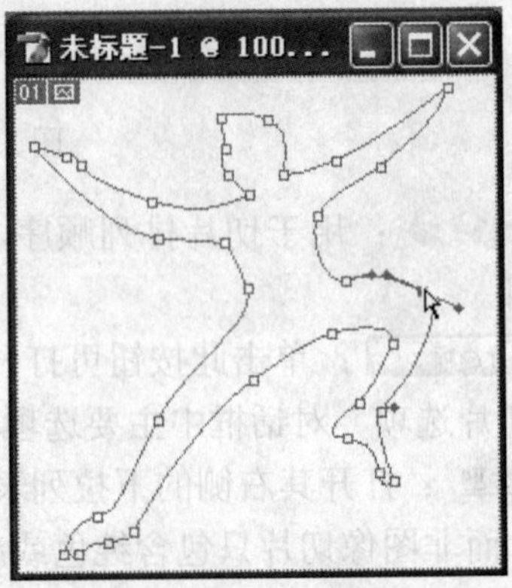

图 3.28　改变路径的形状

3.1.8　选择区域的调整

前面讲述的都是通过几何形状和利用颜色相似来建立选择区域，但有时候选择区域不能令人满意，还需要进行进一步的调整。

1. 移动选择区域

移动选择区域的操作非常简单，只要选择了任何一个套索工具，移动光标到选择区域的中间，光标就会变成 这种状态，拖动鼠标，就可以移动选择区域，移动过程如图 3.29 所示。

（a）　（b）

图 3.29　选择区域移动过程

选区不但可以在同一幅图像中移动，还可以在不同图像之间移动。不同图像之间的选区移动，可在套索工具处于选择状态时，用鼠标把选区直接从源图像拖动到目标图像即可。图 3.30 所示的，就是不同图像之间的选区移动效果。若把选区从源图像拖动到目标图像后，选区可能有变大或变小的情况，这主要是由于目标图像的尺寸（分辨率）和源图像的尺寸（分辨率）不相同引起的。

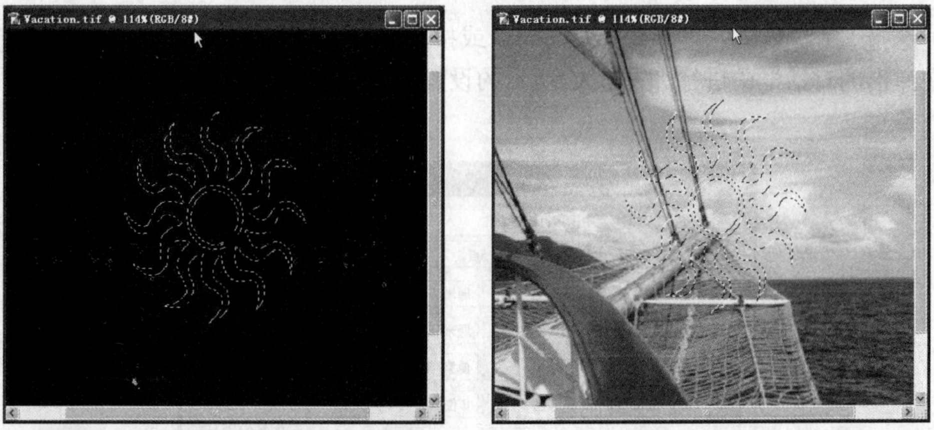

（a）　（b）

图 3.30　不同图像之间的选区移动效果

在移动选区时，使用键盘上的箭头键，可以一次移动一个像素的位置。这个方法在精确移动选择区域时有很大的用处。

2. 增大或减小选择区域

用选择工具建立一个选择区域后，有两种方法可以对当前的选择区域增大或减小。

第一种是当按住 Shift 键后，继续选取图像中的其他区域，可以增大选择区域；当按住 Alt 键后，继续选取图像中的其他区域，可以减去选择区域，也就是说从当前选择区域中去掉不想要的选择区域。

第二种是使用工具属性栏中的按钮也可以增大或减小选择区域。

3. 区域与区域之间的增加、减去、相交运算

在工具属性栏中选择添加到选区按钮，然后绘制选区，可以看见新绘制的选区添加到了原来的选区之中。当然，新绘制的选区要比原选区大或者与原选区交叉，才会有效果。

在工具属性栏中选择从选区中减去按钮，然后绘制选区，可以看见新绘制的选区从原来的选区中被去掉。

在工具属性栏中选择与选区交叉按钮，然后绘制选区，可以看见两个选区重叠的部分被保留下来。

关于这方面的效果，已在前面的工具中做了相关的演示。至于选区修改的其他方法，我们将在后面的实际案例操作中进行练习。

实战案例：中国银行标志的制作

本实例将运用选框工具制作中国银行标志，制作这一标志主要运用了选区的变换及填充。在制作或设计标志前，我们必须要对所制作或设计对象的最终效果有一个明确的认识，对制作的先后顺序可进行一定的分析，这样工作起来才能一气呵成，达到事半功倍的效果。

步骤

① 选择文件(F)菜单下的新建(N)...命令（或按住 Ctrl 键后，在桌面空白区域双击鼠标左键），在弹出的对话框中进行如图 3.31 所示的设置，然后单击 好 按钮，得到所定制的画布。

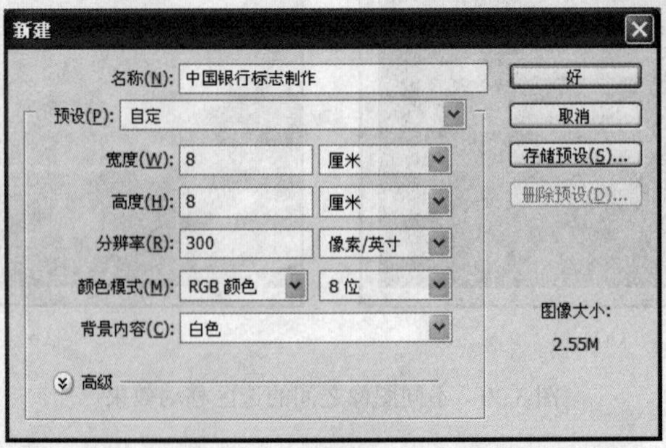

图 3.31 “新建”对话框

② 首先进行中国银行标志外圆环的绘制。单击图层面板下侧的按钮，新建图层 1，在工具箱中选择工具，按住键盘上的 Shift 键，在画布上拖动鼠标，画出如图 3.32 所示的正圆形选区。

③ 将前景色设置为# F84E4E 色，按 Alt+Delete 快捷键为选区填充前景色，其填充效果如图 3.33 所示。

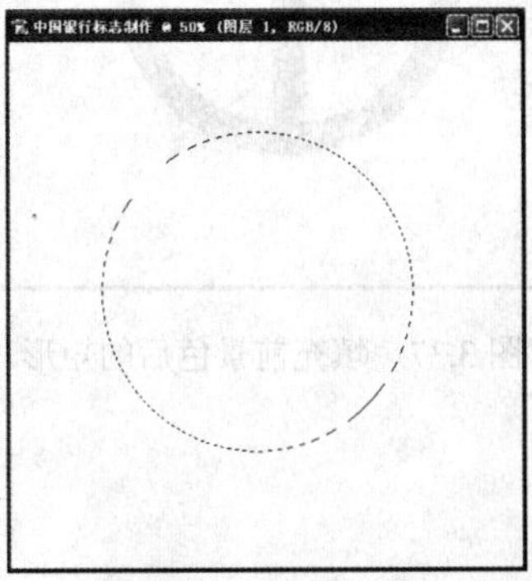

图 3.32　正圆选区

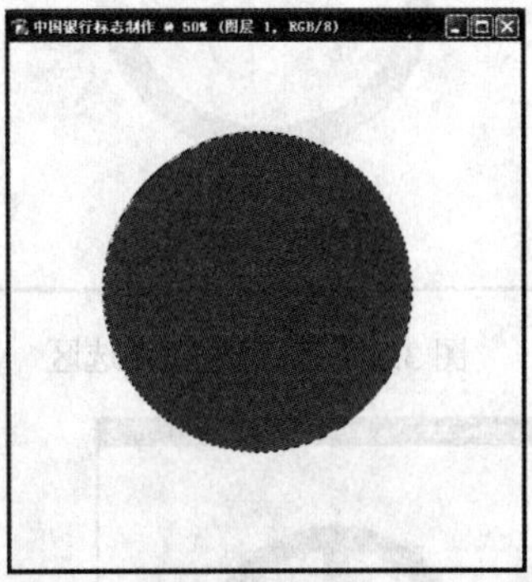

图 3.33　填充前景色后的正圆

④ 选择 选择(S) 菜单下的 变换选区(T) 命令，将鼠标光标放在变换选区控制框的右下角，按住 Shift+Alt 快捷键，向变换控制框左上角拖动鼠标，调整其选区大小如图 3.34 所示。在图像选区内双击鼠标确定选区变换，按 Delete 键删除选区内的图像，得到如图 3.35 所示的圆环效果。

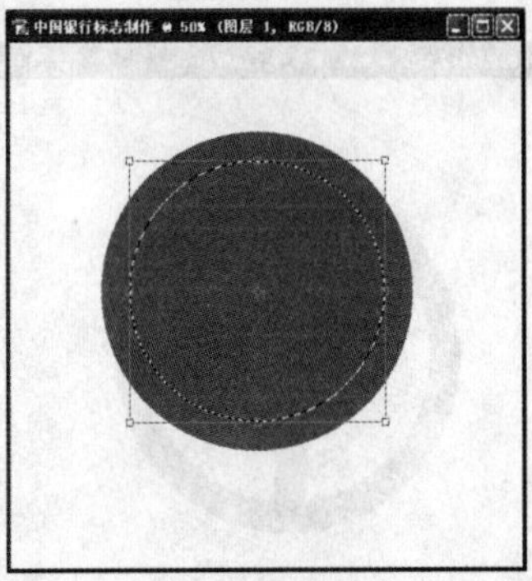

图 3.34　调整选区大小状态

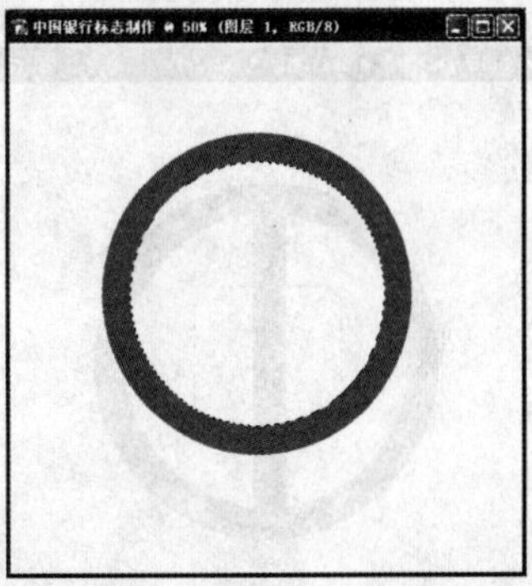

图 3.35　删除选区内图像

⑤ 单击图层面板下侧的按钮，新建图层 2，在工具箱中选择工具，从圆环中上部到中下部拖动鼠标，创建如图 3.36 所示的矩形选区。按 Alt+Delete 快捷键，给选区填充前景色，其填充效果如图 3.37 所示。

⑥ 在工具箱中选择工具，在画布上拖动鼠标创建如图 3.38 所示的选区。选择 选择(S) 菜单 修改(M) 命令组下的 平滑(S)... 命令，在弹出的对话框中设置其参数如图 3.39 所示。

⑦ 单击 好 按钮得到平滑后的选区，如图 3.40 所示。按 Delete 键删除图层 2 选区内的图像，其效果如图 3.41 所示。

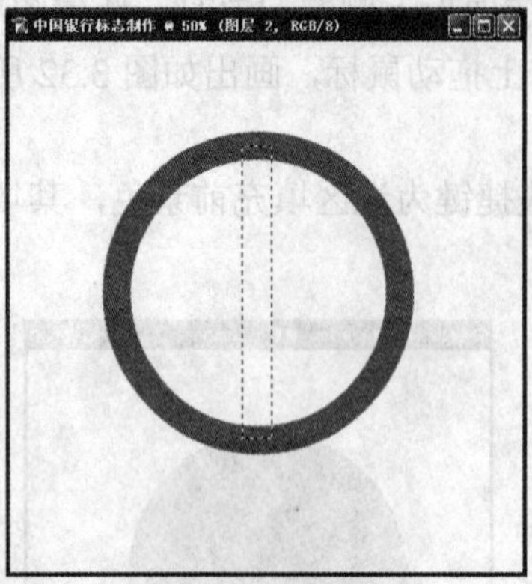

图 3.36　创建的矩形选区

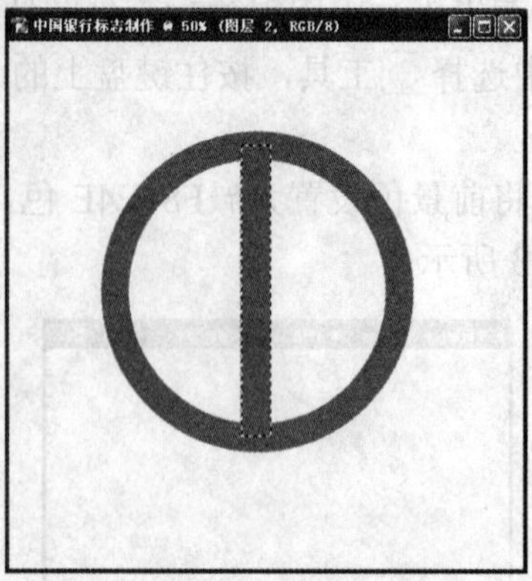

图 3.37　填充前景色后的矩形

图 3.38　创建完成的矩形选区

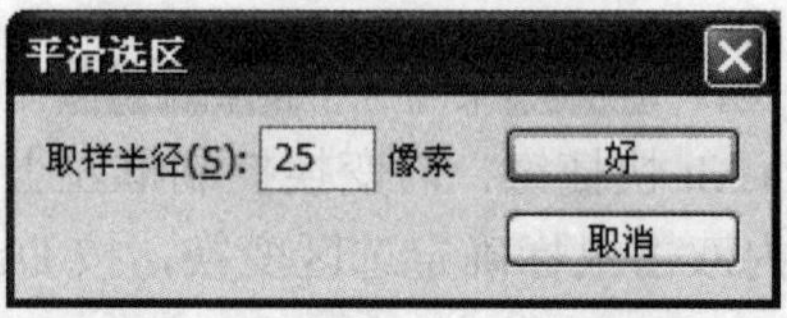

图 3.39　矩形平滑参数

图 3.40　平滑像素后的选区形状

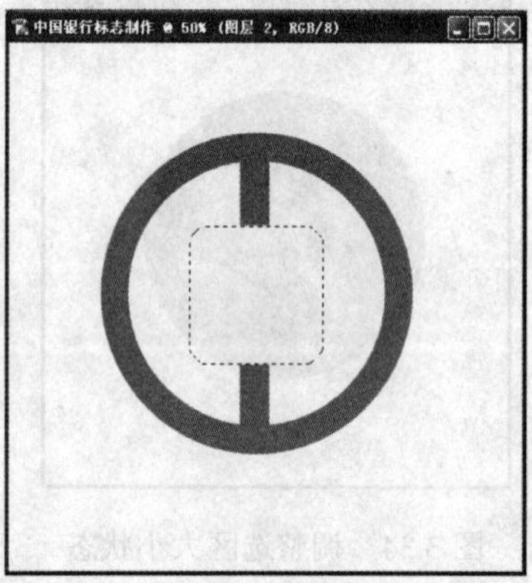

图 3.41　删除选区内的图像

⑧ 单击图层面板下侧的按钮，新建图层 3，按 Alt+Delete 快捷键，给选区填充前景色，其填充效果如图 3.42 所示。选择 选择(S) 菜单下的 变换选区(T) 命令，将鼠标光标放在变换选区控制框的右下角，按 Shift+Alt 快捷键，向变换控制框左上角拖动鼠标，调整其选区大小如图 3.43 所示。

⑨ 在图像选区内双击鼠标确定选区变换，按 Delete 键删除选区内的图像，按 Ctrl+D 快捷键取消选区，这样我们就完成了中国银行标志的制作，其效果如图 3.44 所示。

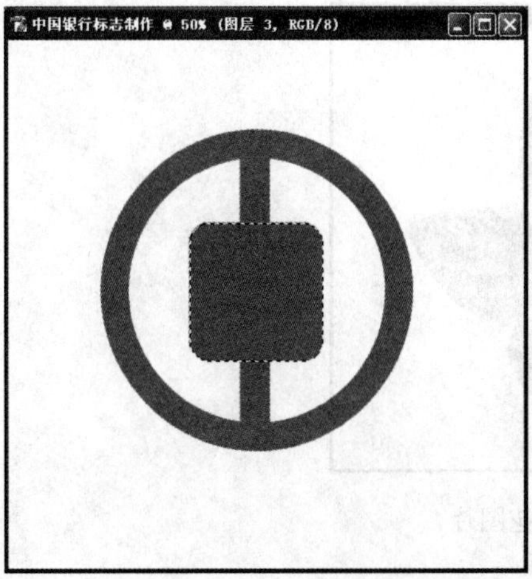

图 3.42　给选区填充前景色

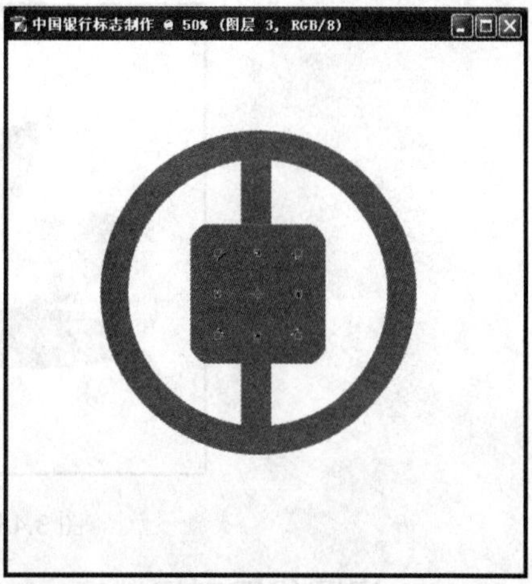

图 3.43　调整选区大小

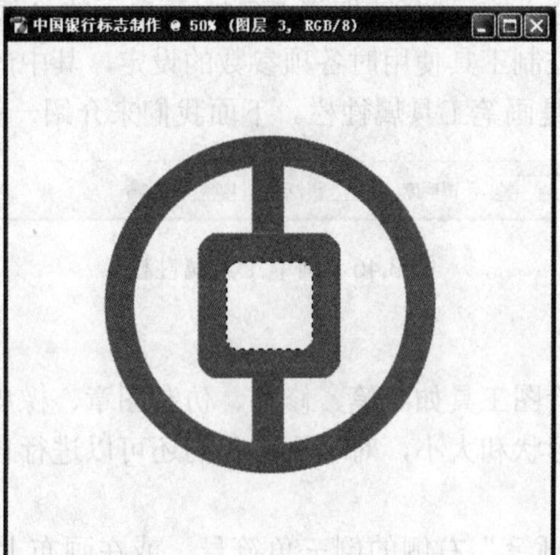

图 3.44　绘制完成后的中国银行标志效果

3.2　绘图工具组

一幅优秀的电脑美术绘画作品是依靠一系列的绘图工具来完成的。Photoshop 8.0 不但提供了功能完备、使用简单的绘图工具，而且用户还可以在 Photoshop 8.0 的工具属性栏中对大多数工具的使用特性和编辑效果进行设置，以达到对图像编辑效果的完美化。

在这一节中我们将学习绘制一朵如图 3.45 所示的荷花。要完成该实例的绘制，我们必须学习画笔工具组、修补工具组、路径工具组、渐变工具组、图章工具组及历史画笔工具组的使用方法，只有认真学习这些内容，才能熟练而灵活地运用它们绘制出独具魅力的艺术作品。

图 3.45　绘制完成的荷花图片

3.2.1　设置绘图工具选项

工具属性栏位于菜单栏下方，选择或取消 窗口(W) 菜单下的 ✔ 选项 选项可显示或隐藏工具属性栏。工具属性栏用于控制工具使用时各项参数的设定，其中的内容会随着所选择使用工具的不同而改变，图 3.46 是画笔工具属性栏。下面我们来介绍一些常用的选项设置。

图 3.46　画笔工具属性栏

1. 笔刷的设置

Photoshop 8.0 提供的绘图工具如画笔、修补、仿制图章、橡皮擦等工具，在使用前都可以利用笔刷来设置笔头的形状和大小，对笔刷，我们还可以进行自定义、更改、删除、装载和替换等操作。

单击工具属性栏中“画笔”右侧的倒三角符号，或在画布上单击鼠标右键，会弹出如图 3.47 所示的笔刷列表面板，用户在列表中可单击选择需要的笔刷。

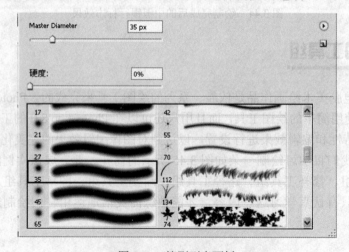

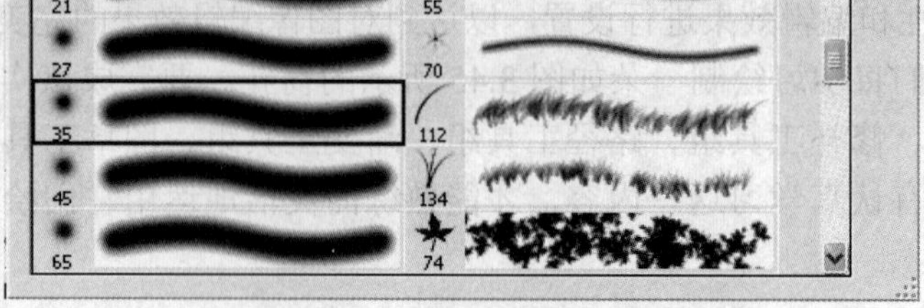

图 3.47　笔刷列表面板

笔刷分为软边笔刷和硬边笔刷两类，软边笔刷绘制出的线条边缘更加柔和，而使用硬边笔刷绘制出的线条边缘则比较生硬。图 3.48 中上边的线条是用软边笔刷绘制的，下边的线条则是用硬边笔刷绘制的。

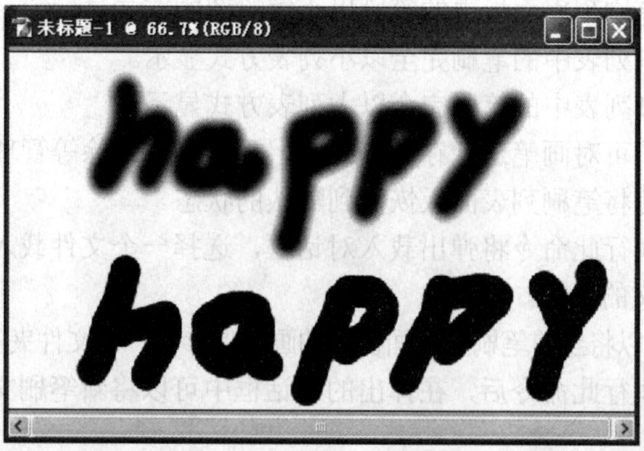

图 3.48　用软硬度不同的笔刷绘制的线条

当然我们也可以根据自己的需要来设置笔刷。要设置笔刷，只需单击画笔工具属性栏中的笔刷显示框，在弹出的如图 3.47 所示的面板中调整笔刷的直径或硬度值来得到所需的笔刷。其中“Master Diameter”是用来设置笔刷尺寸大小的，拖动滑块或在后面的文本框中直接输入 1～2500 的数字均可；而“硬度”是用来设置笔刷的软硬的，值越小，笔刷越软，绘出的线条越柔和。设置好画笔选项后，单击图 3.47 所示的面板右上角的按钮，还可以将新笔刷保存到笔刷列表中，供以后使用。

单击笔刷列表面板右侧的三角符号，会弹出一个如图 3.49 所示的快捷菜单，执行相应的菜单命令即可进行复位、载入、存储、替换和删除画笔等操作。

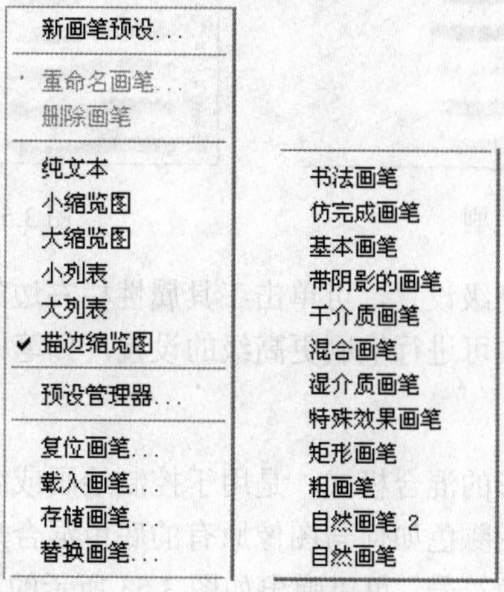

图 3.49　快捷菜单

快捷菜单中各菜单命令的含义如下。

- **新画笔**：执行此命令，将弹出笔刷选项对话框，定义新的画笔。
- **重命名画笔**：给当前所使用的笔刷命名。

- **删除画笔**：可删除当前选中的笔刷。
- **纯文本**：笔刷列表面板中的笔刷只以笔刷名的方式显示。
- **大缩览图**：笔刷列表面板中的笔刷以大缩略图的方式显示。
- **小缩览图**：笔刷列表面板中的笔刷以小缩略图的方式显示。
- **小列表**：笔刷列表中的笔刷完全以小列表方式显示。
- **大列表**：笔刷列表中的笔刷完全以大列表方式显示。
- **预设管理器**：可对画笔进行存储、载入、重命名、删除等管理。
- **复位画笔**：可将笔刷列表面板恢复到默认的状态。
- **载入画笔**：执行此命令将弹出载入对话框，选择一个文件载入，将会在笔刷列表面板中出现此文件所定义的画笔。
- **存储画笔**：可以将当前笔刷列表面板中的画笔保存在一个文件夹中，供以后加载使用。
- **替换画笔**：执行此命令后，在弹出的对话框中可以将新笔刷文件中的画笔替换到当前笔刷列表面板中。
- **艺术笔刷组文件**：快捷菜单的最后几项是一些艺术笔刷组文件，单击它们会弹出确认是否替换当前笔刷列表面板中的笔刷对话框，单击 [好] 按钮就将原来笔刷列表中的笔刷替换为文件中所定的笔刷。也可以在该对话框中单击 [追加(A)] 按钮，将选中的艺术笔刷加入到当前笔刷列表中去。如图 3.50 所示的为 Assorted Brushes（混合笔刷），如图 3.51 为所示的为 Faux Finish Brushes（仿完成笔刷）。

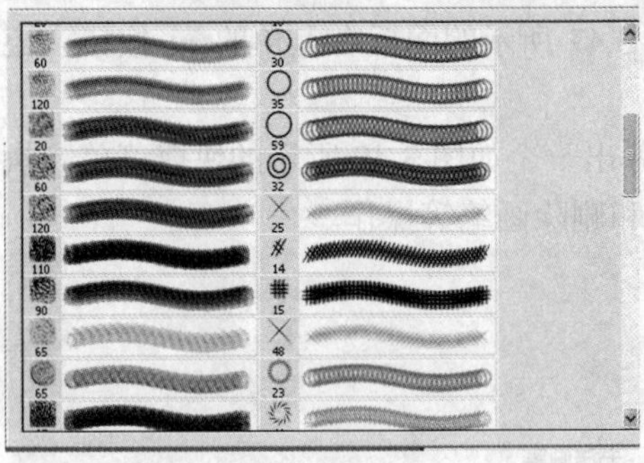

图 3.50　混合笔刷

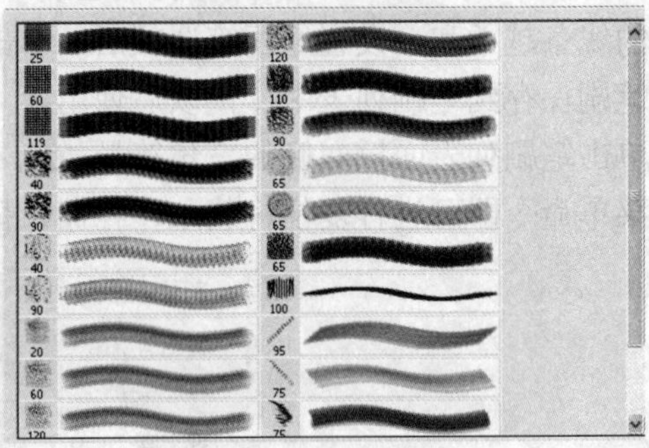

图 3.51　仿完成笔刷

若要进行画笔工具的更高级设置，可单击工具属性栏右边的按钮，会弹出如图 3.52 所示的对话框，在该对话框中可进行笔刷更高级的设置，如笔刷间距、样式消隐等。

2. 模式的设置

这里所讲的模式是指色彩的混合模式，是用于控制绘画或编辑工具对当前图像中像素的作用形式，即当前使用的绘图颜色如何与图像原有的底色混合来获得不同的颜色效果。单击工具属性栏上模式右边的三角符号，可以弹出如图 3.53 所示的下拉菜单，用户可根据当前的设计需要来选择不同的色彩混合模式。为了有助于我们对模式概念的理解，我们先来了解几个专业术语。

- **底色**：指图像本身的颜色。
- **混合色**：应用于绘图或者编辑工具的颜色。
- **结果颜色**：颜色通过模式混合后的所呈现出的效果颜色。

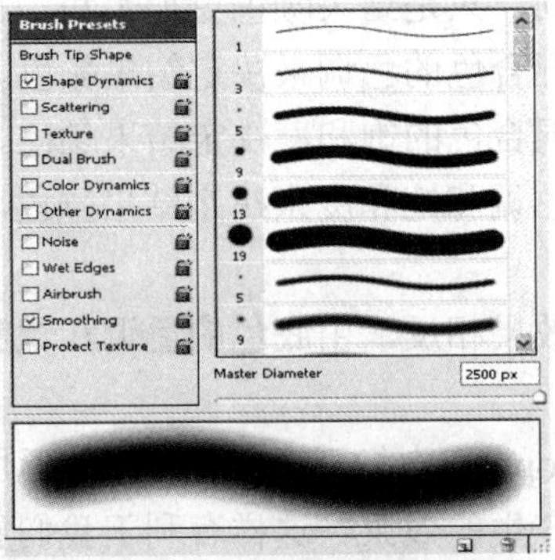

图 3.52 笔刷的高级设置选项

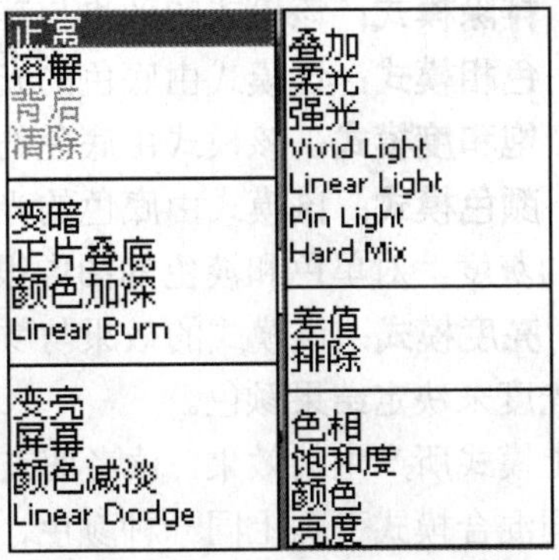

图 3.53 图像颜色的色彩混合模式

了解了前面所讲的专业术语后，接下来我们分别介绍图 3.53 中的一些常用混合模式。

➢ **正常模式**：使编辑或绘画的每个像素成为结果颜色，这是 Photoshop 8.0 的默认设置。选择该模式后，在给图像添加颜色时会覆盖原有的颜色，可以通过工具属性栏中的不透明度来设置覆盖的程度。

➢ **溶解模式**：使用该模式时，绘制图像的颜色会随机地覆盖底色，有一种混合在一起的效果。对于画笔、喷枪及使用大画笔的绘图工具，使用该模式效果较好。当然也可以通过不透明度来设置溶解效果。

➢ **背后模式**：该模式只能用在图层的透明区绘图，而且要确保图层面板中的锁定透明度未被选中。

➢ **正片叠底模式**：该模式把底色与混合色相乘，结果颜色往往较深。将任何颜色与黑色相乘仍为黑色，将任何颜色与白色相乘仍为白色，因此这种模式用在非黑白色下效果才明显。

➢ **屏幕模式**：该模式是把底色与混合色的补色相乘，结果颜色一般较浅，即产生漂白效果。这种模式用在非黑白色下效果才明显。

➢ **叠加模式**：该模式将混合色与底色叠加作为结果颜色，并且混合后的颜色反映原颜色的明暗程度。

➢ **柔光模式**：使用这种模式将产生一种类似于用聚光灯照射的效果，混合色相当于光源，当其灰度小于 50%时，图像将变亮，反之，其灰度大于 50%时，图像将偏暗。

➢ **强光模式**：使用这种模式时，当混合色的灰度小于 50%时，其效果相当于漂白效果，当混合色的灰度大于 50%时，其效果相当于叠加模式。这种模式用在给一幅图像加强光或阴影中。

➢ **颜色减淡模式**：该模式将底色变亮以反映混合色，使用黑色将无任何效果。

➢ **颜色加深模式**：该模式将底色变暗以反映混合色，使用白色将无任何效果。

➢ **变暗模式**：该模式将底色中比混合色亮的部分用混合色取代，而暗的部分不变。

➢ **变亮模式**：该模式与变暗模式相反，那些比混合色暗的部分将会被混合色取代，而亮的部分则不变。

➢ **差值模式**：该模式将用混合色和底色中较亮颜色的亮度减去较暗颜色的亮度作为混合后的颜色亮度。一般情况下，与白色混合会使底色反向，与黑色混合不产生变化。

➢ **排除模式**：该模式的效果与差值模式基本相同，只是结果颜色更加柔和。

➢ **色相模式**：该模式由底色的光度和饱和度及混合色的色调来决定结果颜色。

➢ **饱和度模式**：该模式由底色的光度和色调及混合色的饱和度决定结果颜色。

➢ **颜色模式**：该模式由底色的光度及混合色的色调和饱和度来决定结果颜色，这将维持图像的灰度，对单色和淡色的图像很有用。

➢ **亮度模式**：该模式的效果与颜色模式产生的效果相反，由底色的色调和饱和度及混合色的光度来决定结果颜色。

以上模式所产生的效果，读者朋友可以在 Photoshop 8.0 中打开一幅图像，然后用画笔工具在不同混合模式下画上同一种颜色，看看各种模式产生的效果。这样有利于我们更好地理解色彩的混合模式。

3. 不透明度的设置

工具箱中的画笔、历史画笔、仿制图章和橡皮擦等工具都有不透明度的设置，不透明度在进行色彩混合时决定了底色的不透明程度，其值越大，不透明度就越高，即透明度越小。读者可以直接在“不透明度”输入框中输入 0～100 之间的数值，或单击输入框右侧的 ▸ 图标，拖动弹出的滑块来调整不透明度值。图 3.54 就是使用画笔工具不同的不透明度值所绘制得到的效果。

4. 画笔流量的设置

对于画笔和橡皮擦工具还可以设置 Flow: 31% ▸ 选项，读者可以直接在 Flow: 31% ▸ 输入框中输入 1～100 之间的数值，或单击输入框右侧的 ▸ 图标，拖动弹出的滑块来调整 flow 值。图 3.55 中图像上部的线条是 flow 值为 100 时的效果，图像下部的线条是 flow 值为 22 时的效果。

图 3.54 使用画笔工具不同的不透明度值所绘制的效果

图 3.55 不同流量值所绘制形成的效果

3.2.2 画笔工具组

1. 画笔工具

画笔工具类似于我们平时作画时用的各种各样的毛笔，在软件中这些画笔也有笔头大小，画笔工具做出来的图像比较柔和。画笔工具能够模拟毛笔，在图像中使用前景色进行着色。在前面所讲的画笔工具属性栏选项设置中我们已经学习了怎样设置画笔的不透明度值和流量值。下面我们将根据具体的情况来定义一些自己喜爱的画笔形状，即自定义画笔。自定义画笔的步骤如下：

① 打开一幅自己喜欢的图片，这里打开如图 3.56 所示的图片。

② 单击工具箱中的套索或矩形选框工具，在所打开的图像中选取需要定义的区域，本例选取范围如图 3.57 所示。

图 3.56　打开的新图像

图 3.57　用矩形选框工具选取的范围

③ 单击 编辑(E) 菜单中的定义画笔命令 Define Brush Preset...，在弹出的如图 3.58 所示对话框中给所定义的画笔取一个名字，单击 好 按钮，完成自定义画笔。这时所定义的画笔将出现在画笔列表框中。

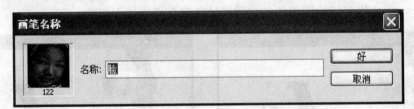

图 3.58　“画笔名称”对话框

④ 按 Ctrl+N 快捷键，新建一个图像文件，在工具箱中选择工具并设置好需绘制的前景色，单击鼠标右键，在弹出的画笔列表中选择我们刚刚定义好的画笔，在图像上绘制，可得到如图 3.59 所示的图像效果。读者朋友不要忘记利用自定义画笔可以提高工作效率的哟。

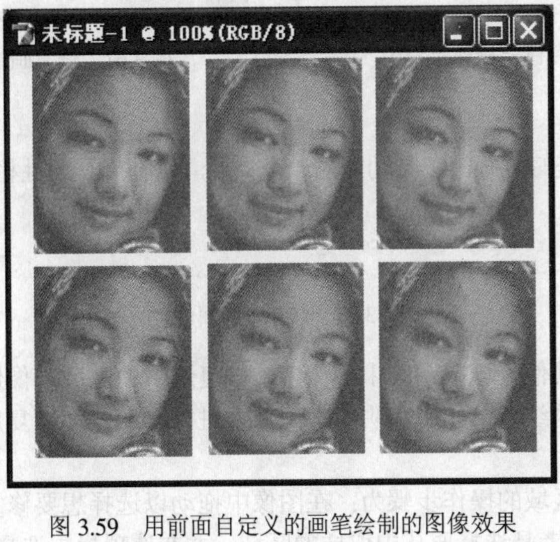

图 3.59　用前面自定义的画笔绘制的图像效果

2. 铅笔工具

铅笔工具属性中所有选项与画笔工具相同，用铅笔工具所绘制的图形都比较生硬，不像画笔工具那样平滑柔和。在铅笔工具属性栏中，没有 Flow: 31% 选项，而增加了 □自动抹掉 选项，这是由铅笔的特性决定的，因为它无法产生类似于"湿边"的效果。当选中 ☑自动抹掉 选项后，铅笔工具可以当做橡皮擦来擦除图像。

3.2.3 修补工具组

1. 修复画笔工具

修复画笔工具可用于矫正瑕疵，使它们消失在周围的图像中。它利用图像或图案中的样本像素，将样本像素的纹理、光照和阴影与源像素进行匹配，使修复后的像素不留痕迹地融入图像的其余部分。修复工具的使用方法很简单，先按住 Alt 键选择样本像素，然后松开 Alt 键，移动光标到需要修复的地方涂抹一下，涂抹完毕后我们发现，Photoshop 8.0 能够将涂抹的区域与周围的区域变得非常的融合。也就是说，Photoshop 8.0 可以让被涂抹的地方与背景融合得非常好。在实际运用中，用它来修复扫描照片所带有的杂质点是最好不过的了。

通过图 3.60、图 3.61 两幅图片的对照，我们可以清楚地看到修复画笔工具对于图像的修复很有用处，因为修复后的图像能与它周围的色彩有机地结合起来。

图 3.60 修复画笔操作过程中

图 3.61 修复画笔工具操作后的效果

2. 修补工具

修补工具实际上是修复画笔工具功能的一个扩展。修补工具属性栏的选项如图 3.62 所示。

图 3.62 修补工具属性栏

修补工具可以用其他区域或图案中的像素来修复选中的区域。像修复画笔工具一样，修补工具会将样本像素的纹理、光照和阴影与源像素进行匹配，使修复后的像素不留痕迹地融入图像的其余部分。

（1）用区域修复区域的操作步骤为：在图像中拖动以选择想要修复的区域，并在工具属性栏中选择"源"；或者是选择要从中取样的区域，并在选项栏中选择"目标"。将指针定位在选区内。如果在工具属性栏中选中了“源”，将选区边框拖移到想要从中进行取样的区域，松开鼠标按钮时，原来选中的区域用样本像素进行了修补；如果在选项栏中选中了“目标”，将选区边框拖移到要修补的区域，松开鼠标按钮时，新选中的区域用样本像素进行了修补。

（2）用图案修复区域的操作步骤为：在图像中拖动以选择想要修复的区域，在工具属性栏中单击右侧的按钮，在弹出的调板中选择图案，单击 使用图案 按钮即可。

图 3.63 所示的是用修补工具的不同选项在同一图像中所绘制得到的效果，通过对几种效果进行比较来说明这几个选项的用途。

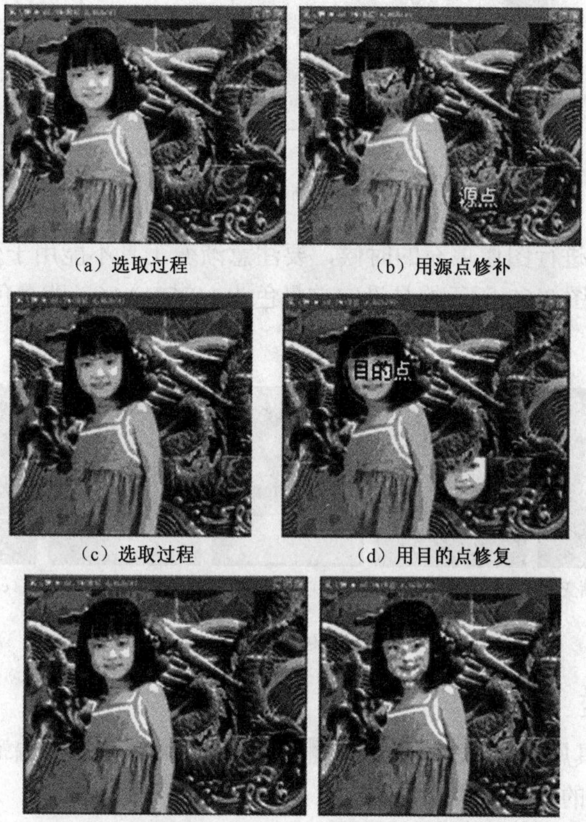

（a）选取过程　（b）用源点修补

（c）选取过程　（d）用目的点修复

（e）选取过程　（f）应用图像修补

图 3.63 修复工具的几个选项对照

3.2.4 渐变工具组与填充工具

渐变工具可以创建多种颜色间的逐渐混合。我们可以从现有的渐变填充中选择或创建自己的渐变。

1. 渐变工具

- 线性渐变：颜色从起点到终点线性渐变。
- 径向渐变：颜色从起点到终点以圆形图案逐渐改变。
- 角度渐变：颜色围绕起点以逆时针环绕逐渐改变。
- 对称渐变：颜色在起点两侧对称线性渐变。
- 菱形渐变：颜色从起点向外以菱形图案逐渐改变，终点为菱形的一角。

⑩ 取消选区，单击路径控制面板，选择“花瓣 3”的路径轮廓。在画布上按住 Ctrl 键单击并修改路径的形状，如图 3.103 所示。将路径转换为选区，按 Ctrl+H 快捷键隐藏选区。选择加深工具并设置画笔大小为 100 像素，加深涂抹处理其效果如图 3.104 所示。

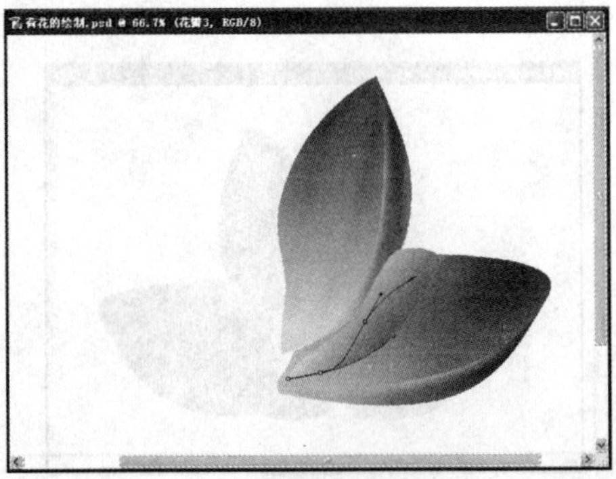
图 3.103　改变“花瓣 3”的路径轮廓

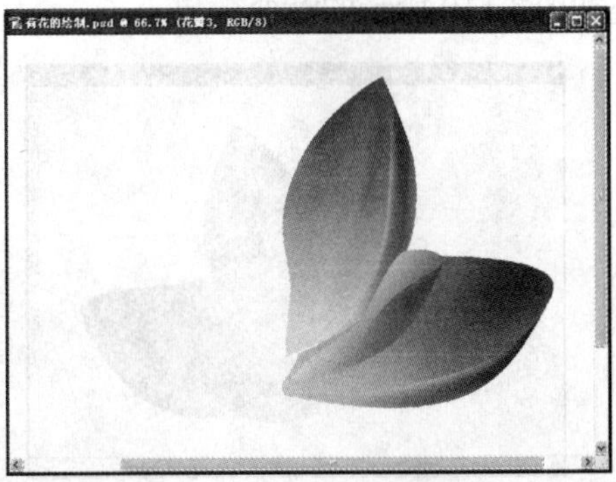
图 3.104　加深处理后“花瓣 3”的效果

⑪ 再新建一个图层并命名为“花瓣 4”，选择钢笔工具，在画布上创建出如图 3.105 所示的形状。设置前景色为# 872127，背景色为# CB7695，将路径转换为选区，选择工具箱中的渐变工具，在工具箱属性栏上单击径向渐变按钮，从选区的右下角向左上角拖动鼠标，在选区内填充如图 3.106 所示的渐变效果。

图 3.105　“花瓣 4”的路径轮廓

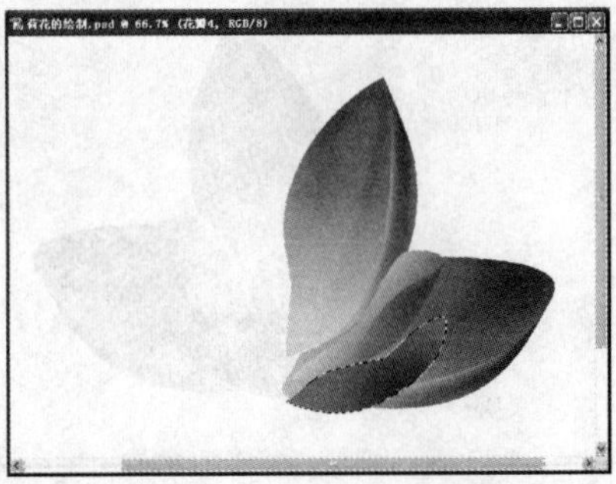
图 3.106　给选区填充径向渐变后的效果

⑫ 取消选区，单击路径控制面板，选择“花瓣 4”的路径轮廓。在画布上按住 Ctrl 键单击并修改路径的形状，如图 3.107 所示。将路径转换为选区，按 Ctrl+H 快捷键将选区隐藏。选择加深工具并设置画笔大小为 100 像素，加深处理后其效果如图 3.108 所示。

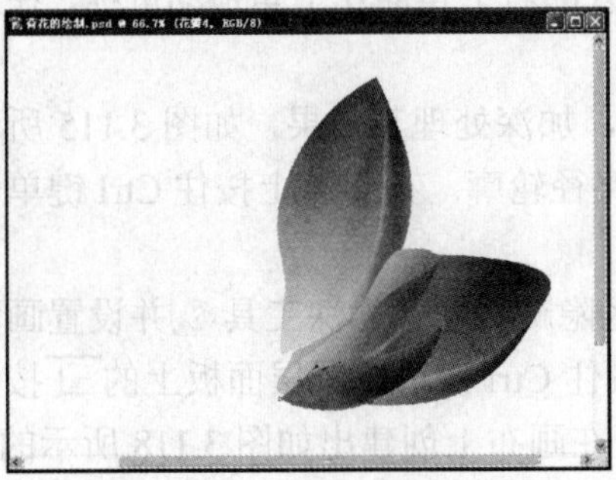
图 3.107　修改“花瓣 4”路径轮廓形状

图 3.108　加深处理后“花瓣 4”的效果

⑬ 新建一个图层并命名为“花瓣 5”，用钢笔工具在画布上创建出如图 3.109 所示的形状。设置前景色为# C05373，背景色为# E9A3B6，将路径转换为选区，选择工具箱中的渐变工具，在工具箱属性栏上单击线性渐变按钮，从选区的左上角向右下角拖动鼠标，填充如图 3.110 所示的渐变效果。

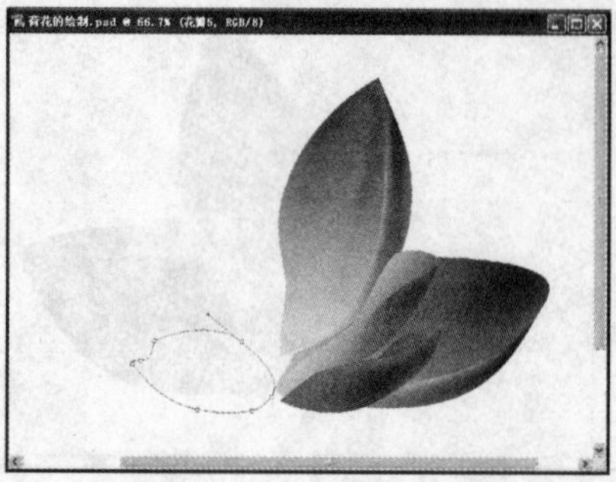

图 3.109 “花瓣 5”路径轮廓形状

图 3.110 填充渐变效果后的“花瓣 5”

⑭ 选择加深工具并设置画笔大小为 80 像素，加深处理后其效果如图 3.111 所示。选择减淡工具并设置其画笔大小为 20 像素、曝光度值为 30%，在选区的上边缘进行涂抹处理，得到如图 3.112 所示的效果。取消选区，完成荷花第 5 瓣花瓣的绘制。

图 3.111 加深处理后的“花瓣 5”

图 3.112 减淡处理后的“花瓣 5”

⑮ 按住 Ctrl 键单击图层面板上的按钮，新建一个图层并命名为“花瓣 6”（按住 Ctrl 键单击图层面板的按钮所创建的图层，其图层位置是建立在当前层之下的）。选择钢笔工具，在画布上创建出如图 3.113 所示的形状。设置前景色为# C77996，背景色不变，将路径转换为选区，选择工具箱中的渐变工具，从选区的右下角向左上角拖动鼠标，在选区内填充如图 3.114 所示的渐变效果。

⑯ 选择加深工具并设置画笔大小为 80 像素，加深处理其效果，如图 3.115 所示。取消选区，单击路径控制面板，选择“花瓣 6”的路径轮廓。在画布上按住 Ctrl 键单击并修改路径的形状，如图 3.116 所示。

⑰ 将路径转换为选区，按 Ctrl+H 快捷键将选区隐藏。选择加深工具并设置画笔大小为 100 像素，加深处理其效果，如图 3.117 所示。按住 Ctrl 键单击图层面板上的按钮，新建一个图层并命名为“花瓣 7”。选择钢笔工具，在画布上创建出如图 3.118 所示的形状。

图 3.113　“花瓣 6”路径轮廓形状

图 3.114　填充渐变效果后的“花瓣 6”

图 3.115　对“花瓣 6”进行加深处理

图 3.116　修改“花瓣 6”路径轮廓形状

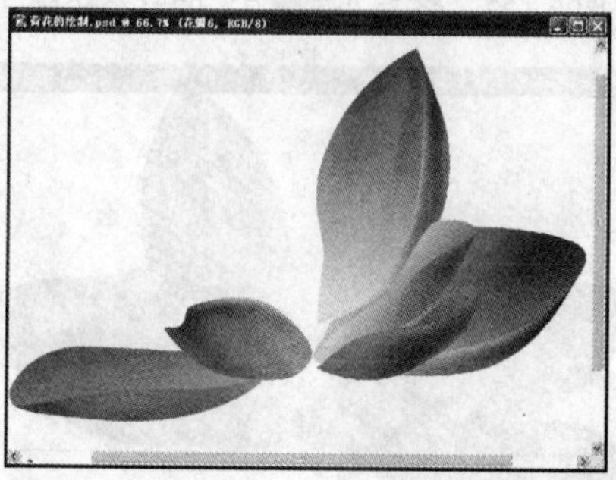

图 3.117　加深处理后的“花瓣 6”

图 3.118　“花瓣 7”的路径轮廓形状

⑱ 设置前景色为# CD6175，背景色为# F4CADB，将路径转换为选区，选择线性渐变工具，从选区的左上角向右下角拖动鼠标，在选区内填充如图 3.119 所示的线性渐变效果。选择加深工具并设置画笔大小为 70 像素，加深处理后其效果如图 3.120 所示。

⑲ 选择减淡工具并设置其画笔大小为 20 像素、曝光度值为 15%，在选区内涂抹处理出如图 3.121 所示的效果。取消选区，单击路径控制面板，选择“花瓣 7”的路径轮廓。在画布上按住 Ctrl 键单击并修改路径的形状，如图 3.122 所示。

⑳ 将路径转换为选区，选择加深工具并设置画笔大小为 70 像素，加深处理后其效果如图 3.123 所示。单击路径控制面板，选择“花瓣 7”的路径轮廓并修改路径的形状，如图 3.124 所示。

图3.119　为“花瓣7”填充渐变效果

图3.120　加深处理后“花瓣7”的效果

图3.121　减淡处理后的“花瓣7”

图3.122　修改“花瓣7”的路径轮廓

图3.123　对选区内的图像进行加深处理

图3.124　再次修改“花瓣7”的路径轮廓

㉑ 将路径转换为选区，选择加深工具并设置其画笔大小为70像素，加深其效果，如图3.125所示。取消选区，这样就完成了“花瓣7”的绘制。

㉒ 按住Ctrl键单击图层面板上的按钮，新建一个图层并命名为“花瓣8”。用钢笔工具在画布上创建如图3.126所示的形状。将路径转换为选区，选择工具箱中的渐变工具，从选区的上边向下拖动鼠标，在选区内填充如图3.127所示的线性渐变效果。

㉓ 选择加深工具并设置画笔大小为70像素，加深处理后其效果如图3.128所示。选择减淡工具并设置其画笔大小为60像素、曝光度值为15%，在选区内涂抹处理出如图3.129所示的效果。取消选区，“花瓣8”绘制完成。

图 3.125　绘制完成后的"花瓣 7"效果

图 3.126　"花瓣 8"的路径轮廓形状

图 3.127　为"花瓣 8"填充渐变后的效果

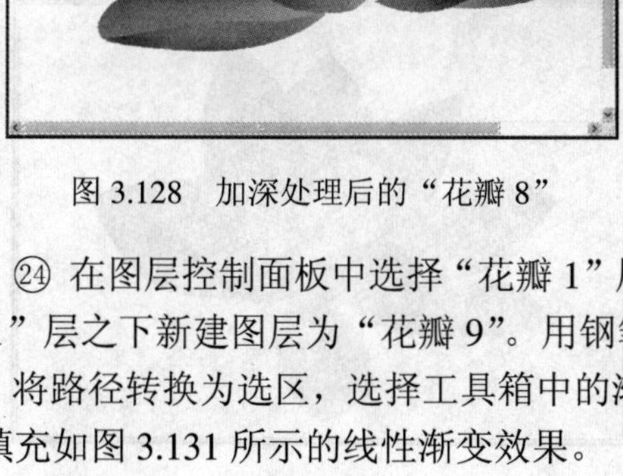

图 3.128　加深处理后的"花瓣 8"

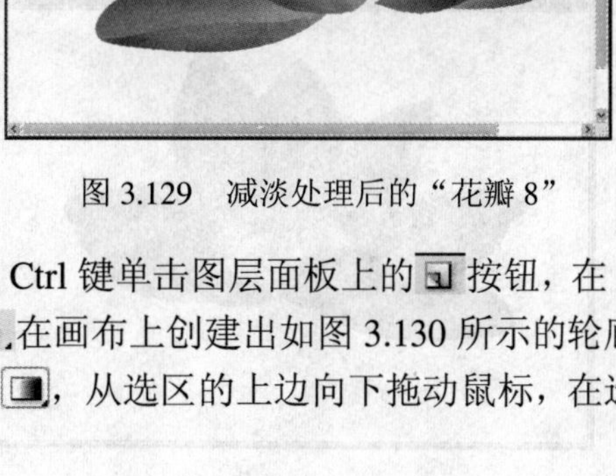

图 3.129　减淡处理后的"花瓣 8"

㉔ 在图层控制面板中选择"花瓣 1"层，按住 Ctrl 键单击图层面板上的按钮，在"花瓣 1"层之下新建图层为"花瓣 9"。用钢笔工具在画布上创建出如图 3.130 所示的轮廓形状。将路径转换为选区，选择工具箱中的渐变工具，从选区的上边向下拖动鼠标，在选区内填充如图 3.131 所示的线性渐变效果。

图 3.130 “花瓣 9”的路径轮廓形状

图 3.131 填充渐变后“花瓣 9”的效果

㉕ 选择减淡工具，并设置其画笔大小为 60 像素、曝光度值为 15%，在选区内涂抹处理出如图 3.132 所示的效果。取消选区，完成“花瓣 9”的绘制。现在我们完成了荷花的主要花瓣绘制，但整朵花看起来还有些空，我们可以再补充几瓣花瓣。

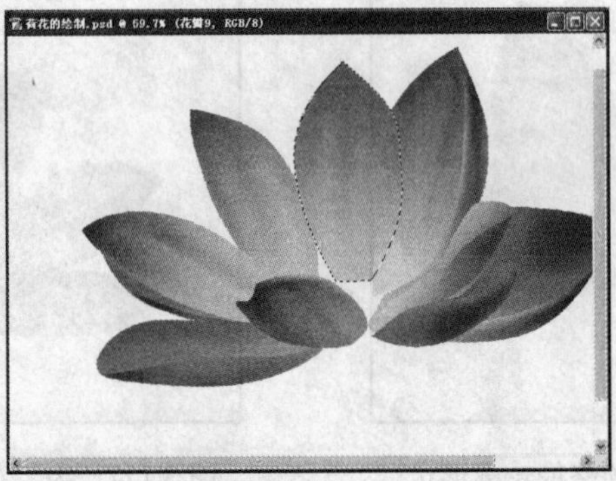

图 3.132 减淡处理后的“花瓣 9”

㉖ 按住 Ctrl 键单击图层面板上的按钮，新建一个图层并命名为“花瓣 10”。用钢笔工具，在画布上创建出如图 3.133 所示的形状。将路径转换为选区，设置前景色为#AD5E7F，背景色为# D2A5A3，选择工具箱中的渐变工具，从选区的下边向上拖动鼠标，在选区内填充如图 3.134 所示的线性渐变效果。如果觉得层次比较单调，可以用减淡工具进行适当调整。

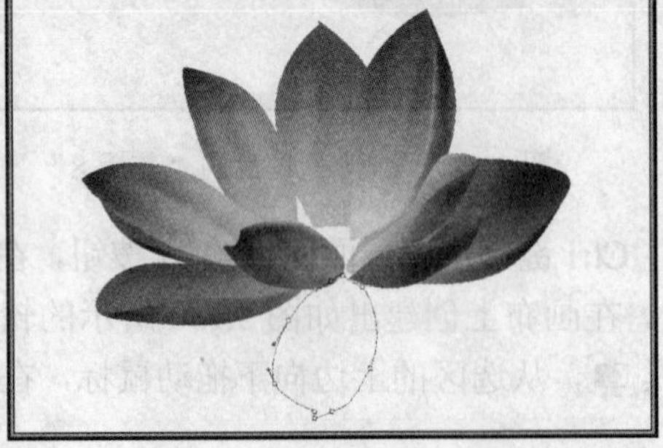

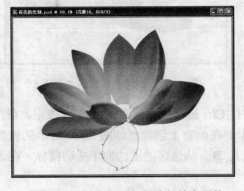

图 3.133 “花瓣 10”的路径轮廓形状

图 3.134 填充渐变后“花瓣 10”的效果

㉗ 取消选区，按住 Ctrl 键单击图层面板上的按钮，新建一个图层并命名为“花瓣 11”。用钢笔工具在画布上创建出如图 3.135 所示的形状。将路径转换为选区，设置前景色为# B94071，背景色为# D2A5A3，选择工具箱中的渐变工具，从选区的下边向上拖动鼠标，在选区内填充如图 3.136 所示的线性渐变效果。

图 3.135　“花瓣 11”的路径轮廓形状

图 3.136　填充渐变效果后的“花瓣 11”

㉘ 取消选区，单击路径控制面板，选择“花瓣 11”的路径轮廓。在画布上按住 Ctrl 键单击并修改路径的形状，如图 3.137 所示。将路径转换为选区，选择加深工具并设置画笔大小为 70 像素，加深处理后其效果如图 3.138 所示。

图 3.137　修改“花瓣 11”的路径轮廓

图 3.138　加深“花瓣 11”选区内的图像

㉙ 在图层控制面板中选择“花瓣 5”层，按住 Ctrl 键单击图层面板上的按钮，新建一个图层并命名为“花蕊 1”，选择工具箱中的工具，在画布上创建如图 3.139 所示的椭圆形选区，按 Ctrl+Alt+D 快捷键对选区进行羽化，在弹出的对话框中设置其羽化值为 25。设置前景色为# F1B649，背景色为# EDD099，选择工具箱中的渐变工具，在工具箱属性栏上单击径向渐变按钮，给选区填充径向渐变后的效果如图 3.140 所示。

㉚ 单击图层面板上的按钮，新建一个图层并命名为“莲蓬层”，选择工具箱中的工具，在画布上创建如图 3.141 所示的椭圆形选区，设置前景色为# E2EC73，按 Alt+Delete 快捷键为选区填充前景色，其效果如图 3.142 所示，取消选区。

㉛ 按住键盘上的 Shift 键，用椭圆工具在“莲蓬层”上创建出如图 3.143 所示的选区。设置前景色为#D5C362，按 Alt+Delete 快捷键为选区填充前景色。隐藏选区，选择加深工具并设置画笔大小为 10 像素，加深处理后其效果如图 3.144 所示。

图 3.139 “花蕊 1”的选区大小及位置

图 3.140 填充渐变后“花蕊 1”的效果

图 3.141 “莲蓬层”选区大小及形状

图 3.142 选区填充前景色后的效果

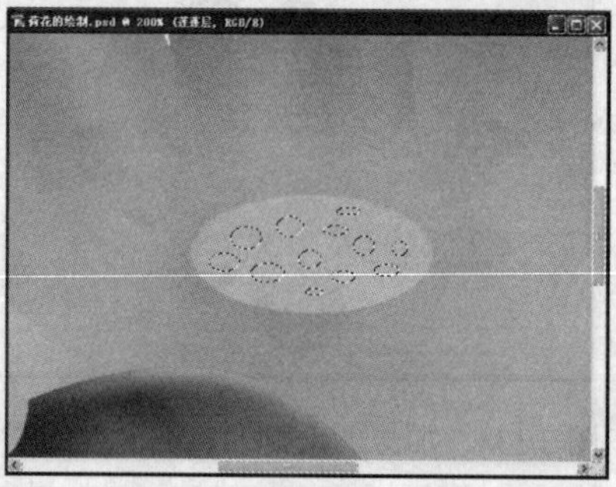

图 3.143 在“莲蓬层”上创建的选区

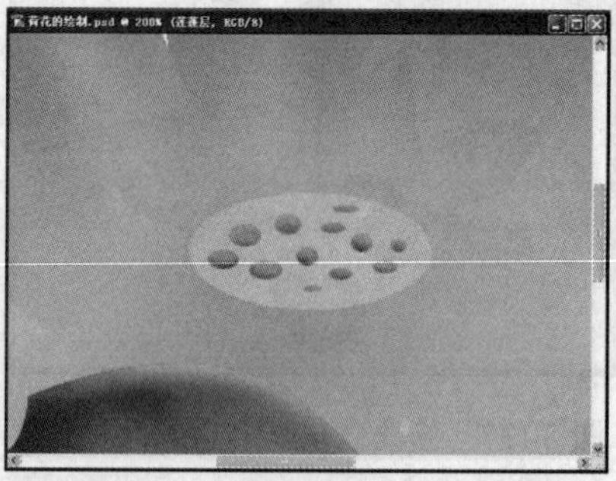

图 3.144 为选区填充前景色并进行加深处理

㉜ 单击图层面板上的按钮，新建一个图层并命名为“花蕊 2”，选择工具箱中的工具，在画布上创建如图 3.145 所示的路径（若需要结束路径，可按住 Ctrl 键单击）。设置前景色为# FAF8B2，选择画笔工具并设置其画笔大小为 5 像素。按 Enter 键对路径进行前景色描边，得到如图 3.146 所示的效果。

㉝ 设置前景色为#FAF8B2，选择画笔工具并设置其画笔大小为 2 像素。按 Enter 键对路径进行前景色描边，按 Ctrl+H 快捷键隐藏路径，得到如图 3.147 所示的效果。设置前景色为#FEFEF1，设置画笔大小为 7 像素，在画布上绘制出如图 3.148 所示的花蕊点。

㉞ 设置前景色为#FED35A，设置画笔大小为 5 像素，在画布上再增加一些斑点。至此得到绘制完成的荷花，如图 3.149 所示。

图 3.145　用路径创建“花蕊 2”的形状

图 3.146　描边路径后的“花蕊 2”

图 3.147　再次进行描边处理

图 3.148　用画笔绘制出的花蕊点

图 3.149　处理完成后的荷花效果

3.3 图像处理工具

图像处理工具主要包括图像的模糊、锐化、涂抹，图像的加亮，图像的加深和改变图像饱和度等工具。

在本节中我们将学习如图 3.150 所示的人头像互换合成处理和颜色矫正操作，通过该例的操作来熟练掌握各种图像处理工具的运用。

（a）人物图片一　　（b）人物图片二　　（c）换脸后的人物图片

图 3.150　人脸互换效果

3.3.1　聚焦工具组

聚焦工具组包括 3 个工具，即模糊工具、锐化工具、涂抹工具，主要用于处理图像的模糊度问题。

1. 模糊工具

模糊工具可以软化图像中的生硬边界，使图像产生模糊的效果。其原理是降低图像相邻像素之间的反差，从而使图像的边界区域变得柔和。在工具箱中选中模糊工具，将显示如图 3.151 所示的模糊工具属性栏，其中有一些选项需要设置，下面分别加以说明。

图 3.151　模糊工具属性栏

模式：提供了 7 种着色模式，它们分别是正常、变暗、色相、饱和度、颜色以及亮度。

Strength（强度）：它主要用于设置模糊工具着色的力度，其取值范围在 0%～100%之间。设置的压力值越大，模糊的效果就越明显。

用于所有图层：此复选框用于使模糊工具的作用范围扩展到图像中所有的可见图层中，其效果是所有可见图层的像素颜色都模糊化。

2. 锐化工具

锐化工具与模糊工具正好相反，它能使图像产生清晰的效果，其原理是通过增大图像相邻像素之间的反差，从而使图像看起来更清晰。锐化和模糊两个工具属性栏中的选项是一样的，它们的“模式”选项只有 7 种色彩混合模式，这与前面所讲画笔工具“模式”选项的 18 种色彩模式是不同的。另外，模糊和锐化工具不能用于 BMP（位图）和索引颜色模式。在使用模糊工具时若按住 Alt 键，可以将模糊工具切换成锐化工具使用。

3. 涂抹工具

涂抹工具是模拟手指进行涂抹绘制，使用它时将会把最先单击处的颜色与鼠标拖过位置的颜色相混合，制造出用手指在未干的颜料上涂抹的效果，其属性栏如图 3.152 所示。

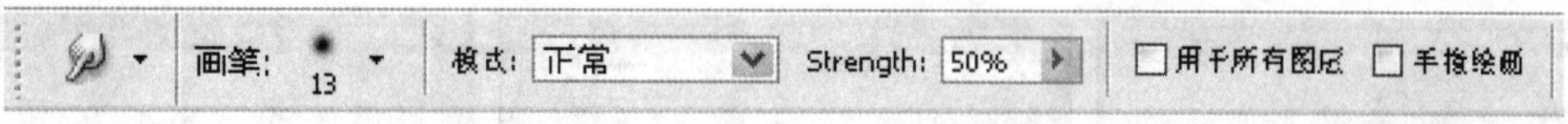

图 3.152　涂抹工具属性栏

除了通用的选项外，涂抹工具属性栏还多了“□手指绘画”选项。若选中该项，将用前景色作为开始处的颜色逐渐与图像上的颜色相混合而形成涂抹效果，否则，将用图像上鼠标单击处的颜色作为开始处的颜色逐渐与图像上的颜色相混合而形成涂抹效果。涂抹时若按住 Shift 键，可以用直线的方式进行涂抹，按住 Ctrl 键则切换为移动工具。

用前面 3 种工具处理的图像效果分别如图 3.153（b）、图 3.153（c）和图 3.153（d）所示。

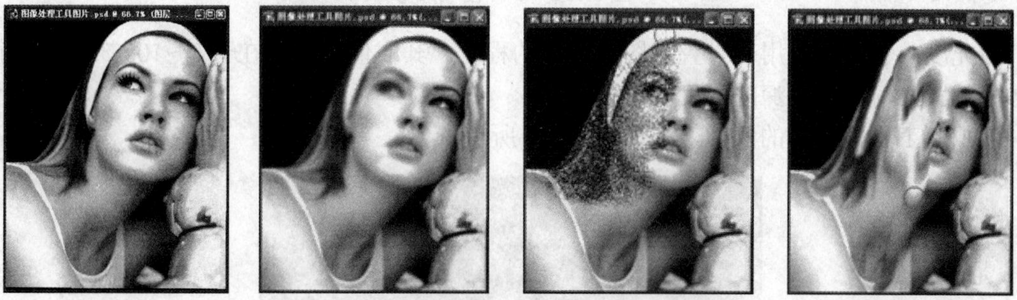

（a）原始图片　（b）模糊工具处理的图像　（c）锐化工具处理的图像　（d）涂抹工具处理的图像

图 3.153　原始图片和用 3 种工具分别处理后的图像效果

3.3.2　曝光工具组

曝光工具组包括减淡工具、加深工具、海绵工具。

1. 减淡工具

减淡工具类似于摄影中的底片曝光技术，通过提高图像或者选择区域的亮度来矫正曝光。在工具箱中选择减淡工具后，工具属性栏显示状态如图 3.154 所示。

图 3.154　减淡工具属性栏

打开一幅图像，将它设置为如图 3.155 所示的效果。

2. 加深工具

加深工具产生的效果正好与减淡工具产生的效果相反，它可以改变图像特定区域的曝光度使图像变暗。

加深工具属性栏中的选项设置如下。

范围：在选项右侧单击 ▾ 图标，打开下拉菜单，从中可以选择使用加深工具对图像颜色的作用范围。其中“暗调”选项表示加深操作只对图像中颜色暗淡的暗调区的像素起作用；“中间调”选项表示加深操作对图像中间色调区域的像素起作用，中间色调区域为图像中灰色比例较大的颜色区域；“高光”选项表示加深操作只对图像的高光区域的像素起作用。

（a）暗调图像　　（b）中间调图像　　（c）高光图像

图 3.155　3 种色调图像

曝光度：它主要是用于设置对图像加深的程度，其取值范围是在 0%～100%之间。输入的数值越大，对图像加深的程度就越大。

用加深工具处理后的图像效果如图 3.156 所示。

图 3.156　加深工具处理后的图像效果

3. 海绵工具

海绵工具用于改变图像的色彩饱和度，这对于图像的光线处理很有用。饱和度是指图像中含灰色水平的多少，增大饱和度值时，灰色水平下降，颜色浓度就大，反之就越小。海绵工具属性栏如图 3.157 所示。

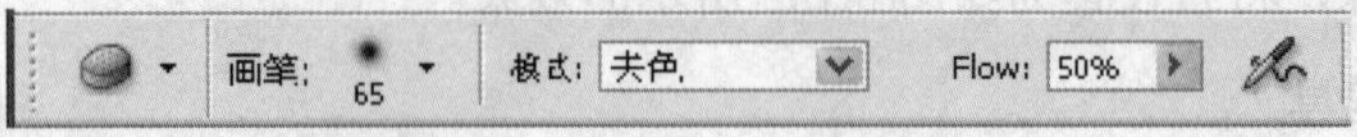

图 3.157　海绵工具属性栏

其中，“模式”有两个选项：去色和加色。“去色”用来对图像中的颜色进行降低饱和度处理，“加色”用来对图像的颜色进行增加饱和度处理。“Flow”（压力）选项用于设置用户拖动鼠标时的压力百分比。图 3.158（b）和图 3.158（c）所示的是分别为使用海绵工具对图 3.158（a）所示的图像进行去色和加色处理后的效果。

以上 3 种工具在使用的过程中，若选择边缘较柔和的笔刷，产生的效果变化较为平和；若选择边缘较硬的笔刷，产生的效果较为剧烈，并且笔刷的直径越大，对图像的影响越明显。

（a）原图　（b）去色处理　（c）加色处理

图 3.158　使用海绵工具对图像进行“去色”、“加色”处理

3.3.3　吸管工具组

吸管工具组包括吸管工具、颜色取样器工具、度量工具。

1. 吸管工具

吸管工具用来选取色样以更改前景色或背景色，也可以直接从色板中吸取色样。具体操作方法如下。

① 在工具箱中单击吸管工具，将光标移动到图像上，单击鼠标左键可将光标处的颜色设置为前景色；按下 Alt 键的同时，单击鼠标左键可将光标处的颜色设置为背景色。

② 当选用的工具为绘图、填充工具时，按下 Alt 键的时候，光标则变为颜色取样器工具，这时可随时从图像中选择颜色。

③ 取多个像素的平均颜色时，需要设置该工具的参数，在工具属性栏中的取样大小选项列表中选择相应的选项，如图 3.159 所示。

2. 颜色取样器工具

颜色取样器工具用于在图像中定义颜色采样点，并把信息保存在图像文件中。其工具属性栏中除了“取样大小”外，还多了一个 清除 按钮，它用于清除采样点。

Photoshop 8.0 允许用户在图像中定义 4 个采样点来及时取得图像中不同位置上的色彩信息，所有这些采样点的信息会显示在信息控制面板中。若将图像保存，这些采样点会随图像一起保存，关闭后重新打开图像文件时，这些采样点仍然存在并起作用。定义采样点与吸管工具的使用方法类似，在图像中需要取样的地方单击鼠标就定义了一个采样点。定义采样点后，图像中会出现采样编号标志，如图 3.160 所示。

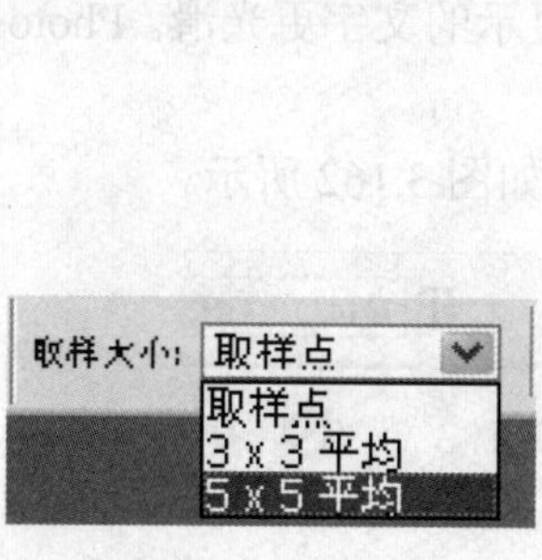

图 3.159　取样大小选项列表

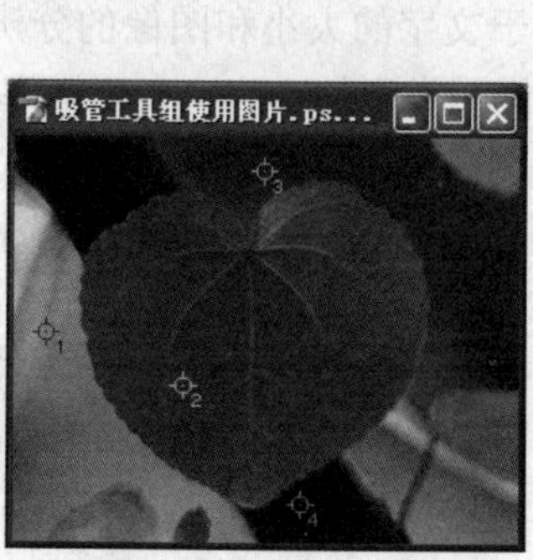

图 3.160　采样编号标志

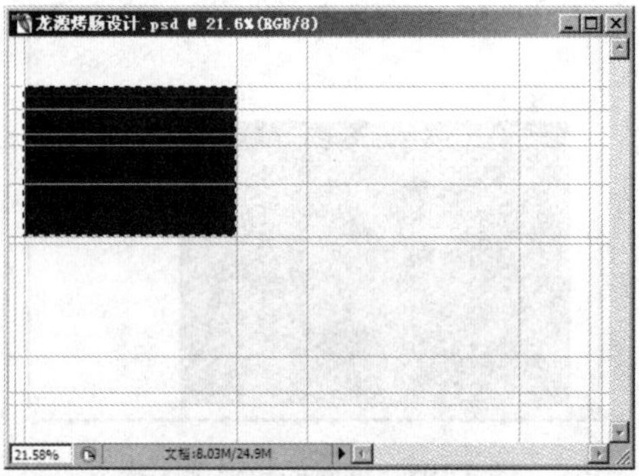

图 3.191　给选区填充前景色

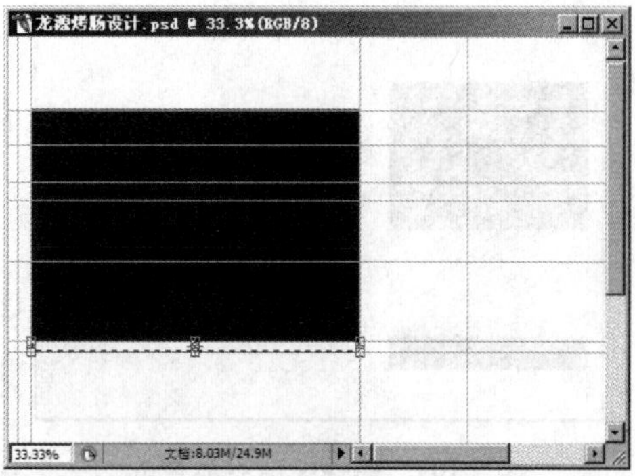

图 3.192　变换选区后的状态

④ 按 Enter 键结束选区变换，设置前景色为#665504，给选区填充前景色得到如图 3.193 所示的效果。再次用变换选区(T)命令将选区变换为如图 3.194 所示的状态。

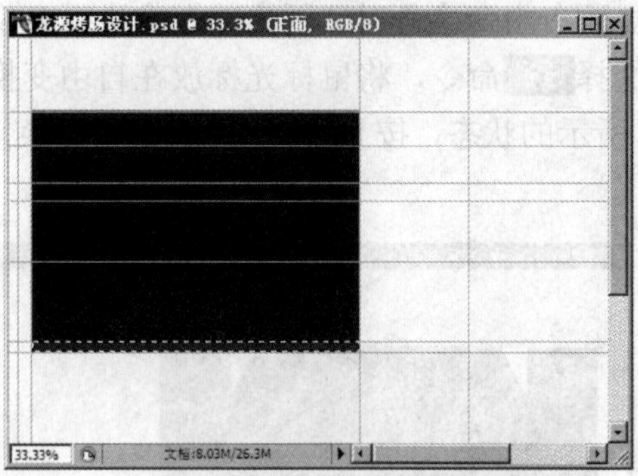

图 3.193　给选区填充前景色

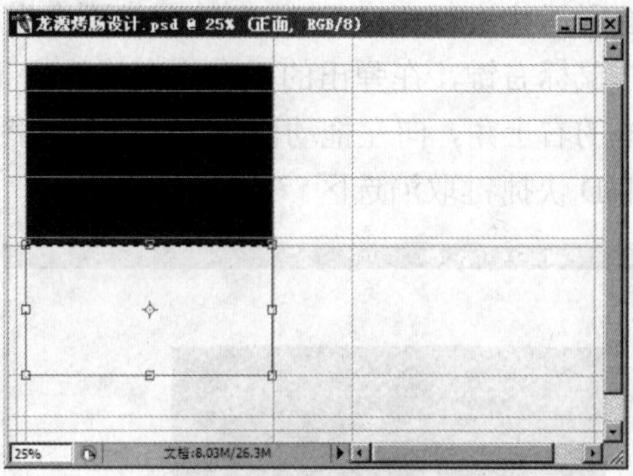

图 3.194　对选区进行变换

⑤ 按 Enter 键结束选区变换，设置前景色为#ecebeb，给选区填充前景色得到如图 3.195 所示的效果。再次用变换选区(T)命令将选区变换为如图 3.196 所示的状态。

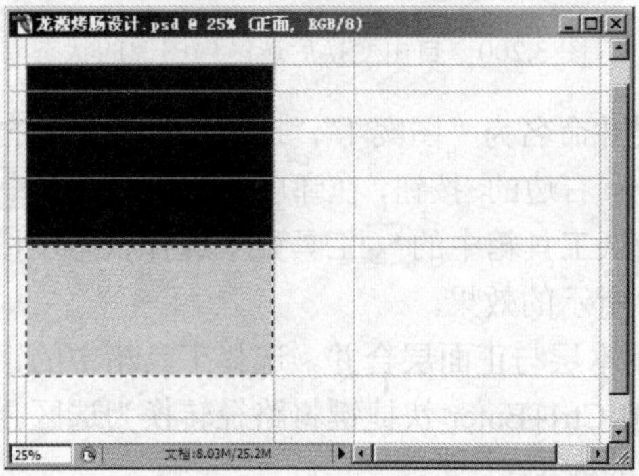

图 3.195　给选区内填充前景色

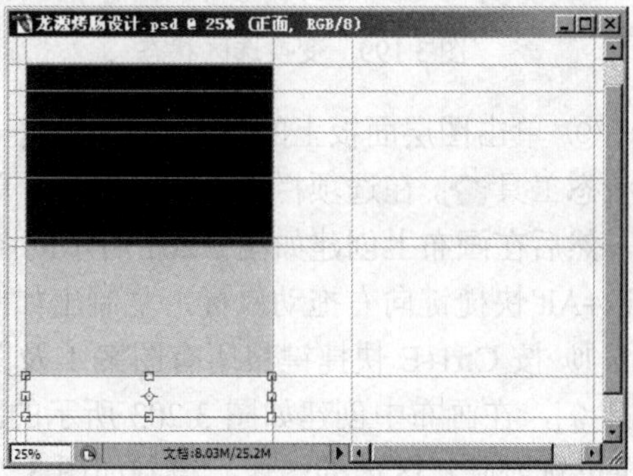

图 3.196　变换选区状态

⑥ 按 Enter 键结束选区变换，设置前景色为#92653c，给选区填充前景色得到如图 3.197 所示的效果，按 Ctrl+D 快捷键取消选区。按 Ctrl+“+”快捷键放大显示视窗，选择工具箱中的矩形选框工具，在画布上创建如图 3.198 所示的选区。

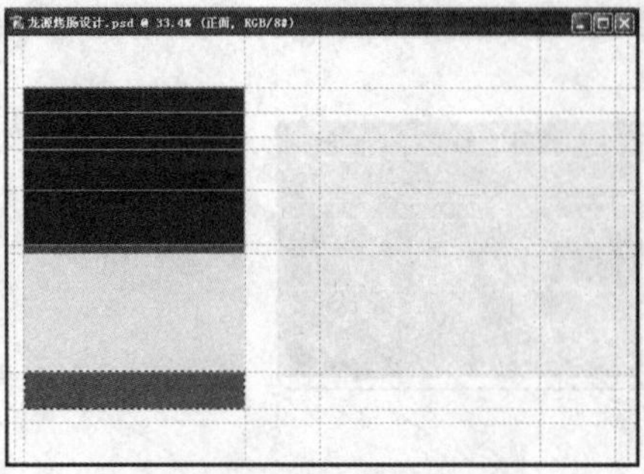

图 3.197　给选区填充前景色

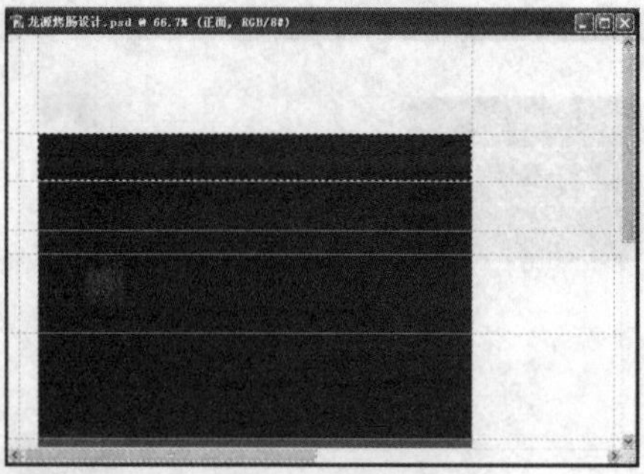

图 3.198　创建的矩形选区状态

⑦ 选择 选择(S) 菜单下的 变换选区(T) 命令，将鼠标光标放在变换选区控制框的右边缘，按住 Shift 键向左拖动鼠标，调整其状态如图 3.199 所示，按 Enter 键确定选区变换。

⑧ 按 Ctrl+T 快捷键对选区内的内容进行自由变换（这与变换选区不同，变换选区只是对选区形状进行变换，选区内的图像不会发生变化，而自由变换是对选区内的图像进行变换）。单击鼠标右键，在弹出的“自由变换”对话框中选择 透视 命令，将鼠标光标放在自由变换控制框的右上角，向左拖动鼠标，变换至如图 3.200 所示的状态，按 Enter 键结束自由变换，按 Ctrl+D 快捷键取消选区。

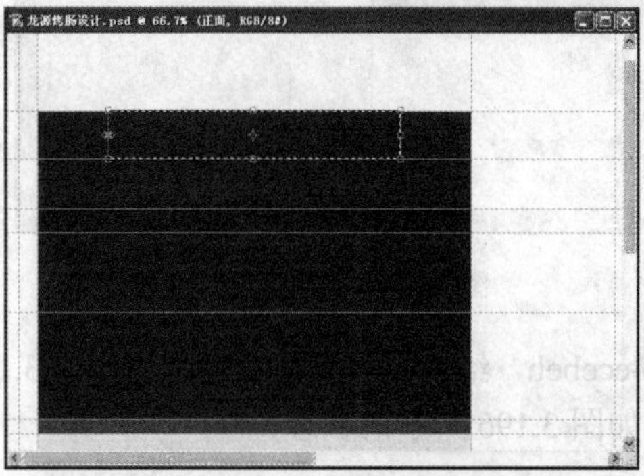

图 3.199　变换选区状态

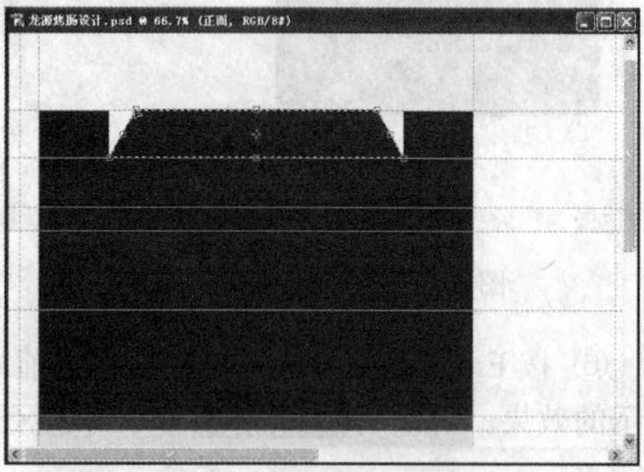

图 3.200　自由变换后选区内图像的状态

⑨ 单击图层面板上的按钮，新建一个图层并命名为“图案 1”，选择工具箱中的自定型状态工具，在选项栏中单击按钮，单击 形状: ➔· 右边的·按钮，在弹出的形状中选择形状，然后在画布上创建如图 3.201 所示的图案。确认工具箱中的工具处于选择状态，按住 Shift+Alt 快捷键向右拖动鼠标，复制出如图 3.202 所示的效果。

⑩ 按 Ctrl+E 快捷键将所有图案 1 及图案 1 副本层与正面层合并。选择工具箱中的钢笔工具，在画布中创建如图 3.203 所示的路径，按 Ctrl+Enter 快捷键将路径转换为选区。按 Delete 键删除选区内的图像，得到如图 3.204 所示的效果。

⑪ 选择 选择(S) 菜单下的 变换选区(T) 命令，单击鼠标右键，在弹出的变换选区菜单中选择 水平翻转 命令，按 Enter 键确定选区变换。单击按钮，将鼠标光标放在选区内，当鼠标光标呈显示时，按住鼠标左键将选区移动到如图 3.205 所示的位置。按 Delete 键将选区内的图像删除，取消选区得到如图 3.206 所示的效果。

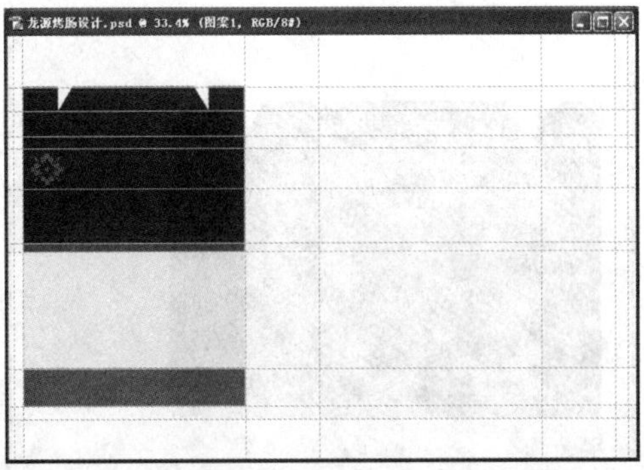

图 3.201　创建的填充图案效果

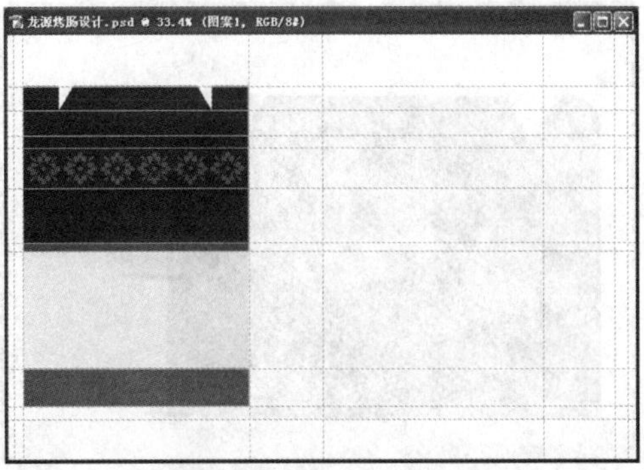

图 3.202　复制图案后的效果

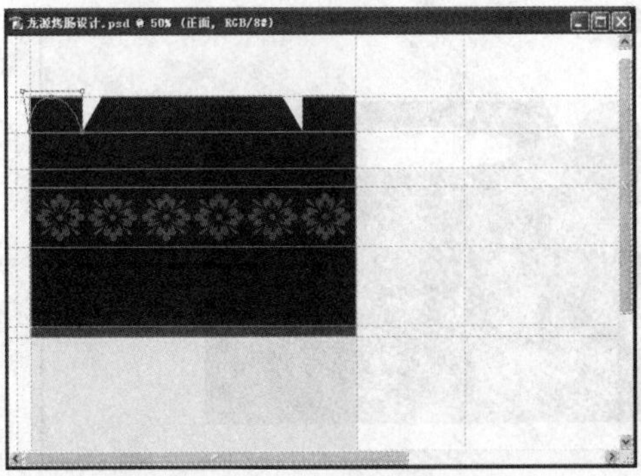

图 3.203　用钢笔工具创建的路径

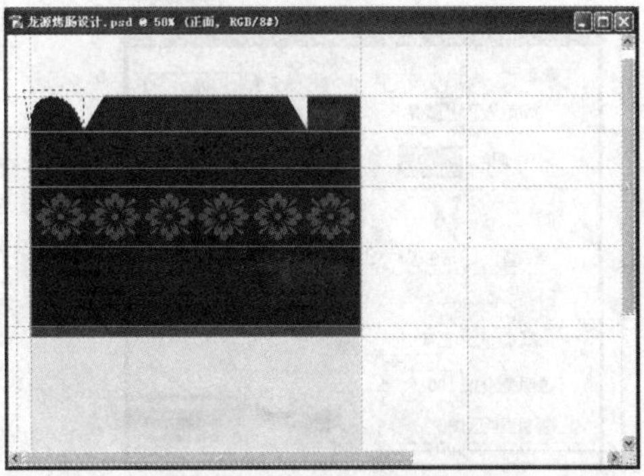

图 3.204　删除选区内的图像

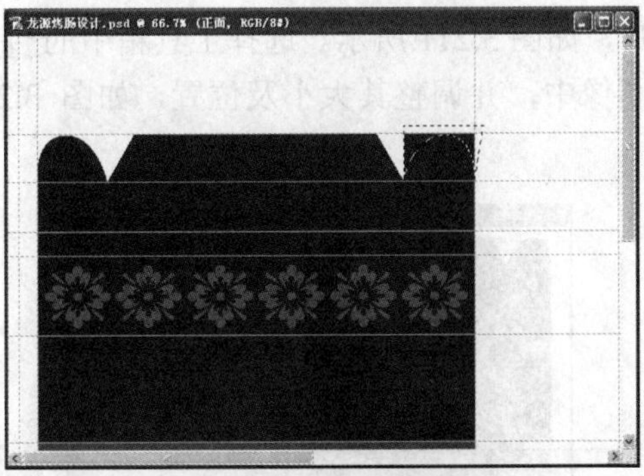

图 3.205　移动选区位置

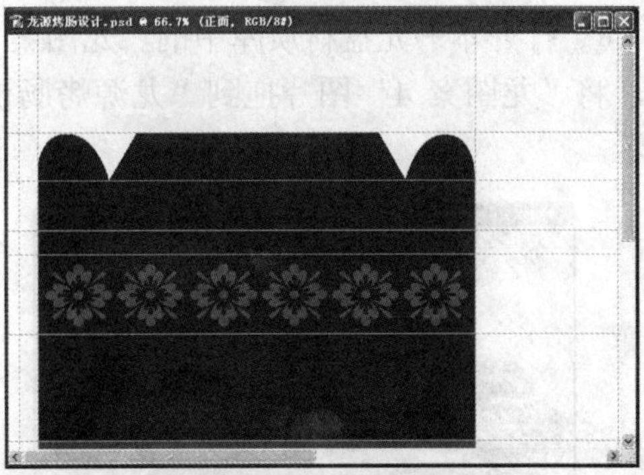

图 3.206　删除选区内的图像

⑫ 确认椭圆工具处于选择状态，在画布上创建如图 3.207 所示的选区。选择 选择(S) 菜单下的 变换选区(T) 命令，将鼠标光标放在变换选区控制框的右上角，按住 Shift+Alt 快捷键向左拖动鼠标，中心变换选区如图 3.208 所示，按 Enter 键确定选区变换。

⑬ 选择 编辑(E) 菜单下的 描边(S)... 命令，在弹出的“描边”对话框中设置其参数如图 3.209 所示。单击 好 按钮，按 Delete 键将选区内的图像删除，取消选区得到如图 3.210 所示的效果。

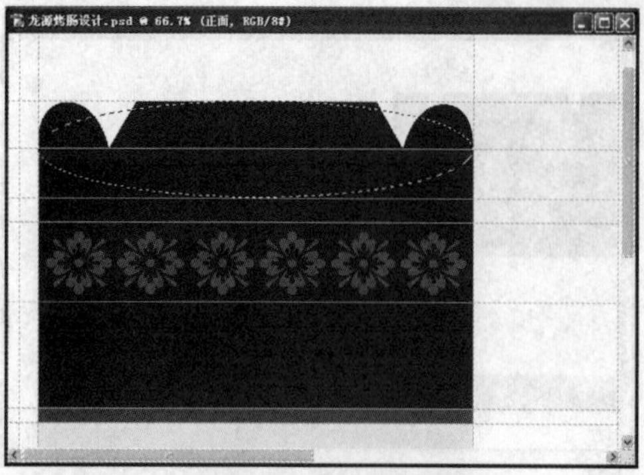

图 3.207 用椭圆选框工具创建的椭圆选区

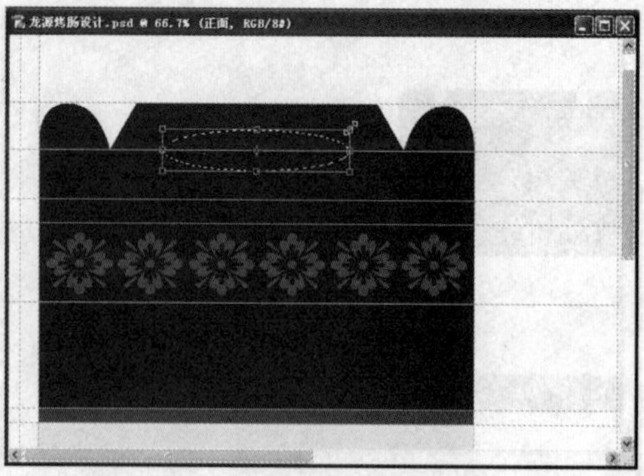

图 3.208 中心变换选区后的状态

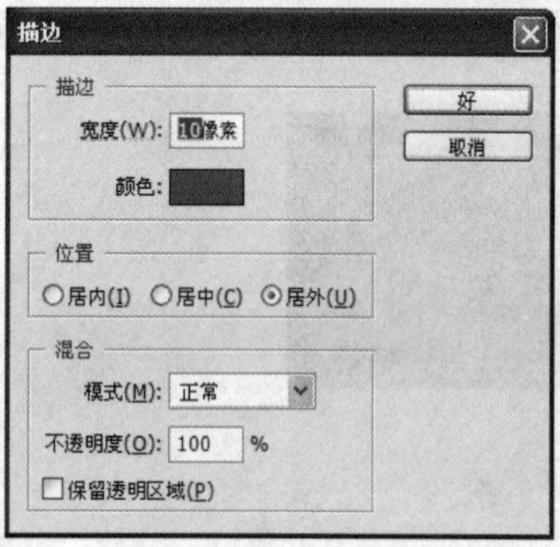

图 3.209 选区描边参数

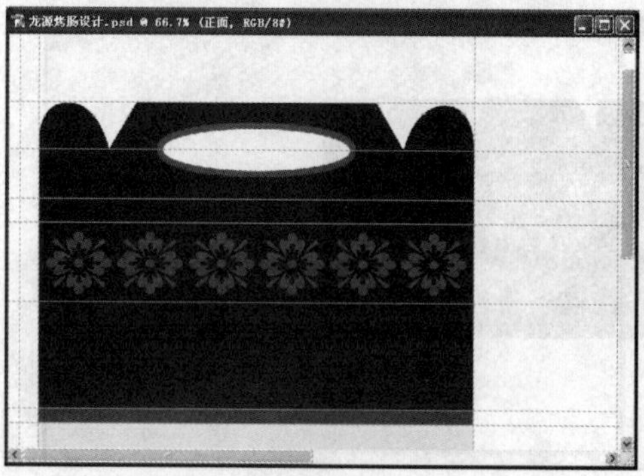

图 3.210 选区描边后的效果

⑭ 打开本书光盘材质库中的“龙图案 1”图片，如图 3.211 所示。选择工具箱中的工具，将“龙图案 1”图片拖到“龙源烤肠设计”图像中，并调整其大小及位置，如图 3.212 所示。

图 3.211 “龙图案 1”图像

图 3.212 “龙图案 1”的位置及大小

⑮ 单击图层面板上的按钮，在弹出的图层样式菜单中选择投影...样式，在弹出的参数栏中设置其投影样式参数如图 3.213 所示。单击“样式参数”对话框中的斜面和浮雕样式，并设置其参数如图 3.214 所示。

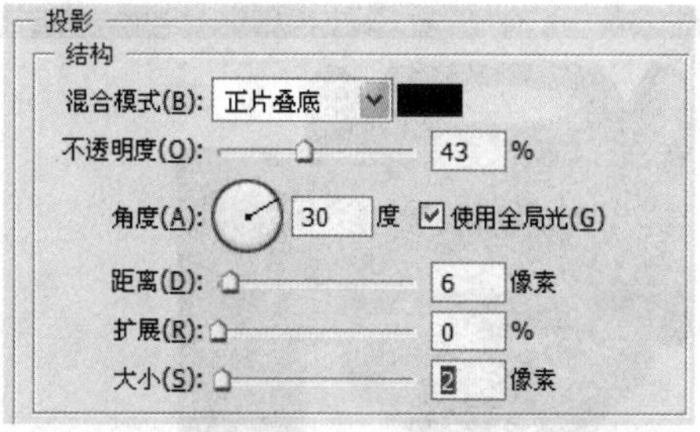

图 3.213　“投影”样式参数设置

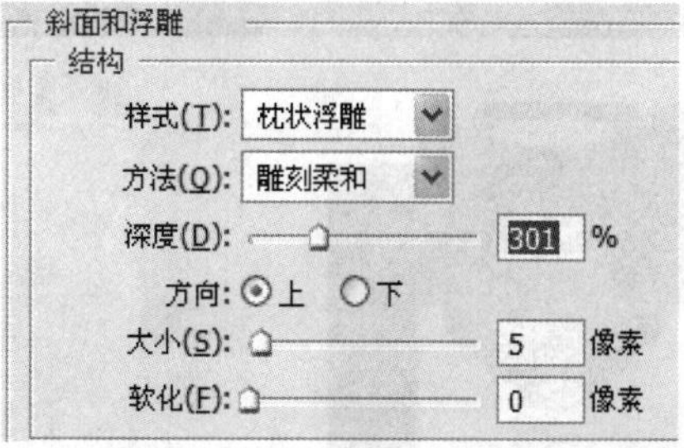

图 3.214　“斜面和浮雕”样式参数设置

⑯ 单击 好 按钮，得到如图 3.215 所示的下陷浮雕效果，按 Ctrl+E 快捷键将“龙图案 1”与“正面”层合并。单击图层面板上的按钮，新建一个图层并命名为“立体右侧面”，选择工具箱中的矩形选框工具，在画布上创建如图 3.216 所示的选区。

图 3.215　添加样式后的效果

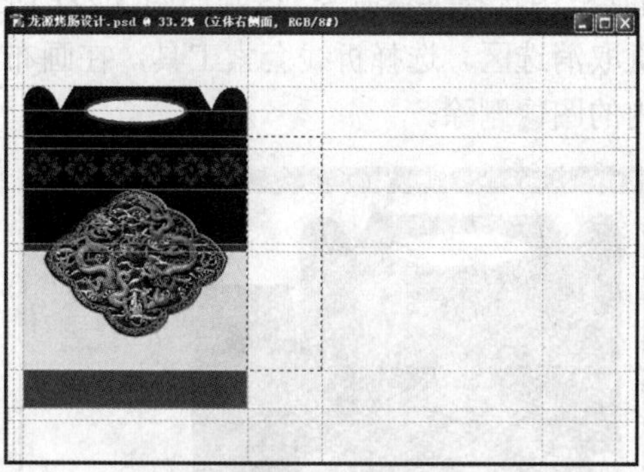

图 3.216　用矩形选框工具创建的矩形选区

⑰ 设置前景色为#7a102b，按 Alt+Delete 快捷键给选区填充前景色，其状态如图 3.217 所示。选择 选择(S) 菜单下的 变换选区(T) 命令对选区进行变换处理。将鼠标光标放在选区变换控制框的上边，从上向下拖动选区到如图 3.218 所示的位置，按 Enter 键确定选区变换。

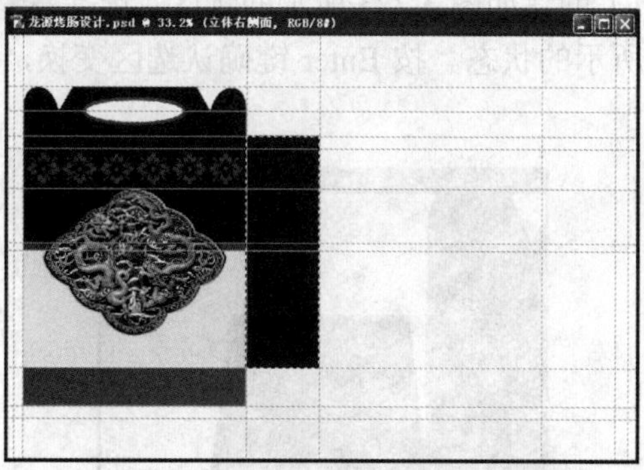

图 3.217　给选区填充前景色

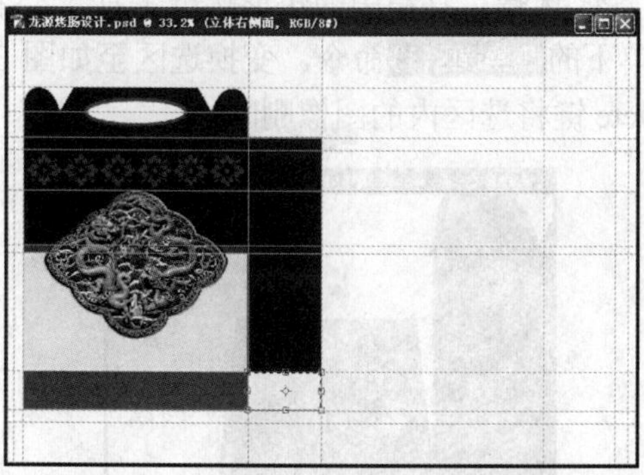

图 3.218　变换选区状态

⑱ 设置前景色为# 92653c，给选区填充前景色，取消选区得到如图 3.219 所示的效果。选择工具箱中的矩形选框工具，在画布上创建如图 3.220 所示的选区。

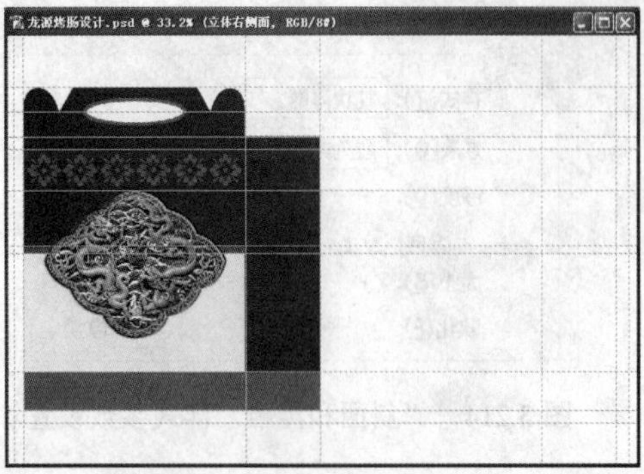

图 3.219　给选区填充前景色

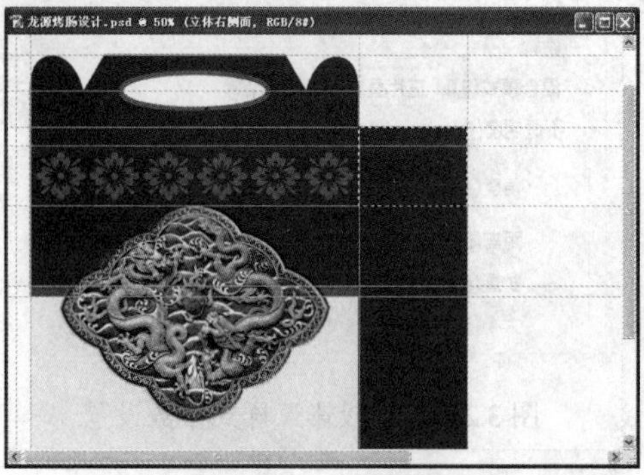

图 3.220　用矩形选框工具创建的矩形

⑲ 按 Ctrl+T 组合键对选区内的内容进行自由变换。单击鼠标右键，在弹出的“自由变换”对话框中选择透视命令，得到如图 3.221 所示的效果，按 Enter 键结束自由变换，按 Ctrl+D 组合键取消选区。选择折线套索工具，在画布上创建如图 3.222 所示的选区，按 Delete 键将选区内的图像删除。

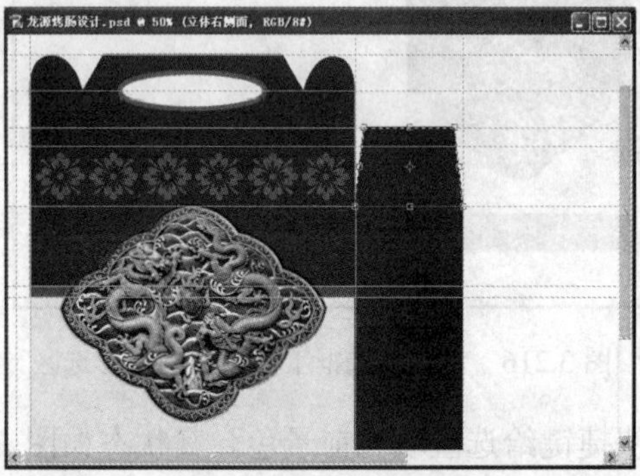

图 3.221　透视变换选区内的图像

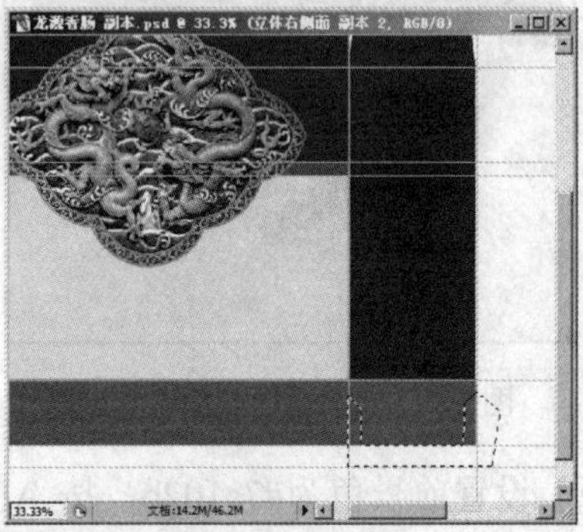

图 3.222　用折线套索工具创建的选区

⑳ 选择工具箱中的矩形选框工具，在画布上创建如图 3.223 所示的选区。选择选择(S)菜单下的变换选区(T)命令，变换选区至如图 3.224 所示的状态。按 Enter 键确认选区变换，按 Delete 键将选区内的图像删除。

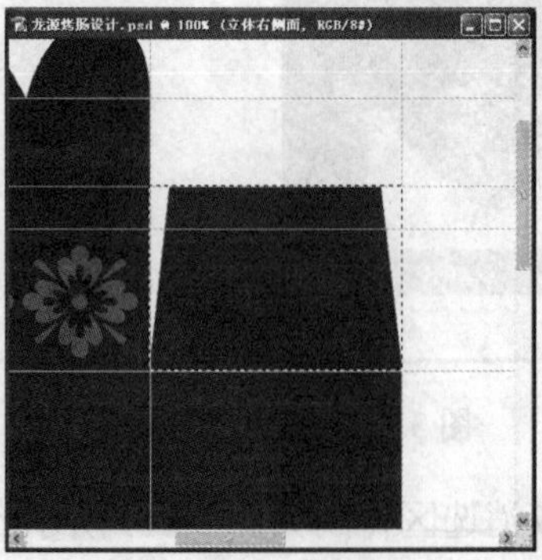

图 3.223　创建的矩形选区形状

图 3.224　变换选区后的选区状态

㉑ 单击图层面板上的按钮，新建一个图层并命名为“立体右侧面图案”。选择工具箱中的矩形选框工具，在画布上创建如图 3.225 所示的选区。选择选择(S)菜单修改(M)命令组下的平滑(S)...命令，在弹出的“平滑”对话框中设置平滑参数为 5 像素，单击 好 按钮，其设置平滑后的选区状态如图 3.226 所示。

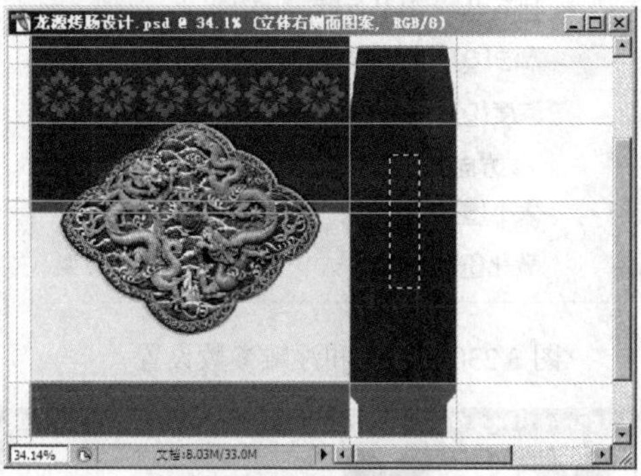

图 3.225　创建矩形选区

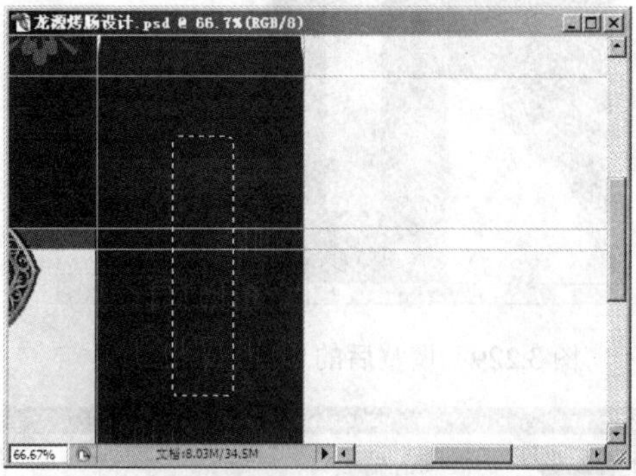

图 3.226　设置平滑后的选区状态

㉒ 设置前景色为#ffd016 并给选区填充前景色，取消选区得到如图 3.227 所示的效果。单击图层面板上的按钮，新建一个图层并命名为“自定义填充图案”，选择工具箱中的自定型状态工具，在选项栏中单击按钮，单击形状: 右边的按钮，在弹出的形状中选择形状，然后在画布上创建如图 3.228 所示的图案。

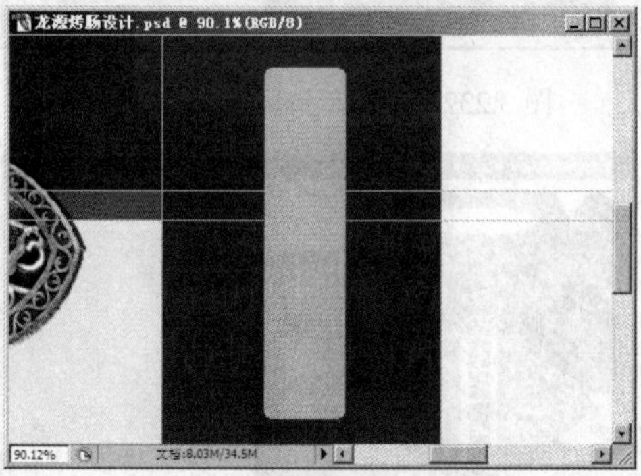

图 3.227　给选区填充前景色

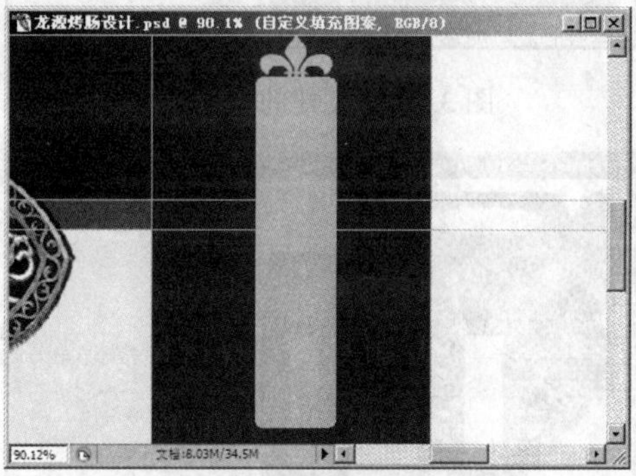

图 3.228　创建的自定义填充图案

㉓ 将“自定义填充图案”层再复制一个副本，将所复制的副本层垂直翻转并调整到如图 3.229 所示的位置。单击图层面板上的按钮，在弹出的图层样式菜单中选择斜面和浮雕样式，并设置其斜面和浮雕参数如图 3.230 所示，单击 好 按钮。

㉔ 在图层面板中选择“正面层”，单击图层面板上的按钮，新建一个图层并命名为“正面文字衬底”，选择工具箱中的矩形选框工具，在画布上创建如图 3.231 所示的选区。设置前景色为# FFFFFF，按 Alt+Delete 快捷键给选区填充前景色，效果如图 3.232 所示。

㉕ 设置前景色为#F13B3B，选择编辑(E)菜单下的描边(S)... 命令，在弹出的“描边”对话框中设置描边宽度为 10 像素，位置为居内(I)，单击 好 按钮，得到如图 3.233 所示的效果，取消选区。设置前景色为# 794C11，单击直排文字工具，在画布上输入文

字“龙源烤肠”，调整文字的大小及位置如图 3.234 所示，这里文字采用的字体是“方正超粗黑繁体”。

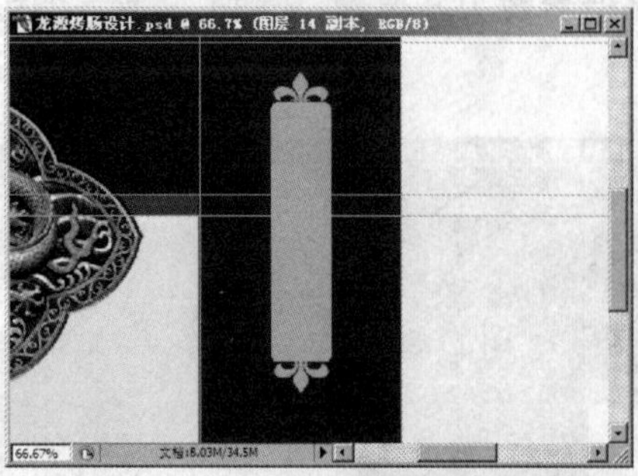

图 3.229　调整后的自定义图案效果

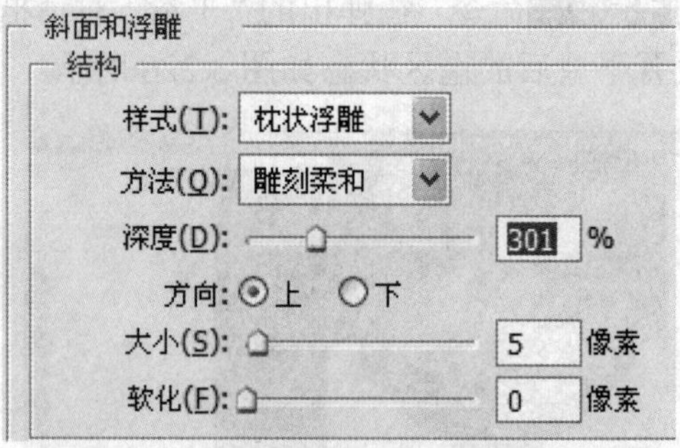

图 3.230　斜面和浮雕参数设置

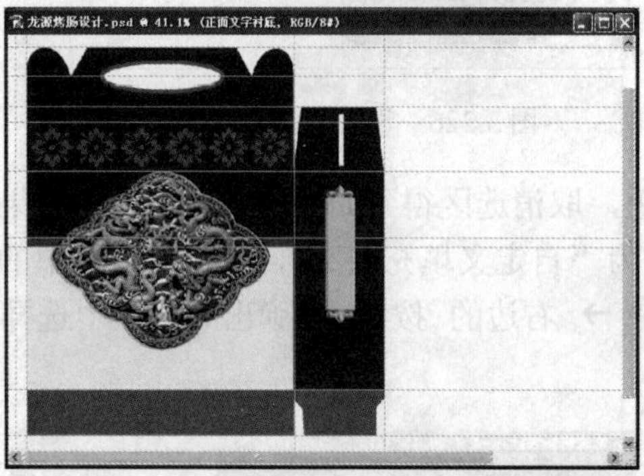

图 3.231　创建的矩形选区

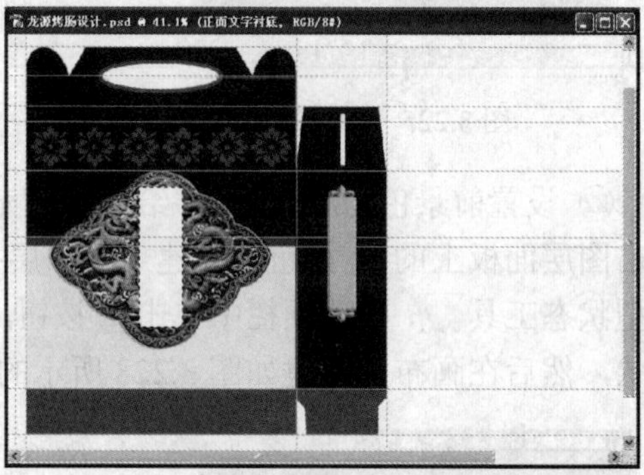

图 3.232　给矩形选区填充前景色

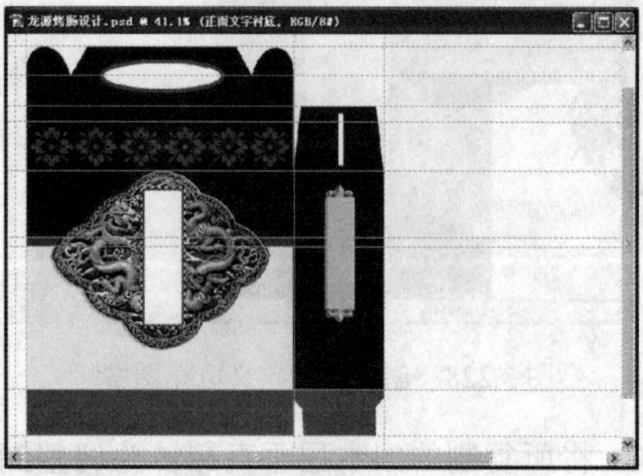

图 3.233　给矩形选区描边

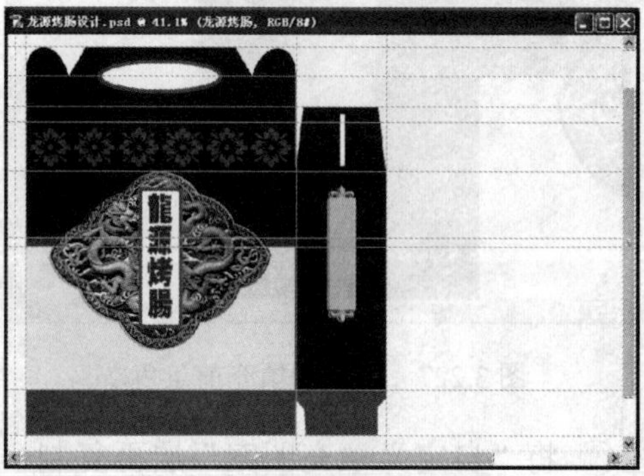

图 3.234　输入文字

㉖ 单击图层面板上的按钮，在弹出的图层样式菜单中选择投影...样式，在弹出的参数栏中设置其投影样式参数，如图 3.235 所示。单击样式参数对话框中的斜面和浮雕样式，并设置其参数如图 3.236 所示。

㉗ 单击好按钮，得到如图 3.237 所示的下陷浮雕效果。单击图层面板上的按钮，新建一个图层，设置前景色为#FEE11F，选择工具箱中的椭圆工具，确认选项栏中的填充像素按钮处于选择状态，按住 Shift 键在画布上创建出如图 3.238 所示的正圆形状。

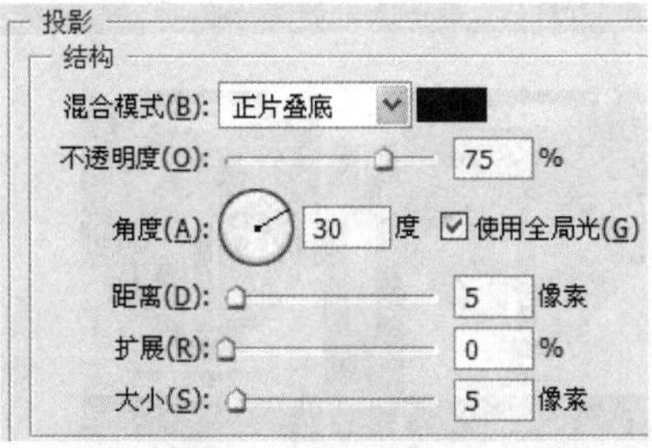

图 3.235　投影样式参数

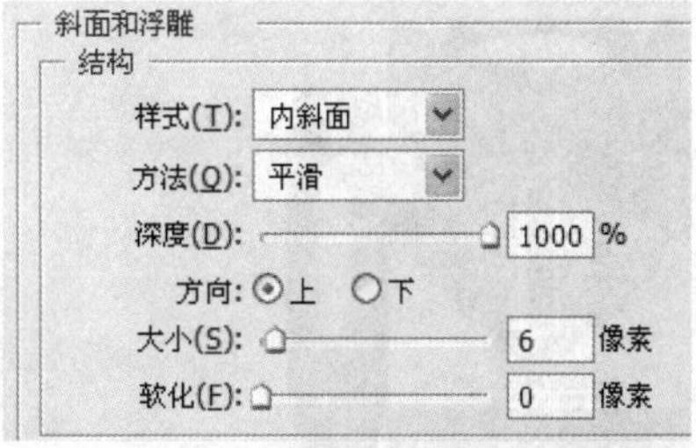

图 3.236　斜面和浮雕参数

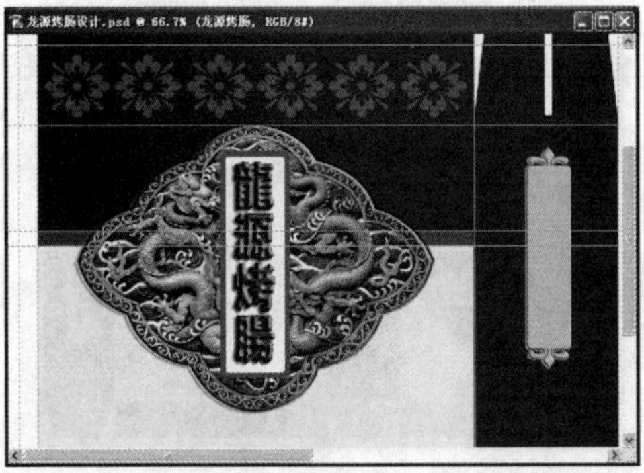

图 3.237　添加样式后的文字效果

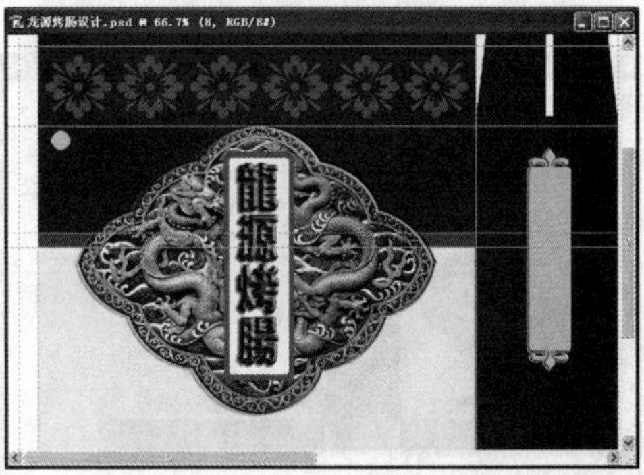

图 3.238　用椭圆工具创建的正圆形状

㉘ 按住 Ctrl+Alt+Shift 快捷键向下复制正圆如图 3.239 所示。设置前景色为#EE182C，单击直排文字工具，在画布上输入文字“百年老字号”，调整文字的大小及位置如图 3.240 所示，这里文字采用的字体是“方正隶变简体”。

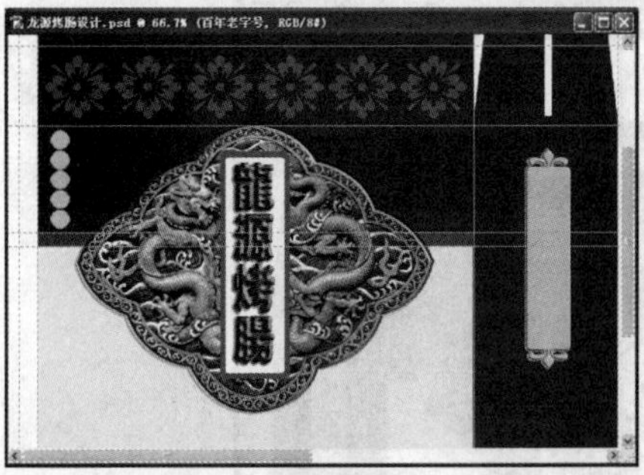

图 3.239　复制形状后的效果

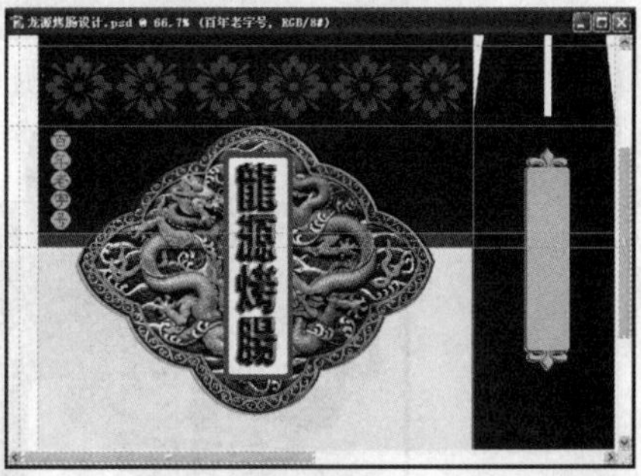

图 3.240　输入文字

㉙ 设置前景色为# 640F06，单击横排文字工具，在画布上输入公司名称的中英文，调整其大小及位置如图 3.241 所示，这里文字采用的字体是“方正综艺简体”。按 Ctrl+E 快捷键将包装正面所有元素层合并。按 Ctrl+Alt+Shift 快捷键复制包装正面层，如图 3.242 所示。

㉚ 在图层面板中选择“立体右侧面”层，设置前景色为# A63C08，单击直排文字工具，在画布上输入文字“达州市土特产知名品牌”，调整文字的大小及位置如图 3.243 所示，这里文字采用的字体是“方正隶变简体”。按 Ctrl+E 快捷键将包装“立体右侧面”的所有元素层合并。按 Ctrl+Alt+Shift 快捷键复制包装“立体右侧面 副本”层，如图 3.244 所示。

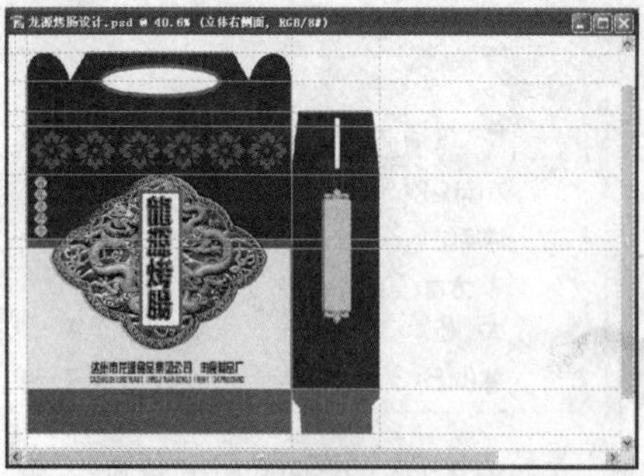

图 3.241　输入文字

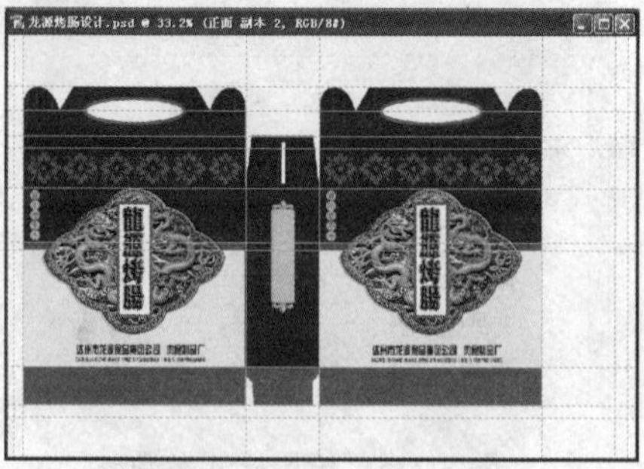

图 3.242　复制包装正面

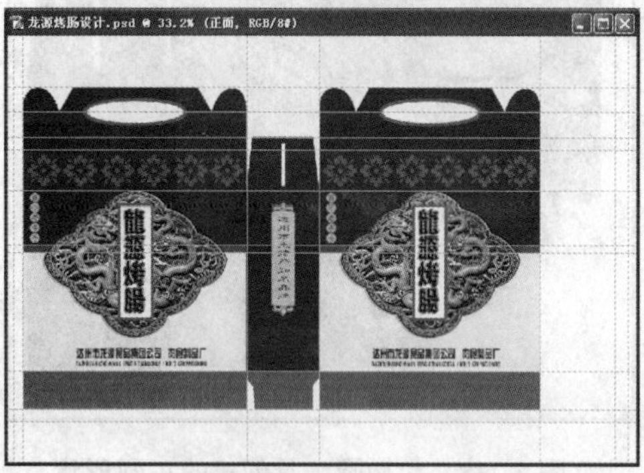

图 3.243　输入文字

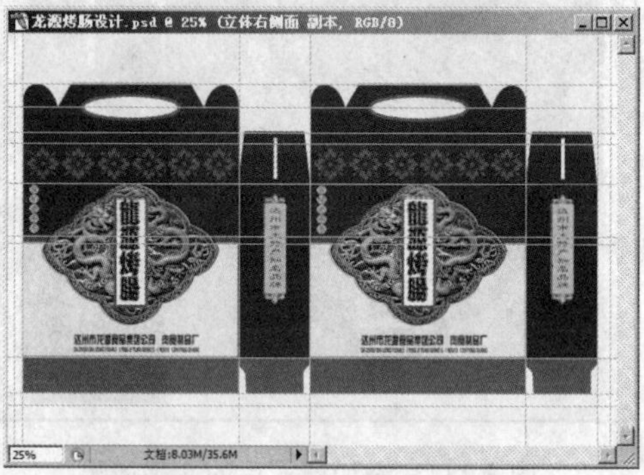

图 3.244　复制包装右侧面 副本

㉛ 设置前景色为# 000000，单击横排文字工具T，在画布上根据需要分别输入公司名称及其他资料文字，调整其大小及位置如图 3.245 所示。

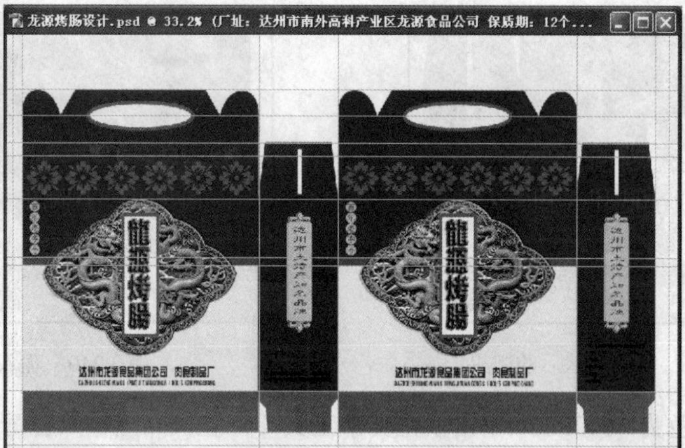

图 3.245　输入文字

㉜ 打开本书光盘材质库中的“产品条码”图片，如图 3.246 所示。选择工具箱中的移动工具，将“龙图案 1”图片拖到“龙源烤肠设计”图像中，并调整其大小及位置，如图 3.247 所示。

图 3.246 载入条码图像

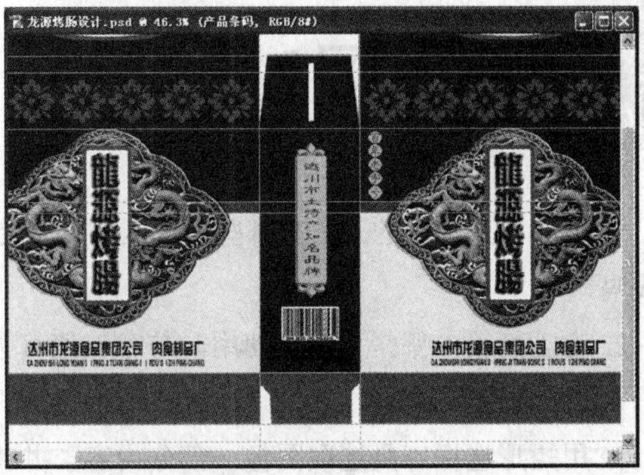

图 3.247 调整条码图像在包装图像中的大小及位置

㉝ 单击图层面板上的按钮，新建一个图层，用我们前面所用的方法完成包装拼接处包边，其效果如图 3.248 所示。

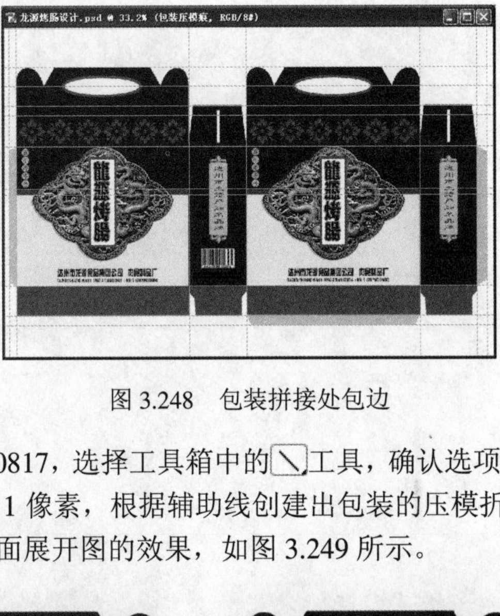

图 3.248 包装拼接处包边

㉞ 设置前景色为#420817，选择工具箱中的工具，确认选项栏中的填充像素按钮处于选择状态，线的粗细为 1 像素，根据辅助线创建出包装的压模折痕，按 Ctrl+“;”快捷键隐藏辅助线，得到包装平面展开图的效果，如图 3.249 所示。

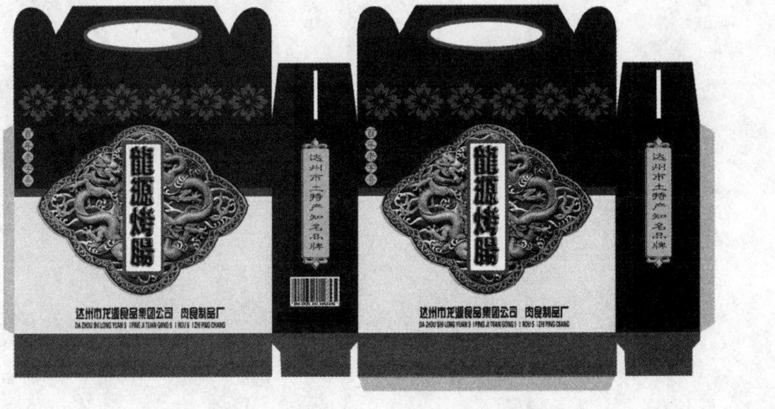

图 3.249 制作完成后的包装平面图

思考与练习 3

1. 能够填充图案的工具有哪些？选区与路径能相互转换吗？按 Ctrl+H 快捷键能够隐藏选区、路径和辅助线吗？

2. 在工具箱中哪些工具在使用时与容差值有关？容差值越大，所选工具的作用范围就越大，这种说法对吗？

3. 用矩形选框工具选取图像一部分内容，并将其定义为图案。能用羽化了的矩形选框工具选取图像一部分内容，然后将其定义成图案吗？

4. 海绵工具可以增加或降低一幅图片的饱和度吗？

5. 用模糊工具和涂抹工具涂抹图像的同一地方，试观察和比较它们之间的区别。

第 4 章 浮动控制面板

本章要点

- 图层、通道、路径、蒙版的概念。
- 图层的操作。
- 图层蒙版的添加及编辑。

浮动控制面板位于 Photoshop 8.0 窗口的右边，包括导航器、信息、颜色、样式、色板、通道、路径、动作、历史记录、图层共十项面板。它是我们进行图形图像处理不可缺少的利器。

4.1 导航器、信息和直方图面板

1. 导航器面板

导航器在 Photoshop 4.0 或以前的版本中又称鹰眼，它起着浏览图像局部或整体的作用。运用它可以方便地查看图像的局部或整体。向右拖动其下方的滑块可将图像放大至1600%倍，向左拖动滑块可以将图像缩小至 0.93%。导航器面板如图 4.1 所示。

图 4.1 导航器面板

2. 信息面板

一般情况下，在信息面板中可显示光标在图像某一点的 RGB、CMYK 颜色值及其坐标位置和剪裁框大小，如图 4.2 所示。若使用了 颜色取样器工具 在画布上进行色彩采样，那么在该面板中还显示有取样点的色彩信息，如图 4.3 所示。

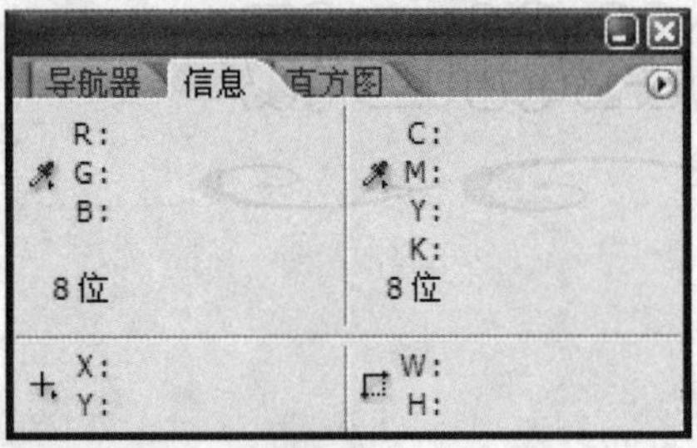

图 4.2　一般情况下的信息面板状态

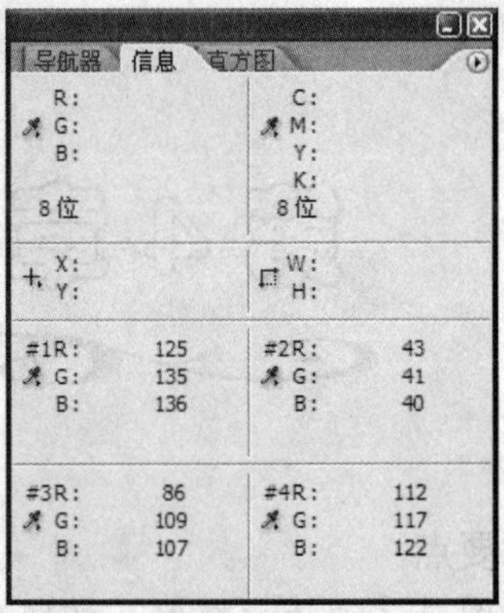

图 4.3　颜色取样器工具 取样后的信息面板

3. 直方图面板

直方图面板显示了当前图像的亮暗度的整体情况，从该面板所显示的直方图中可看出该图的整体情况是偏亮还是偏灰。若单击该面板右边的按钮，会展开一个下拉菜单，选择其中的 ✔ All Channels View 所有通道视图选项，则可以观察当前图像各个通道色彩的亮暗情况，从而确定图像的整体质量。选择 ✔ All Channels View 选项后的直方图面板显示状态如图 4.4 所示。

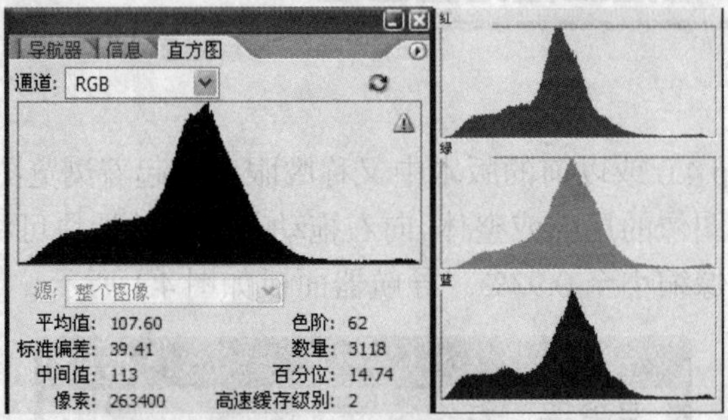

图 4.4　选择 ✔ All Channels View 选项后的直方图显示状态

4.2　颜色、色板和样式面板

1. 颜色面板

在默认情况下，颜色总是根据 RGB 颜色值来调节和体现某种颜色。我们可以通过调整 R、G、B 各滑块的颜色饱和值来获得自己所需的颜色，也可以将光标放置在颜色面板下方的色标条上，此时光标就会变为颜色吸管显示。在该色标条上即可吸取所需的颜色，其状态如图 4.5 所示。

2. 色板

单击 色板 选项后，色板显示状态如图 4.6 所示。在该面板中可以选择显示颜色、增加前景色和删除某种颜色。若觉得该面板中没有我们所需要的颜色，可以单击该面板右边的按钮，在弹出的下拉菜单中选择颜色选项，然后追加到色板中。

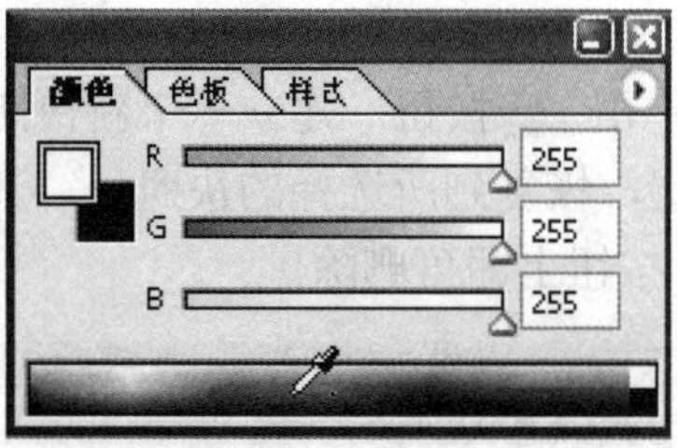

图 4.5　在默认情况下的颜色面板状态

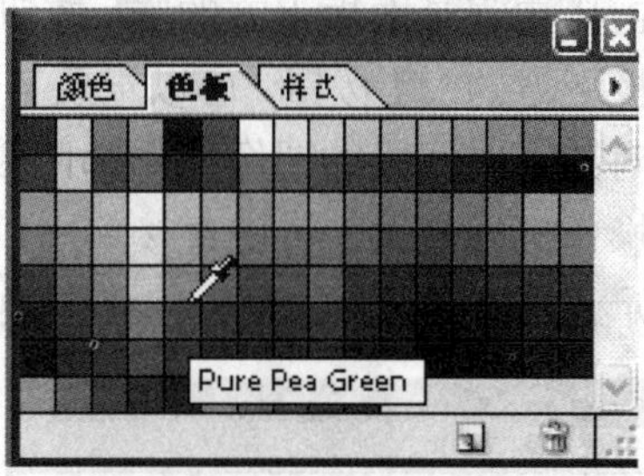

图 4.6　色板显示状态

3. 样式面板

样式面板是 Photoshop 新版本的一大特色，单击该面板中的任意一个按钮，便可以快速地使按钮、文字或图像产生奇妙的特效。当样式面板中的样式不够用时，可以单击该面板右边的按钮，在弹出的下拉菜单中追加所需的样式选项，图 4.7 所示的文字效果就是添加样式后得到的。当然也可以在图层面板中修改样式参数来改变特效。

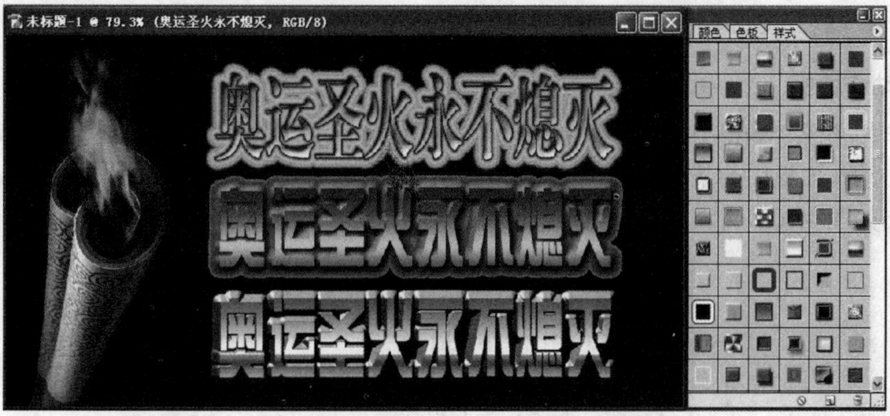

图 4.7　给文字添加样式后的效果

在给某一对象添加样式后，若觉得不满意需清除样式时，可以单击样式面板下方的按钮予以清除。同时，也可将在图层面板中编辑好的样式，通过单击样式面板下方的按钮添加到样式面板中。同样，如果觉得样式面板中的样式不是很实用，也可以选择不需要的样式，并将其拖到样式面板下方的图标上将其删除。

4.3　历史记录和动作面板

1. 历史记录面板

历史记录面板记录了处理图像的操作步骤。默认时，它只能记录以前操作的 20 步，若需改变历史记录步骤，可以选择 编辑(E) 菜单中 预设(N) 命令组下的 常规(G)... 命令，然后在 历史记录状态(Y): 20 栏中输入需要记录的步数。历史记录面板显示状态如图 4.8 所示。

单击历史记录面板下方的 按钮，可以在当前操作步骤下产生一幅新图像。单击历史记录面板下方的 按钮，可以记录某一时间段图像的操作步骤。这样在进行图像的处理时，若觉得对某一时间段的图像操作都比较满意，就可以单击 按钮，建立一个新快照。若以后某个操作出现失误，可以直接单击以前所建的快照层，恢复到所选择的快照处。其状态如图 4.9 所示。将某一个快照或某一个操作步骤拖到 按钮上即可删除。

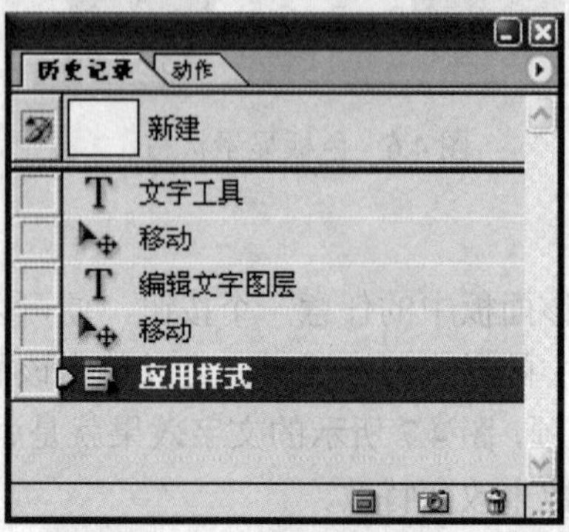

图 4.8　历史记录面板显示状态

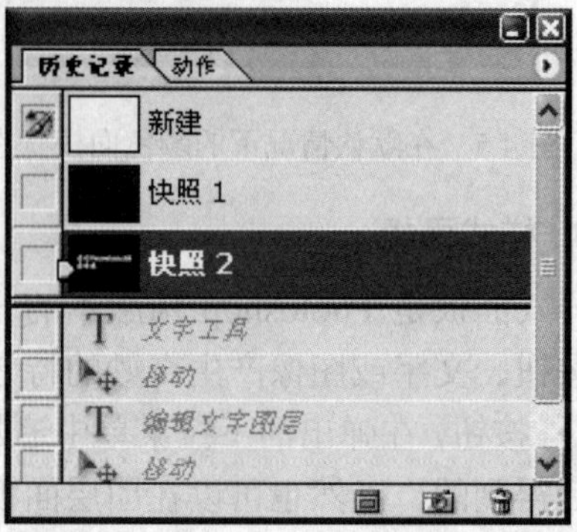

图 4.9　新建快照后的历史记录面板

2. 动作面板

动作相当于 Word 中的宏。每一个动作实际上是一系列指令的集合，应用某个动作时，只需双击动作面板中的某个动作，或选择该动作后单击动作面板下方的 按钮，动作面板显示状态如图 4.10 所示。

图 4.10　动作面板显示状态

一般来讲，动作主要用于大批量执行某一特定操作时，为节省时间、提高效率而建立的。下面假设我们扫描了很多杂志照片，这些照片都存在一些共同的毛病，譬如都存在印刷网纹，并且由于扫描仪的原因，图片都普遍偏灰。这时我们只需建立一个去除网纹并调整图像对比度的动作，就可省去大量重复烦琐的操作步骤，从而解决了问题，提高了效率。下面我们来学习该动作的建立和应用。

① 选择需要调整的图片，单击动作面板底部的 按钮新建一个动作。在弹出的“新动

作”对话框中输入新动作名称“去网、调对比度”，单击 好 按钮确定。

② 此时动作面板底部的 ● 按钮呈红色显示，这表示正在记录操作步骤。执行 滤镜(T) 菜单 杂色 滤镜组下的 去斑 滤镜即可去除扫描网纹。若一次去除网纹的效果不是很好，可以按 Ctrl+F 快捷键多次应用该滤镜。

③ 去除网纹后，执行 图像(I) 菜单中 调整(A) 命令组下的 亮度/对比度(C)... 命令，在弹出的“亮度/对比度”对话框中调整其参数，校正图像的亮度/对比度，使其不再偏灰，单击 好 按钮确定。单击动作面板底部的 ■ 按钮停止动作的录制。

④ 选择下一幅需要调整的图像，单击动作面板底部的 ▶ 按钮，播放录制好的动作即可完成图像的网纹去除和对比度调整。

4.4 图层面板

4.4.1 图层面板

图层是处理和编辑图像不可缺少的重要组成部分。在 Photoshop 中，可将图像的每一个部分置于不同的图层中，这些图层叠放在一起就形成完整的图像。我们可以独立地对每一层或某些图层中的图像进行编辑、特效处理等各种操作，而其他图层不受影响。我们可以将图层理解成是一张张重叠起来的透明塑料片。如果图层上没有图像，可以一直看到下面的图层上的内容。理论上每一个图像文件可包含多达 100 个图层。值得注意的是，如果要使图像文件包含图层信息，在存储的时候必须将图像文件保存为 Photoshop 独有的*.PSD 文件格式。

Photoshop 中的新建图像只有一个图层，在 Photoshop 中称该图层为背景层。它总是在堆栈顺序的底部，我们不能更改背景图层在堆栈顺序中的位置，也不能将混合模式或不透明度应用于背景图层。若要强制改变这些特性，则可以双击背景层，使其转换为“0”层。

在组合或合并图层之前，图像中的每个图层都是相对独立的。这就意味着我们可以绘制、编辑、粘贴和重定位图层上的内容；可以任意设置图层类型、不透明度和混合模式，而不影响其他图层。Photoshop 8.0 支持正常图层和文本图层。另外，Photoshop 8.0 还支持调整图层和填充图层。可以使用蒙版、图层剪贴路径和图层样式将复杂效果应用于图层。

要显示或隐藏图层面板可按 F7 键来完成，图层面板上的各项名称如图 4.11 所示。在图层面板上可以完成大多数的图层功能。

1. 显示和隐藏图层

使用图层面板，可以控制是否让图层、图层组或图层效果可见，是否显示图层内容的预览，即缩略图。

显示或隐藏图层、图层组或图层效果。单击 👁 图标即可隐藏该图层、图层组或图层效果，再次单击该列即可重新显示。在如图 4.12 所示的眼睛图标列中向下拖移鼠标，可一次显示或隐藏多个图层及图层效果。按住 Alt 键并单击图层的眼睛图标，则只显示该图层；再次按住 Alt 键，并在眼睛图标列中单击即可重新显示所有图层。

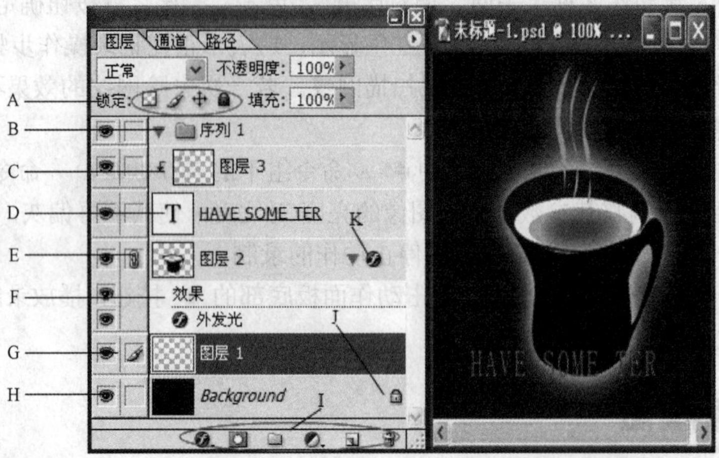

图 4.11　图层面板

A. 图层锁定选项，从左至右分别为：锁定透明度、锁定图层绘制、锁定图层位置及全部锁定

B. 图层组

C. 剪贴组

D. 文本图层

E. 链接/取消链接

F. 效果栏

G. 当前层的画笔图标

H. 显示/隐藏图层可视性

I. 工具按钮，从左至右各按钮分别为：新图层样式、新图层蒙版、新建图层组、新调整图层或填充图层、新建图层、删除

J. 完全锁定的图层

K. 显示/隐藏图层样式

注意

只有可视图层才可打印。使图层暂时隐藏可以提高操作性能。隐藏的当前图层不可视，但更改会影响该图层。

图 4.12　一次显示或隐藏多个图层及图层效果

2. 选择当前图层

选择当前图层常用的方法有两种：

① 在图层面板中，单击图层或图层组可激活图层或图层组。

② 选择工具箱中的 工具，在图像中单击鼠标右键，然后从快捷菜单中选取需要的图层。快捷菜单中列出了当前指针所在位置的像素的所有图层。

选中当前图层之后，在图像窗口的标题栏中会出现当前图层的名称，在图层面板中的图层名称旁出现一个 图标。

3. 更改图层缩略图的显示

单击图层面板右上角的 按钮，会弹出如图4.13所示的下拉菜单，选择其中的 调板选项... 选项，则会弹出如图4.14所示的图层调板选项面板。在该面板中选择较小的缩略图可以减小面板所需的空间，便于在显示屏较小的显示器上工作。选择 ⊙无(N) 选项，即可关闭缩略图的显示。

图4.13　下拉菜单

图4.14　图层调板选项面板

4. 更改透明色的显示状态

在图层中透明色是看不到的，怎么在电脑屏幕上表示它呢？在默认情况下，文档的透明区域显示为棋盘图案。如果要进行更改，可以选择 编辑(E) 菜单中的 预置(N) 命令组下的 透明区域与色域(T)... 命令，打开如图4.15所示的对话框根据自己的需要重新设计它即可。

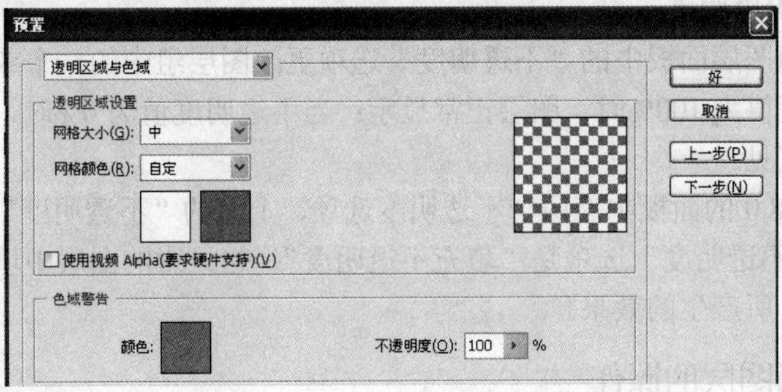

图4.15　设置图像透明区域颜色

5. 更改图层的堆栈顺序

堆栈顺序指图层的叠放次序。要更改图层的堆栈顺序，可以直接在图层面板中，将某个已选择的图层拖到目标层之上或之下，当然也可以通过按 Ctrl+“[”或 Ctrl+“]”快捷键将当前图层在图层面板中向下或向上移动。

注意

在更改图层堆栈顺序时，不能将一个图层组拖移到另一个图层组中或将图层拖移到背景层下。

6. 锁定图层和图层组

在图层的使用中，可以锁定图层或图层组，以确保图层的属性不可更改。单击图层面板上的 锁定: 按钮将图层锁定后，图层名称的右边会出现一把锁。图层完全锁定后，锁为实心，这时无法对图层进行任何编辑。图层部分锁定时，锁为空心，例如，锁定图层位置时图层被部分锁定，这时不能使用移动工具移动其内容，不能将其删除。但可以在图层面板的堆栈顺序范围内，将锁定的图层移到其他位置。

7. 部分锁定图层或图层组的选项

选择一个图层，并从图层面板中选择一个或多个所需的锁定选项。

锁定透明度：防止编辑透明像素。此选项与 Photoshop 早期版本中的“保留透明区域”选项相同。

锁定图层绘制：防止绘画工具修改图像，但并不防止可能应用于图层的任何蒙版。此选项也可防止移动图像。

锁定图层位置：锁定图层上图像的位置。

锁定所有属性：单击该按钮可以自动锁定选择图层的所有属性。

8. 链接图层

把两个或更多的图层链接，可以将其内容一块移动。在图层面板中选择图层或图层组，单击与要选中的图层链接的任何图层左边的列，列中出现链接图标 。

链接图层组时，图层组中包含的图层为显示隐式链接即以变灰的链接图标 显示。要取消链接图层，可在图层面板中，再次单击链接图标即可。

9. 改变图层不透明度

我们可以使用图层面板中的“不透明度”选项更改图层组中的一个或多个图层的不透明度值。当不透明度值为 100%时，图层正常显示；当不透明度值为 0%时，图层上的所有像素都变得透明而不可见。

在 Photoshop 8.0 的面板中有两个不透明度选项，上面的“不透明度”选项为“总体不透明度”，下面的“不透明度”选项是“填充不透明度”，它只影响图层中填充的不透明度，不影响“图层样式”所产生的效果。

4.4.2 普通图层的操作

在 Photoshop 8.0 中，普通图层分为图层和图层组。图层组可以帮助我们组织和管理图层。

图层组可以很容易地将多个图层作为一个整体进行操作，如移动、应用属性和添加蒙版等，同时折叠图层组可以避免混乱。

图层组和图层的功能大致相同，我们可以像操作图层一样操作图层组。普通图层的操作包括图层的新建、复制图层或图层组，折叠或展开图层组、移动与对齐图层或图层组，合并图层或图层组，删除图层或图层组。下面我们来分别学习具体的操作方法。

1. 新建图层或图层组

我们可以创建空图层，然后向其中添加内容，也可以利用现有的内容来创建新图层。创建新图层时，它在图层面板中显示在所选图层的上面或所选图层组内。我们可以使用以下方法来添加图层：

（1）使用默认选项添加新图层或图层组。单击图层面板底部的新建图层按钮或新建图层组按钮，就可新建一个空图层或图层组，此时图层默认设置为“正常”模式，不透明度为100%，并按照创建的顺序进行命名。

若按住 Alt 键后再单击图层调板底部的按钮或按钮，则会与执行 图层(L) 菜单中的 新建(W) 下的 图层(L)... 命令一样，会弹出“新图层”对话框，设置图层选项，单击 好 按钮即可。

（2）将选区转换为新图层。建立一个选区后，执行 图层(L) 菜单中的 新建(W) 下的 通过拷贝的图层(C) 命令，将选区复制到新图层中，或者执行 图层(L) 菜单中的 新建(W) 下的 通过剪切的图层(T) 命令，剪切选区并将其粘贴到新图层。用这种方法，可以将多个图层的内容同时粘贴到新图层中。

（3）将背景层转换为图层。执行 图层(L) 菜单中的 新建(W) 下的 背景图层(B) 命令，可以让背景层转换为图层。反之亦然，也可以让一个图层转换成背景层。

（4）从链接图层创建新图层组。将需要加入到一个图层组的多个图层进行链接，执行 图层(L) 菜单中的 新建(W) 下的 图层组来自链接的图层(Y)... 命令，即可为链接的图层创建图层组。

注意

可以在图层组中创建新图层，但不能在一个图层组中创建另一个图层组。

2. 复制图层或图层组

（1）在图像内复制图层。在图层面板中选择图层或图层组，将图层拖移到新建图层按钮上，或将图层组拖移到新建图层组按钮上便可复制得到副本层。新图层或图层组按照创建的顺序进行命名。

若在拖动时按住 Alt 键，则会与执行 图层(L) 菜单下的 复制图层(D)... 命令一样，会弹出“复制图层”或“复制图层组”对话框，输入图层或图层组的名称，单击 好 按钮即可。

（2）在图像之间复制图层或图层组。打开源图像和目标图像。在源图像的图层面板中，选择图层或图层组。将图层或图层组从图层面板拖移到目标图像中。也可以使用移动工具将图层或图层组从源图像拖移到目标图像。复制的图层或图层组会显示在当前图层的上面。如果正在拖移的图层比目标图像大，则只能看见图层的一部分，但图层的其余部分仍然存在。

若在拖动时按住 Shift 键，可以将图像内容定位于它在源图像中的相同位置（如果源图像

图 4.51　输入文字并调整其大小及位置

⑳ 单击工具箱中的横排文字工具T，在画布上输入文字“红色城市 DE 绿色传奇”，将文字“红色城市”的颜色设置为# FF0000，字体为方正粗黑繁体，大小为 61 点；将文字“DE”的颜色设置为#FFFFFF，字体为方正行楷繁体，大小为 61 点；将文字“绿色传奇”的颜色设置为# 5DBF50，字体为方正准圆简体，大小为 72 点，调整其位置如图 4.52 所示。

图 4.52　输入文字并进行大小及色彩的调整

㉑ 单击图层面板上的按钮，在弹出的样式菜单中，选择描边...样式，设置其描边颜色为# 8D6424，参数如图 4.53 所示。勾选样式参数栏中的☑投影样式，设置参数如图 4.54 所示，单击 好 按钮确定。

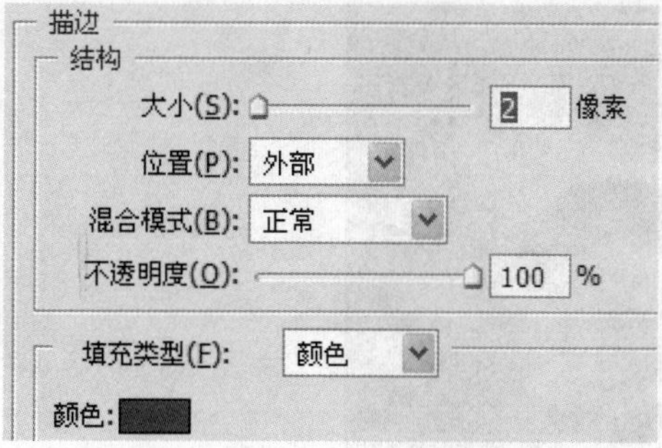

图 4.53　“描边”样式参数的设置

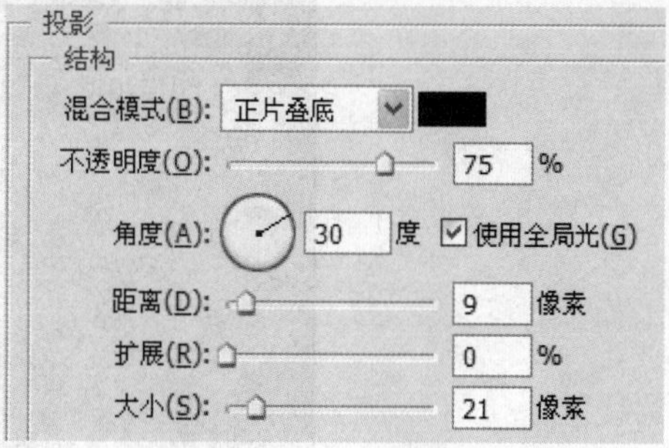

图 4.54　“投影”样式参数的设置

㉒ 单击工具箱中的横排文字工具T，在画布上输入广告语文字“形味冠华夏，色香润万家”，字体为方正行楷繁体，大小为 37 点，调整其位置如图 4.55 所示。

图 4.55　输入广告语文字并调整其大小及位置

㉓ 单击工具箱中的横排文字工具T，在画布上输入文字“茗韵.生香”，字体为方正隶变简体，大小为 40 点；输入文字“坐斟泠泠水，看煎瑟瑟尘，无由持一杯，寄与爱茶人”，字体为方正隶变简体，大小为 36 点，调整其位置如图 4.56 所示。

图 4.56　输入广告语文字

㉔ 单击图层面板上的按钮新建一层，设置前景色为#FFFFFF，选择工具箱中的直线工具，确认选项栏上的填充像素按钮处于选择状态，按住 Shift 键在画布上创建如图 4.57 所示的形状。

图 4.57　创建填充线

㉕ 现在我们发现，广告图片的右边构图较重，而左边感觉较空，我们可进行如下调整。打开本书光盘材质库中的“茶叶”图像文件，如图 4.58 所示。将“茶叶”图片拖到“茶广告图片”文件中，调整其大小及位置，如图 4.59 所示，这样，茶广告的设计就制作完成了。

图 4.58　“茶叶”图片

图 4.59　设计完成后的茶广告效果

思考与练习 4

1. 新建一个图层有哪些方法？当图层的不透明度值为 0%与 100%时分别代表什么？

2. 给不同图层之间加上链接符，并将其以水平中齐的方式对齐。

3. 当改变不同图层的叠放顺序时，图像效果是否受到影响？

4. 怎样将多个图层一次性合并？

5. 给含有两个图层的图像添加图层蒙版，并利用线性渐变工具将其做成一个图层过渡到另一个图层的效果。

第 5 章　平面与美学艺术

本章要点

- ◆ 平面构成及点、线、面的运用。
- ◆ 画面的分割及平衡。
- ◆ 色彩的构成。

掌握知识要循序渐进，学习任何知识都应该从基础入手。要想精通各门类、各领域的所有内容，这几乎是办不到的事。如果不掌握一定的基础，而只攻某一门类的知识，就想成为一这门类的专家，这同样也是不可能的。基础知识对于初学者来说，犹如建筑的地基。地基面积越大，建筑面积越大；地基越牢，楼层才可能越多，才会有所建树。如果没有牢固掌握基础知识，就会因根基不牢，而拓展不开，发展不了。初学者，尤其是从学习电脑转向电脑美术设计的人，需要熟练掌握本章的基础知识，以便更好地学习、应用 Photoshop。

电脑美术设计不仅仅要求我们对美术的感知，也要求我们对电脑的熟练操作。这对我们美术工作者是一个大的飞跃，也是大的考验。电脑对美术的介入，是对传统的纸、笔作画的冲击，同时它也是其他美术专业的一个优良工具。

对于美术设计，我们需要掌握的基础就是构成学。形的塑造是首先要研究的，主要包括“平面”、“立体”、“色彩”。

5.1　平面构成

传统意义上的美术属于绘画的范畴，如装饰、写生、变形等。近年来，随着媒体信息技术和 Internet 的发展，汹涌而来的外来文化冲击着传统美术封闭已久的方方面面，当然对应用美术的基础学科影响也很大。随着人们生活空间的扩大，生活品质的不断提高，应用美术所涉及的范围也越来越广，门类也越分越细，门类间互相渗透，各门类间的联系也越来越紧密。

在应用美术中，涉及平面造型的时候很多，Photoshop 几乎主要是平面造型。完全以平面方式来完成的设计有招贴广告设计、报纸和杂志的广告设计、书籍装帧设计、纺织品面料图案设计、建筑装饰材料设计，等等。即使是一些以立体造型为主要形式的产品设计、包装设计、展示设计、POP 广告设计等，也要考虑展示面的处理、平面图形的利用、表面图形的利用、表面装饰效果等与平面有关的问题。由此看来，平面造型在整个应用美术领域都具有广泛的应用价值。所以研究平面造型问题是学习应用美术设计首要的课题。

平面构成主要是运用点、线、面元素。在进行平面构成之前，明确其概念，了解其特性，找出各种构成规律一旦应用到实践中就会变得容易很多了。

点、线、面

人们通常在概念中把小的单位形象地称为点。所谓的“小”是相比较而言的。相同大小的形状在不同大小的环境中，会呈现不同的性质。点在小环境中可被看成一个面。人在大海那样广阔的环境中会感觉自己很渺小，地球在宇宙中也不过是一个渺小的点，通过这样的例子可以联想到，即使是再大的形体，由于它所处的环境和条件的不同，也会产生点的感觉。因此一个形象之所以被称为点，不是由它自身的大小决定的，而是与周围环境相比较而言的。所以在分析一个形象是否有点的特性时，应根据它们各自的情况所产生的感觉来判断。

1. 点的构成

几何学规定点只有位置，没有大小。但从平面构成的造型意义上讲，却有其不同的含义，点必须有其形象存在，即能够可视。因此点是具有空间位置的视觉单位。点没有一个限定的形象标准，形成点的因素与形状无关，而只与大小、空间有关。点的形象是各式各样的，可以是圆形、方形、三角形、多边形、规则形、不规则形等，如图 5.1 所示。最理想的点是圆形的。

图 5.1　点的形状

（1）点的视觉及心理反应。在实际的运用中，点出现在画面上的具体情况不同，给人在视觉及心理上的反应也不一样。当画面上只有一个点时，我们的视线会全部集中于此点上，这在实际的运用中，对于突出或强调某一个部分的视觉效果，将起到很好的作用，如图 5.2 所示。大家可以把图 5.2 中的这一个点换成具体的文字或标志来试一试它的视觉反应。

当两个点同时出现在一个画面时，一种情况是相同大小的两点，视线会从其中的一点开始，然后再移向另外一点，最后在两点间来回反复移动，如图 5.3 所示。这对于在运用中想突出某一内容，同样具有实际意义，它可以使相同的内容反复出现，以达到强调的目的。另一种情况是不同大小的两点，视线首先放在大点上，然后移向小点。这对于在画面上直接强调某一内容，并用次要的内容进行补充说明，有着很好的利用价值。

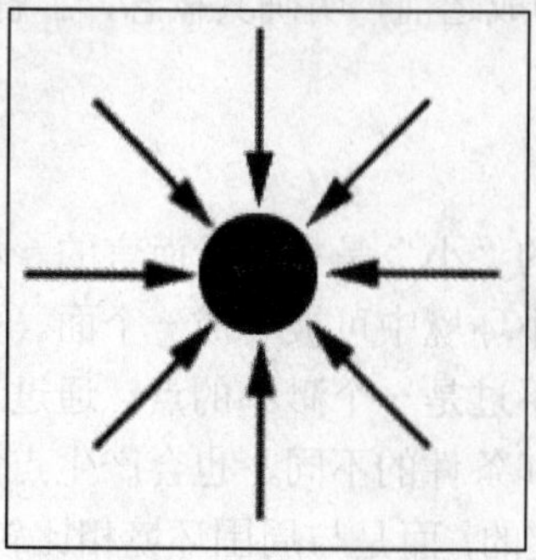

图 5.2　点的视觉反应

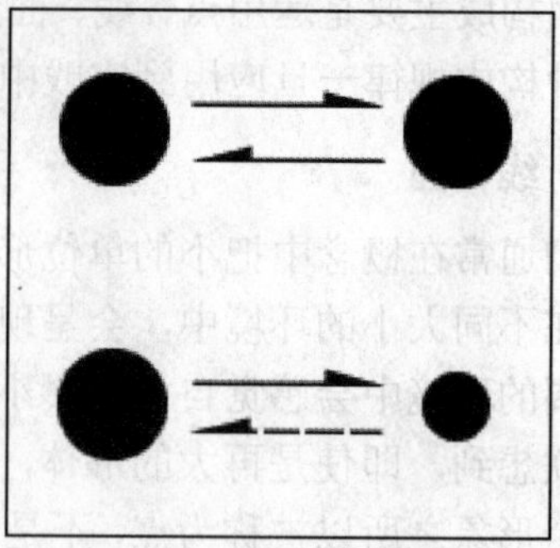

图 5.3　点的对比和强调

当一个画面上有三个或三个以上的点同时存在时，就可能感觉这些点构成一个虚面。点越多，其周围的间隔就越短，“面”的感觉就会越强，这对把握画面的整体效果和统一画面十分重要，如图 5.4 所示。

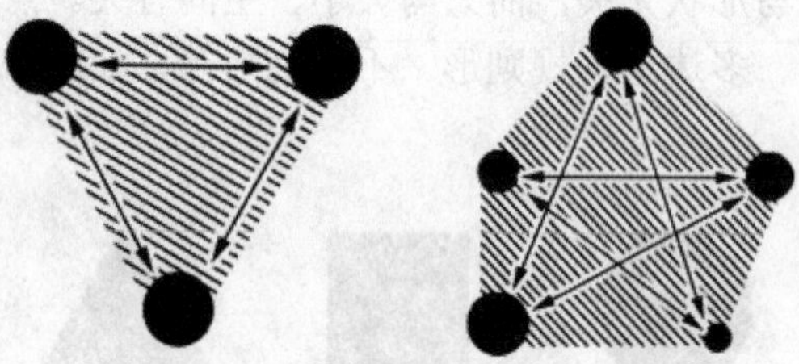

（a）　　（b）

图 5.4　点构成的虚面

点的外形不同，给人视觉及心理的反应也不一样。一个外形凸起的点，其视觉力量也随凸起的方向向外扩张，其凸出的部位越大，向外扩张的力量也越大；相反，一个外形向内凹陷的点，其视觉力量也随凹陷部位向内收缩，有受到外力压迫的感觉。外形凸起和凹陷的点的视觉力量如图 5.5 所示。

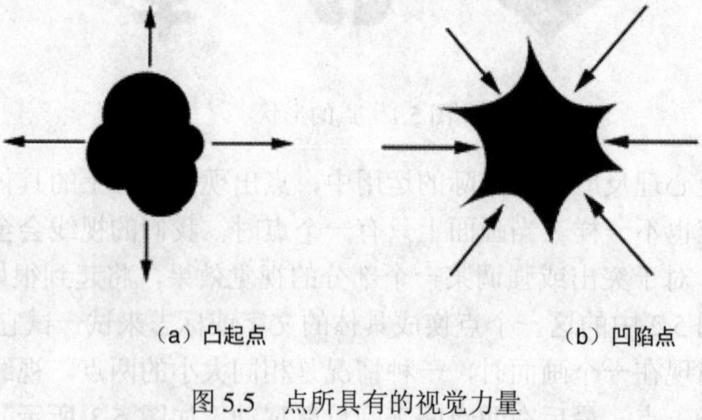

（a）凸起点　　（b）凹陷点

图 5.5　点所具有的视觉力量

（2）点的构成。点的构成是指点在造型中的运用。点可以直接用来构成图形或画面；另一方面，也可以用其他类似点的内容作间接的点的构成，如图形、文字等。点的构成可分为点的不连接构成和点的连接构成两类。

点的不连接构成可分为点的等间隔不连接构成和点的有计划间隔构成。

等间隔不连接构成是点与点的中心之间保持一段相同距离的构成。给我们产生的视觉效果，是一种有规律性的美感，如图 5.6（a）所示。但这种结构如果使用不当，有时会感觉缺少个性，也不适合表现强烈印象的画面，容易引起画面呆板。如果在等间隔且产生独特视觉效果的构成中要挽回趋于呆板的面画，可将点的中心保持相等的距离，而点之外形作有计划的变化，由中心的正圆向四周变化为弧度越来越小的圆，从而产生一种有条理而富有空间变化的秩序美，如图 5.6（b）所示。

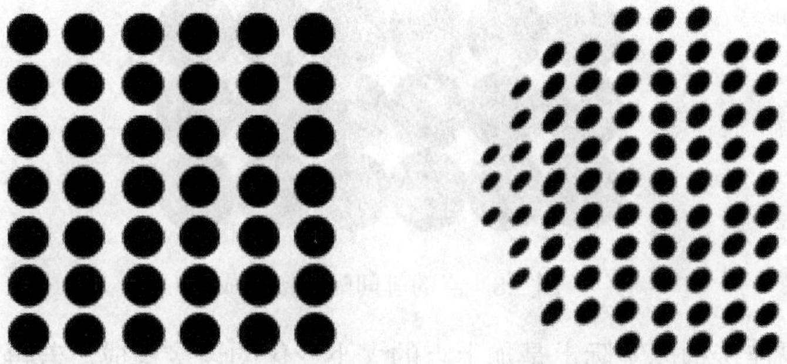

（a）　（b）

图 5.6　点的等间隔不连接构成

点的位置若是等间隔，无论把点的形状作多大变化，其表现力还是有限的。如再加上点的位置变化，其视觉感受将比之前丰富得多。有计划间隔构成是点的构成在应用设计中用得最多、最有魅力的构成方法，而且它的构成方法也很多。点的有计划间隔构成，是点的位置按照一定的规律进行变化，点与点之间进行递增或递减的距离渐变，这种渐变可按照一定的方向或改变方向来完成，其具体变化方法可从以下几方面考虑：可以是一个方向上变化，也可是两个方向上变化，甚至是四个方向上都有变化，方向还可不限于水平或垂直，可以是斜向或放射状变化等。除此之外，若再加上形状和大小的变化，将产生意想不到的效果。图 5.7 是点的有计划间隔构成的一个基本形式，这是在两个方向上的有计划间隔变化。这个基本形式给大家提供一个进行有计划间隔构成变化的依据。

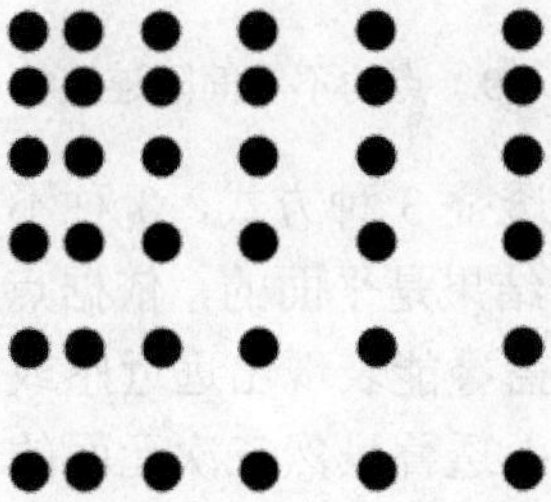

图 5.7　点的有计划间隔构成

点的连接构成可分为点的等间隔连接构成、点的不等间隔连接构成和点的重叠构成。

点的等间隔连接构成是点与点的中心保持相同的距离并使点产生连接的构成。由于有等间距和连接的双重限制，其构成难度加大，很难产生变化，在构成时必须考虑在连接方向和方式上做变化。图 5.8 所示的是等间隔连接构成的基本形式，这种形式有秩序美，应注意避免单调、乏味。

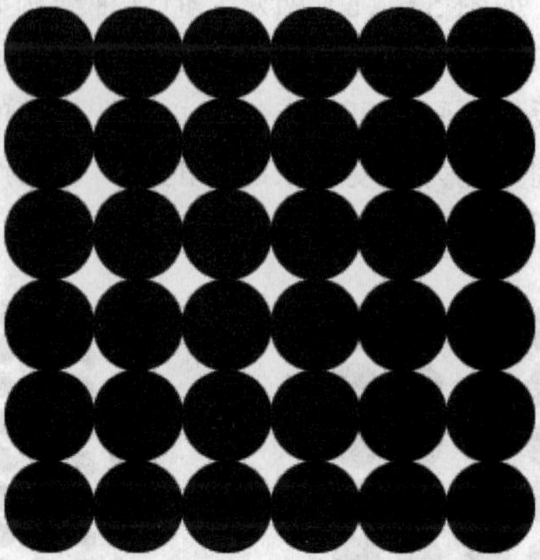

图 5.8 点的等间隔连接构成

点的不等间隔连接构成实际上是加上点的大小变化的连接构成，若再加上方向等其他变化，即得到不规则的连接构成，如图 5.9 所示。此构成能得到强烈刺激的视觉效果。

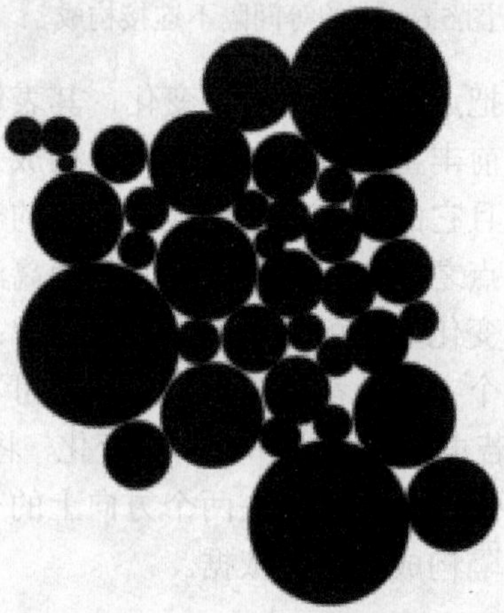

图 5.9 点的不等间隔连接构成

点的重叠构成有合叠、盖叠和透叠 3 种方式，3 种不同方式，会产生完全不同的视觉效果，如图 5.10 所示。合叠所产生的结果是平面的，依据点集中的情况不同，有时会强调出线的感觉，有时会强调出面的感觉；盖叠能表现出远近感或深度感，若在各点上再施以适当的明暗变化，则三次元面的感觉更强；透叠虽然三次元面的表现感弱，然而透明的质感加强，产生另一种魅力。

点也可以自由构成，点的自由构成是通过点的大小和疏密变化形成一种富有动感的画面。它不受任何条件限制和约束，是凭设计的经验和感觉来进行的构成，如图 5.11 所示。这种构成表面看来简单，实际上可随意创作出无限的画面效果。然而，要创作出富有创意的优秀之作，其实很难，稍有疏忽就会出现无个性、平淡、一般的作品。

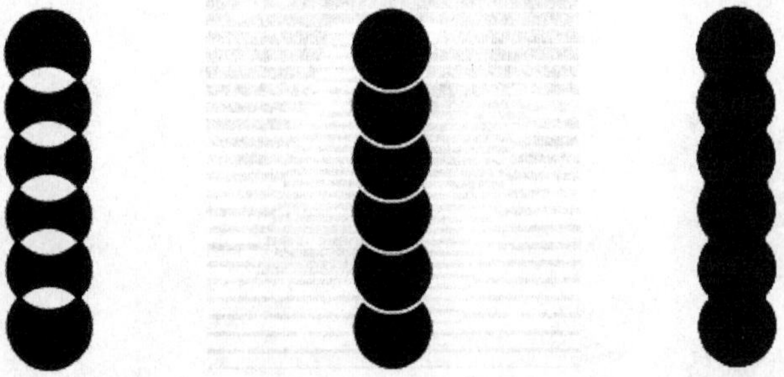

(a) 透叠　(b) 盖叠　(c) 合叠

图 5.10　点的重叠构成

图 5.11　点的自由构成

总的来讲，点的自由构成除了要注意疏密变化、方向上统一或方向上的变化外，还可以考虑点的大小变化、形的变化等技法的运用，追求更富动感、韵律、空间感的表现手法。

2. 线

欧氏几何学将线定义为：线是点移动的轨迹，只有位置和长度。在造型艺术上，为了使线可见，线除了有位置和长度外，还必须有宽度。不同宽度的线，给人在视觉上的感觉是根本不同的。若再加上线的位置、长度、线形和方向上的变化，将给造型设计提供无穷无尽的变化。线比点具有更丰富的变化，若要全面有效地利用线，还必须进行全面、系统的了解。

（1）线的粗细与性格。一般而言，一条线的变化，首要的是长短尺寸，而作为造型要素来看，线的宽度值得探讨。线有不同的宽度，由于宽度不同，其体现的性格特征也大不一样。粗线富有男性强有力的感觉，但缺少线特有的敏锐感；细线具有锐利、敏感、神经质和快速度的感觉；第一次加粗的线、加粗再变细的线、变细再加粗的线以及粗细不断变化的线，其感觉变化就更加复杂。但最强烈的感受是在空间性格上的变化，从粗细一致的线来看，在粗线和细线的前面，若再加上线的长短变化以符合透视规律，就能表现出更强烈的空间感。图 5.12 所示的是利用线的粗细变化所形成的空间感的构成。

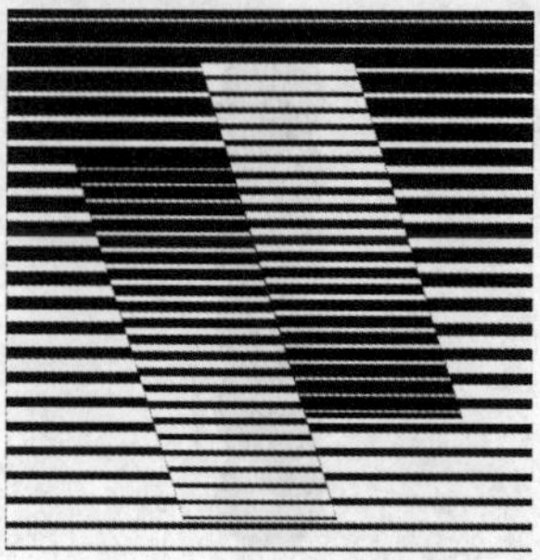

图 5.12　线的粗细与性格

（2）线的种类与性格。运用于设计中的线，种类很多，若加以分类，有以下四种基本类型：几何直线、几何曲线、有机曲线和徒手曲线。

几何直线：具有简单、明确、直率的性格，总的来说具有柔美、优雅的性格。

几何曲线：由于是用机械的方法完成的，所以多少具有单纯、明快的性格。

有机曲线：有机曲线最具有曲线的性格，富有自由、浪漫的女性性质。

徒手曲线：徒手曲线与几何曲线性格刚好相反，具有不明确、无秩序的感觉。如果运用得好，则能体现出浓郁的人情味。徒手曲线如在绘制时使用的工具不同，还可表现出极富个性的线条感来。

（3）线的构成。线在构成上分为：线的不连接构成和线的连接构成，线的不连接构成分为线的等间隔构成和线的有计划间隔构成。

图 5.13 所示的是线的等间隔构成，在有秩序的美感中，会显得有些单调和乏味，可适当运用错位、粗细变化和长短变化等来加强画面的生动感觉。图 5.14 所示的是用错位的方式表现线的等间隔构成。由于错位的变化，使画面呈现出丰富的层次和空间的感觉。但用错位的方式，线必须具有一定的宽度，方能体现出错位的效果。

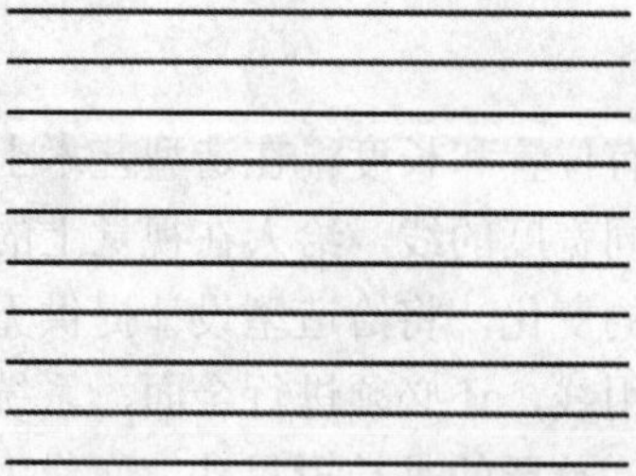

图 5.13　线的等间隔构成

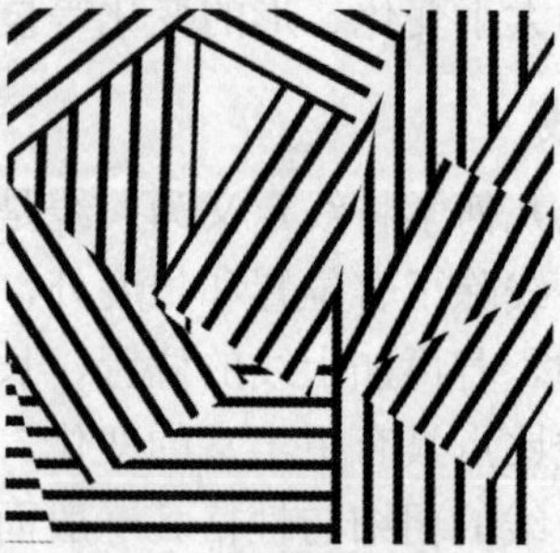

图 5.14　线的错位构成

线的有计划间隔构成打破了等间隔构成的呆板无味。由于有计划变化间隔的加入，给线的不连接构成带来无穷的变化。如图 5.15 所示的是线的有计划间隔加上长短的变化所形成的体积和层次感觉。

直线的连接构成有线的端点连接和圆线连接两种方式。端点连接又可分为开放式连接、闭合式连接和发射式连接等几种。圆线的连接构成可分为大圆包小圆的内接和圆与圆并列的外接两种。图 5.16 所示的是直线在方向上做变化所完成的构成，给人以强烈的动感、韵律感和立体层次感。

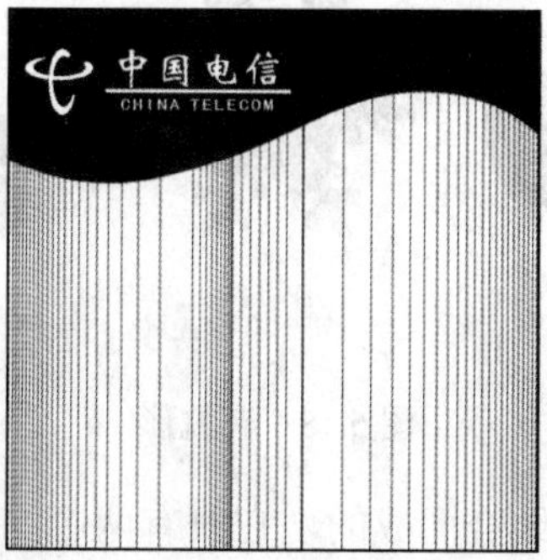

图 5.15　线的有计划间隔构成

图 5.16　直线在方向和形状上做变化的构成

3. 面

在造型艺术中遇到面的情况多而且复杂。依照几何学的定义，面是线移动的轨迹。强调的是面形成的方式。在造型艺术中，重要的是面的形状及面的形成过程。面的产生可由下列方式来完成：点和线的密集可形成虚面，点和线的扩展也可形成面，面的分割、面与面的合成、反转也可以形成新的面。

（1）面的种类与性格。造型上面的种类也就是面形状的种类。运用于造型上的所有面形，不管是由何种方式产生，也不管它有多么复杂，不外乎就是以下四类：几何类、有机形类、自由形和不规则形。

几何形是凭借绘图仪器或数理方法完成的最规范的形状。基本的几何形有三角形、四边形、圆形和椭圆形，一般由直线和几何曲线构成，几何形如图 5.17 所示。几何形具有明快、理性和秩序美的性格，如在同一构成中用得过多、过于繁杂，也可能失去其特有的性格。

有机形是靠自然的外力而形成的自然形，如叶子、花瓣、鹅卵石……都是有机形。图 5.18 所示的是有机形，有机形的特点是：自然、流畅、淳朴而柔和，具有秩序性美感。

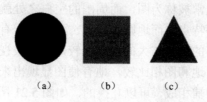

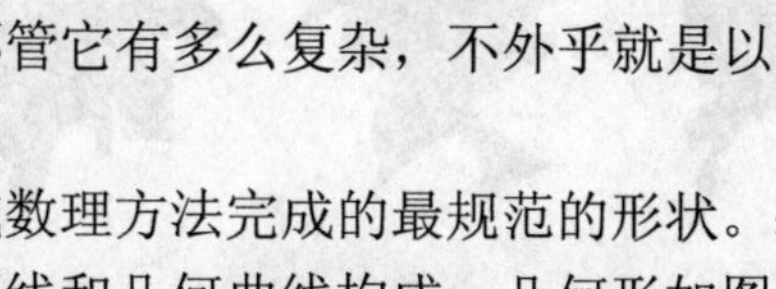

图 5.17　几何形

（a）　（b）　（c）

图 5.18　有机形

自由形是由几何形与有机形结合而成的，它兼有两者的优点，既简单明快又不失自然亲切，如图 5.19 所示。

（a）　（b）　（c）

图 5.19　自由形

不规则形是不受任何限制、不具任何规律性的造型。它分为两种：一种有意识不规则形，如手撕纸张、刀割的形状，这种形虽然没有规律，但它是人为制造的，能反映作者的目的、个性与情感；另一种是无意识的不规则形，即偶然产生的形，如泼的墨水痕迹、被打碎的玻璃片。不规则形可以在一定的计划下来完成，并且可以控制其完成的程度，直到把自己的感情表现出来，符合自己的要求为止。不规则形与几何形的性格完全相反，不具备秩序美和机械感，是最具人情味的形，如图 5.20 所示。

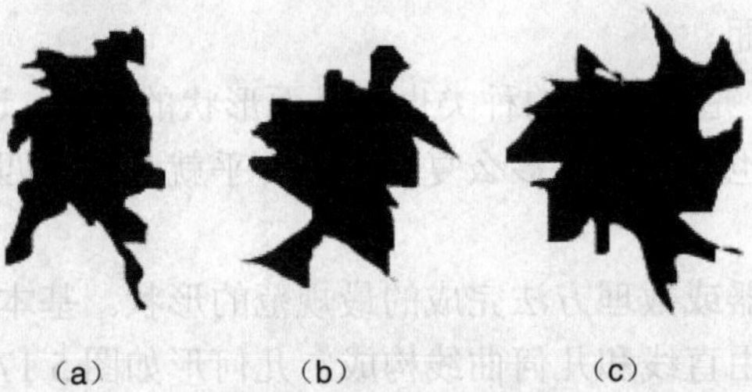

（a）　（b）　（c）

图 5.20　不规则形

（2）面的图与地。任何形都是由图与地两部分组成。要使人感到形的存在，必须要有地作衬托。在平面造型里，形通常被称为图，而周围的空白之处就被称为地。图具有明确、紧张、密度高、前进感及醒目等特点，而地则密度低、不明确、有后退感。

在人们的习惯里，一般小的形态与大的形态比较，小的被视为图。封闭的图和开放的图比较，封闭的往往被视为图。地和图相比较，地有使图显现出来的陪衬作用。当然这些都是相对而言的，图与地常常是相辅相成，可以互换的，如图 5.21 所示。在面的构成中，必须注意图与地的关系，它影响着构成后的美感效果。

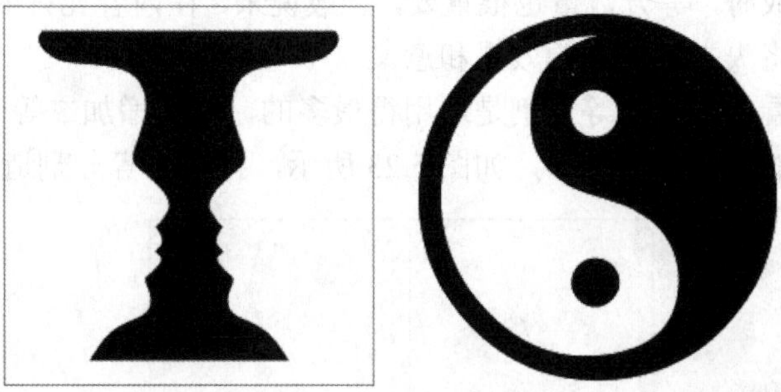

（a）　　　　（b）

图 5.21　面的图与地

5.2　画面分割与平衡原理

二维空间构成基本上是靠分割来完成的。面是分割构成研究和探讨的重要对象。分割可以产生比例和秩序，可以改变原有物体的内在联系和外部关系，即整体与局部、局部与局部的关系，是形成设计的严谨性、整体性、和谐性、运动性与美感的重要因素。面的分割还包括面的形态组织、排列以及人们的审美感知，其中形与形的分割，形与空间的分割是非常重要的，它是寻求构成中形态之间相互和谐、稳定、对比、呼应的关键因素。成功的分割可以赋予平面以新的生机，合理的、感性的分割能使二维空间产生丰富、和谐的美感，这就形成了平面的诸多形态的整体构成。

5.2.1　画面分割

在分割构成的画面中，无论是有形的分割还是无形的分割，其分割的方式是极其重要的。为系统地研究画面的分割构成，我们把分割构成分为等分割、黄金分割、比例分割、自由分割。

1. 等分割

等分割是把画面分割成完全相等的几部分的分割，在印刷编排设计中用得最多，且在广告等其他所有平面设计中都有利用价值。图 5.22 所示的三幅画面分割都是等分割。

（a）　　　　（b）　　　　（c）

图 5.22　画面的等分割

在进行等分割构成时，等分数量也很重要，一般说来，在内容允许的情况下，少者为好。一旦超过一定数量，将失去等分割的效果和意义。

从实际的运用来看，一般二等分割是运用得最多的，为了增加二等分割运用的变化，可对画面中心点作对称的二等分割变形，如图 5.23 所示，打破了等分割造成的呆板。

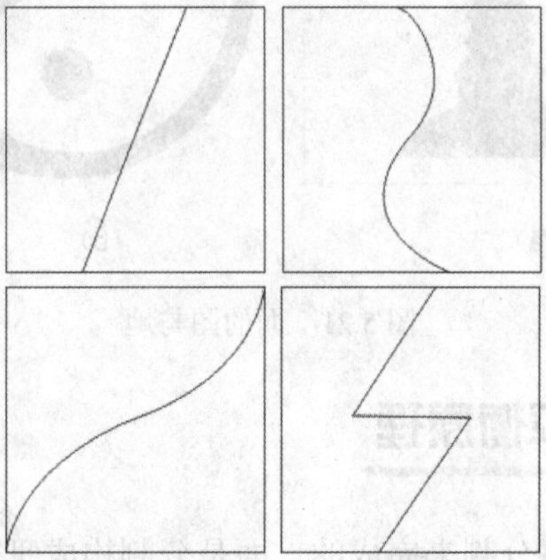

图 5.23　二等分割构成

2. **黄金分割**

黄金分割是利用黄金比例进行的分割，黄分比例数为 1∶1.618。用黄金分割来进行分割的画面，能呈现平面空间的均衡、协调感。古希腊哲学家用几何学方法发现的黄金比例，被公认为是最美的比例形式，至今已广泛应用，图 5.24 所示的图像就是用黄金比例进行分割的。

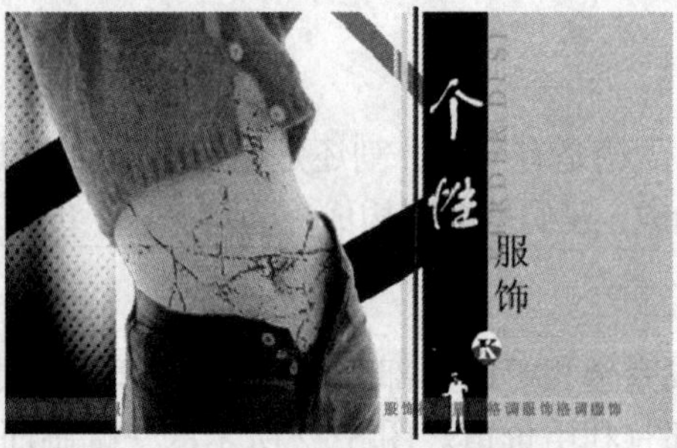

图 5.24　黄金比例分割的图像

3. **比例分割**

比例分割是利用分割的比例关系来追求画面的一种秩序变化的分割。比例分割按照比例关系的不同，可分为：等比数分割、等差数分割、调和数分割、费波纳齐数分割。

等比数分割：使分割的部分都按公比数成倍递增、递减，即每一部分数目都是其前一部分乘上一个相同的数目来进行分割。如以 2 为比例，1、2、4、8、16、32、64、128、…

等差数分割：分割画面的每一部分都相差一个公差数，即每一部分的尺度都是在前一部分的基础上加上一个相同的数目进行的分割。如以 1 为公差，1、2、3、4、5、6、…

调和数分割：数值变化极其自然的一种数列。分割画面的每一部分的数值分别是 1、1/2、1/3、1/4、1/5、1/6、…

费波纳齐数分割：每一部分的数值都按前两部分数值之和来进行的分割。这种比例分割

强对比效果，效果响亮、强烈、活跃、炫目，富有刺激感和感召力。同时，补色色相对比能满足心里补色的需要，因此，具有视觉生理与心理的平衡条件。其短处是显得不安定、不含蓄，过分刺激会使人视觉产生炫目的色彩感觉。如果处理不好，就会表现出一种原始的、粗俗的、单调的、不安定的、不协调的刺激效果。因此，设计时应该发扬其长处，避免它的短处，以获得强烈而优美的色彩。

从另一角度来说，互补色双方色彩组成奇异的一对，既互相对立，又互相满足。它们把充实圆满表现为对立面的平衡。当它们同时对比时，相互能使对方达到最大的鲜亮度，当它们互相混合时，就如同水与火那样互相消灭，变成一种灰黑色。

在色彩对比中，不同的补色对都有独自的特性，它们在整体中充分地显示出个别的力量，形成一种对立倾向的综合效果，下面就三对基本补色关系，了解一下不同补色关系的不同特性。

图 5.47　补色色相对比

黄与紫：这对补色不仅色相鲜明，而且具有强烈的明暗对比关系。因此，对比明快，刺激性强，形象的清晰度高。

橙与蓝：这对互补色具有很强的冷暖感，因此，它对色环心有一种直接性的影响，它又具有相对的前进感、后退感、膨胀感、收缩感。这种内在张力赋予它强烈的表现效果。

红与绿：二者在亮度上相差无几，因此，加强了它色相的表现力，给视觉与心理上同时造成一种强刺激效果，这对互补色在整体上的相互比例关系，防止了炫目效果的产生。

（7）全色相环色相对比。全色相环组有 24 色或 12 色的对比，称为全色相环色相对比。色彩组合运用这种对比，可显示出五彩缤纷、富丽堂皇的视觉效果。这种对比有丰富的色彩层次，又符合人的视觉生理、心理平衡，故常使人感兴趣。但由于色相很多，组织不好容易产生杂乱、不安定及难以形成统一效果的缺点，故必须采用多种对应的手法改变对比状况，扬其所长，避其所短。它也是节日的色彩。

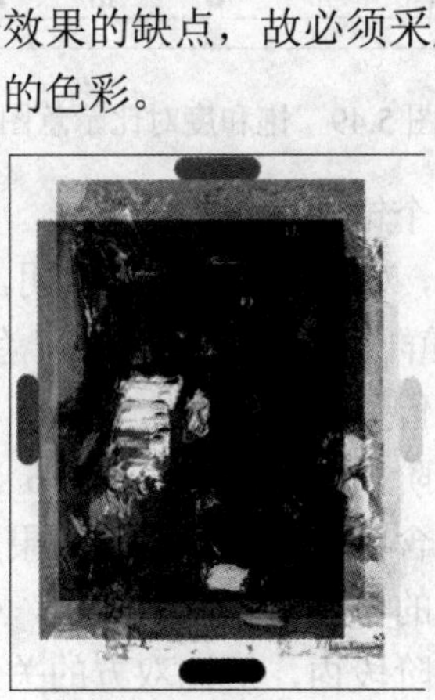

图 5.48　全色相环色相对比运用图片

在对色相对比有了更进一步的分析和了解之后，在这里需要提醒的是不能忽视了黑、白色在色相对比中的作用。因为，在我们的色彩对比中，常常离不开黑、白色的调节作用。如将色相的亮度进行调整和变化，色相对比必将会产生出大量的、全新的表现价值。黑、白色能帮助突出个性和改变色彩个性，有相应的表现潜力。应该说，既然变化是无穷的，那么相应的表现潜力也是无限的。

3. 饱和度对比

因饱和度差别而形成的色彩对比称为饱和度对比。如果我们将同样一个橙色，分别放在红色底子上和灰色底子上，那么，在鲜亮红色背景上的橙色显得暗淡无光，而放在灰色背景上的橙色却显得十分鲜亮，这种现象就是色彩饱和度对比关系。

在饱和度对比中，同样一种纯色在不同背景对比中呈现出几种表现效果的现象，也是基于同时对比性错觉而产生的。饱和度对比效果表明：所谓色彩的鲜与浊、模糊与生动的效果都是相对的。一种颜色在一种模糊色调里（灰色中）会显得生动，但是一旦将它放入比它更为生动的色调里（纯色中），则又显得模糊了。可见，色彩饱和度对比规律能使我们从整体上的相对关系中去挖掘色彩更为内在的表现潜力。

以色体的饱和度级别为基本划分的标准，可以将 9 级的饱和度一分为三，就产生了饱和度对比中的强、中、弱三种程度。接近纯色的部分称为鲜色，接近黑白轴的部分称为灰色，它们之间的部分称为中间色。这样也就构成色彩饱和度的三个层次。具体地说，饱和度级差在 4～6 之间的对比，称为饱和度中对比。图 5.49 所示是饱和度对比示意图。

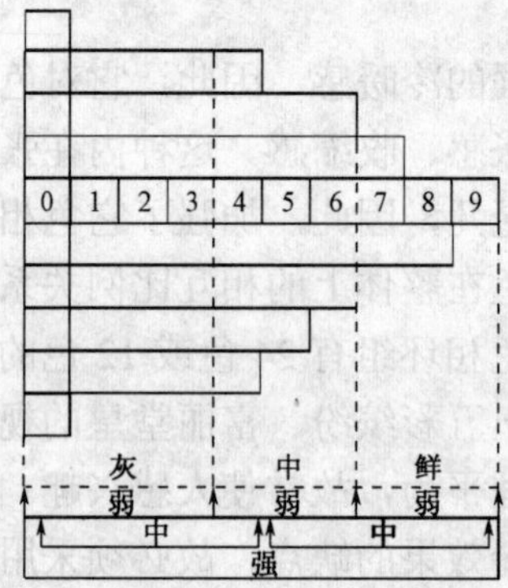

图 5.49　饱和度对比示意图

（1）饱和度强对比。当采用一个饱和度很高的色彩，并放在无彩色的环境里进行对比，这就相当于跨越了整个饱和度阶段，对比的效果十分鲜明，这种关系是饱和度的强对比关系。这时，同时对比的特点最为突出，鲜的更鲜、浊的更浊，色彩显出饱和、生动的性格。同时，色彩的视觉度也相当强，容易被人们所注视。

（2）饱和度中对比。在饱和度阶段内，4 级以上、6 级以内的色彩对比关系，形成饱和度的中对比关系。这种对比关系有含糊、朦胧的色彩效果，并具有统一、和谐而又有变化的特点。在同时对比的情况下，色彩的个性比较鲜明突出，但刺激适中、柔和。

（3）饱和度弱对比。在饱和度阶段内，对比双方的关系保持在 3 级内，由于饱和度的差别极小，形成饱和度的弱对比关系。这种弱对比关系的视觉效果相当差，形象的清晰度也低，色彩容易变得灰、脏。因此，在采用时应适当调整亮度差。当远距离观看时它能提供一种特有的气氛，适合表现一种特定的表现场面。

饱和度对比的强弱，同样产生出不同的色彩效果，给我们视觉及感情上带来很大的影响。因此，在实际配色中，对饱和度对比的注意要点一般可归纳为：一般鲜艳色，其色相明确，视觉有兴趣，引人注目，色相心理作用明显，但长时间注视易引起视觉疲劳。一般灰色，其色相不明确，含蓄、柔和、不易分清楚，视觉兴趣少能持久注视，但有平淡无力、单调而易生厌倦的缺点。

饱和度对比能增强色的鲜明感，即增强色相的明确感。饱和度对比越强，鲜色一方的色彩就越鲜明，从而增强配色的鲜艳、生动、注目及情感方面的倾向。

当色彩饱和度对比不足时，往往会出现配色中的粉、脏、灰、黑、闷、火、单调、软弱、含糊等毛病，这些都是配色时应该避免的。

在色彩属性的三种对比中，同样面积的色彩，饱和度对比不如色相对比、亮度对比效果强烈。

4. 冷暖对比

冷暖对比在设计中，将冷暖色并列，冷暖感将更加鲜明，冷的会更冷，暖的会更暖，这种同时对比现象称为色彩的冷暖对比，其运用如图5.50所示。

一般说来，波长长的红、黄、橙色称为暖色（又称前进色、膨胀色），波长短的蓝、绿色称为冷色（又称后退色、收缩色），色彩冷暖对比的强弱可从图5.51看出。

图5.50　冷暖对比

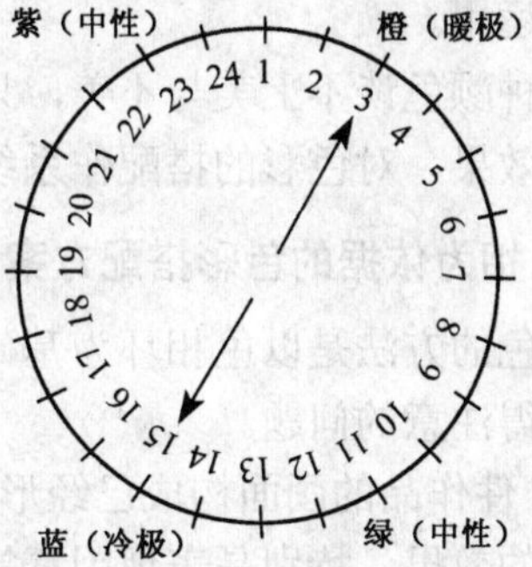

图5.51　冷暖对比

图5.51中1～10为暖色，暖极为3——橙色；13～18为冷色，冷极为15——蓝色；11、23为中性色——绿色、紫色。色彩如果以冷暖两极组成对比，即橙色与蓝色组成对比，则是冷暖强对比，反差大；两极色与中性色的对比为冷暖中对比，反差中等，如3∶11、3∶23、15∶11、15∶23；冷暖色各自内部的组合为冷暖弱对比，反差小，如7∶3、15∶7等。

在色彩设计应用中，色彩的冷暖对比有如下一些特征：其一，色彩冷暖对比主要由色相因素决定，虽然色相由于饱和度或亮度的改变，冷暖倾向会略有改变。

其二，色彩冷暖对比与色彩其他属性的对比有关。色彩的冷暖不仅受色相影响，还同时受亮度、饱和度影响，如高亮度色往往使色彩发冷，低亮度色往往使色彩发暖。

其三，色彩冷暖对比的独特性质，使它比其他对比更具明亮而丰富的表现力，冷暖对比越强，对比双方冷暖差越大，双方冷暖倾向就越明确；对比双方差别越小，双方倾向越不明确，但色彩总体色调的冷暖感增强。此外，色彩冷暖对比表现力，能提供用色彩表现空间感、音乐感的最大可能性。例如，利用色彩前进、后退的特性，能加强空间的表现力；利用色彩冷与暖性相互转换，可不同程度地加强色彩的节奏感，产生烦恼相应的音响效果。

事实上，色彩中的冷暖只是一种相对而言的概念，它是在同等对比中产生出来的。现代色彩学家 Johans Itten 将色彩冷暖对比的特性用了一些词语来表示。

暖色：阳光、不透明、刺激、浓、近、重、男性、干、感情、扩大、静止、硬、活泼、开放。

冷色：阴影、透明、镇静、淡、远、轻、女性、湿、缩小、流动、软、文静、保守。

上述的各种色彩对比，是为了深入研究色彩而特意分类的。在实际色彩设计中，使用色彩不是孤立无联系的，而是综合运用各种对比因素，多属性、多差别的色彩对比共存一起。可见，色彩设计中综合应用的对比因素，显然比我们分门别类分析得更为复杂，而且效果更为丰富多样，在这里有必要强调在色彩设计时，必须按需对色彩进行系统的分析和综合的运用。

5.3.3 色彩的搭配

当我们正式对一件艺术品或设计作品进行色彩计划时，必然要将两个或两个以上的色彩组织在一起，这种为达到某种目的而进行的色彩组织就是色彩的搭配。

在色彩视觉艺术的领域，色彩搭配的问题一直是理论家及大师们苦心思考、努力研究的重点课题，他们试图在习惯上形成一套公式化、法则化的原理，将其组成简单的色彩应用系统，供后人运用。

单独一种颜色谈不上美与不美，只有当两种或两种以上的色彩搭配在一起时，才有美与不美的搭配效果。对色彩的搭配作系统的整理和分析，可供设计或艺术创作参考。

1. 以色相为依据的色彩搭配方案

这个配色的方法是以色相环为基础，把色相划分成几个区域，在按区域进行配色时，有以下几个值得注意的问题。

① 当一件作品的画面构成已经形成，在色彩的搭配上，必须先依照主题的思想、内容的特点、构想的效果，特别是表现因素等，来决定主色或重点色是冷色还是暖色，是华丽色彩还是朴素色，是柔和色还是强烈色，是坚硬色还是柔软色。

② 主色决定之后，再将其带入色相环中配色，根据需要可以按照同一色相配色、类似色相配色、对比色相配色、互补色相配色以及多色相的配色等方案进行，分别产生不同的配色效果。

③ 配色所成的角度越小、距离越短，色彩的共同性越大，冲突越小，对比性则越弱，所产生的效果越和谐。

④ 两色所成的角度越大、距离越长，色彩越没有共通性，冲突也就越大，对比性越强，所以产生的效果越活泼、越强烈。

⑤ 对角线 180° 相对的补色配色，是效果最强烈、最具刺激性的配色。

下面分别对每个配色方案做进一步的说明。

同色相的配色：相同色相的颜色主要靠亮度的深浅变化构成色彩搭配，称为同色相配色。由于用色的范围只有单色的明暗、深浅变化，使人感觉到稳定、柔和、统一、幽雅。在同色相配色中，如色彩亮度差太小，会使色彩效果显得单调、呆板，产生阴沉、不调和的感觉，为了避免产生这种效果，宜在亮度、饱和度变化上做长距离配置，才会产生活泼的感觉，达到应有的情趣。

类似色相的配色：类似色相配色包括范围较广，当其配色的角度越大时，愈显得活泼而有生气，角度越小，就越有稳定性和统计性，如果差异太小，近于同色相，则必须在彩度或亮度上拉长距离，否则会产生阴沉、灰暗、呆板的效果。相反，当搭配的颜色与主色接近 90° 角时，颜色的配置效果就会接近对比色的配色效果，其色彩与色彩之间会有互相排斥的现象，有可能产生不调和的感觉，必须考虑使配色协调的因素。

对比色相的配色：对比色相配色，其配色角度大、距离远，颜色差异大，其效果活泼、跳跃、华丽、明朗、爽快。如果两色都属于高饱和度的颜色，对比效果会非常强烈，显得刺眼、炫目，使人有不舒服的感觉，可以用亮度和饱和度加以调和，缓解其强烈的冲突。当用距离主色接近 90° 角时的搭配，有些近似类似色相配色效果，视觉舒适度比较适中，可参照灰似色的方法配色。

互补色相的配色：互补色相的配色是色相对比最强烈的配色，如果饱和度太高，会产生刺眼、辛辣、心跳加速、冲击性强烈、喧闹不调和的效果，必须用亮度、饱和度变化的方式加以缓冲，才可避免产生激烈冲突的效果。补色的配色，具有完整的色彩领域性，占有三原色素，所以其效果是明亮、灿烂、戏剧性强。

多色相的配色：多色相配色在设计中用得比较广泛，其色彩调和的法则，大家可以用锐角等腰三角形的三色相配色进行试验。效果与类似色相配色相似，具有稳定感。

正三角形的三色相配色所产生的效果与对比色相配色相似，具有华丽、活泼感。锐角等腰三角形的配色所产生的效果与互补色相配色相似，具有活泼、耀眼、炫目感。正方形的四色相配色具有两组类似色相的对比配色，效果较生动。长方形的四色相配色同样有两组类似的对比色相配色，效果在动中具有和谐、稳定感。梯形的四色相配色中有一组类似色相和一组对比色相配色，效果华丽、生动而协调。

2. 以亮度为依据的色彩搭配方案

每一个色相均有不同的明暗度，对于色相的配色所起的作用，有的色彩学家阐明，色彩的亮度对色彩的协调起着关键性的作用，无论是色彩间的搭配显得单调或是产生不协调炫目现象时，只要降低或提高某一方的亮度，便可立刻得到协调的效果。

当然，色彩的亮度变化还可控制色彩的表情。明朗的色彩，给人以和蔼可亲的感觉；阴暗的色彩，给人以沉重的感觉；均衡的亮度比，可使色彩活泼而稳重。运用色彩亮度的配色，可从不同亮度的调子和亮度差两个方面来进行。

（1）不同亮度调子的配色。所谓亮度调子，是指一组色彩置在一起后，在明暗程度上呈现出的一种整体倾向。当一个画面的所有色彩都倾向高亮度的配色，就称之为高调子；而当整个画面的色彩倾向于低亮度的配色时，就称之为低调子；当整个画面的所有色彩都倾向于不亮不暗的中亮度配色时，就称之为中间调子。

高调子配色：具体地讲，就是在亮度色环中，最亮三个色阶范围的色彩搭配。如果把亮度层次发展起来，绝不限于三个色彩的搭配，同样可以在高调子中产生了丰富的层次变化。高调子的配色，可以赋予色彩以积极、快活、愉悦、爽快、醒目、柔美、细致、自由、通畅、亮丽的视觉效果。

中间调子配色：具体地讲，就是在亮度色环中，亮度在中间三色阶范围的色彩搭配。它可以赋予色彩柔和、甜蜜、高雅、端庄、古典、豪华、辉煌、艳丽的特性，让画面表现出高贵、雄伟、缤纷的效果。

低调子配色：具体地讲，就是在亮度色环中，亮度在最低三个色阶范围的色彩搭配，它可以赋予色彩严肃、谨慎、稳定、神秘、苦闷、丰富、厚重的特性，让画面展现出深沉、厚实、庄重、安定、阴森、苦涩、怨恨、嫉妒、失望的效果。

（2）不同亮度差的配色。以前面三种不同的亮度调子进行配色，虽然色彩都可以分别体现不同的表情和视觉效果，但由于调子的限制，用得不好，往往使画面缺乏色彩层次。通常，在保持了基本调子的基础上，还可以适当地打破调子色阶的限制，考虑加入少量的跨色阶的亮度对比，这实际上已经在配色中加入了色彩亮度差的配色因素。这是在配色中必须考虑的，而且亮度差的利用可以产生出不同的配色方案。

色彩的亮度差是指一组色彩搭配中，最亮的色彩和最暗的色彩间的一种级差关系。按亮度差来进行的配色有以下四种。

等亮度差的配色：等亮度差配色是亮度差在九个亮度色阶中只占一个色阶的配色。等亮度差具有比较含蓄的特点，同时也可能出现灰暗、模糊的不调和效果。

低亮度差的配色：低亮度差配色是亮度差在九个亮度色阶中占一个色阶以上、三个色阶以内的配色。由于色阶距离比较短，低亮度差的配色又叫短调。具有比较柔和的配色效果。

中亮度差的配色：中亮度差配色是亮度差在九个亮度色阶中占三个色阶以上、六个以阶以内的配色。由于所占色阶距离不长不短，中亮度差的配色又叫中调。具有活泼、生动、色彩层次丰富的效果。

高亮度差的配色：高亮度差配色在九个色阶中占六个色阶以内的配色。由于所占色阶距离最长，高亮度差的配色又叫长调。长调配色具有极强的对比效果，色彩效果特别醒目，如果处理不好，容易产生不协调和炫目现象，必须以面积的变化来达到调和。

（3）亮度调子与亮度差的综合配色方案。前面所讲的不同亮度调子的配色是指亮度色阶限制在三个色阶以内，如果要从亮度差来说，它只能是低亮度差的短调配色或者是等亮度差的配色。亮度色彩的搭配如果被限制在这样三种搭配方式中，就会缺乏色彩的明暗层次的变化。因此，我们的配色可以用这三种不同的亮度色调为基调，再适当加入短调、中调或长调的不同亮度差的变化，使色彩搭配既具有高、中、低三种不同总体感觉的亮度基调，同时又有微妙的、少量的亮度层次的对比变化。由此看来，以不同亮度色调为基调的配色与不同亮度差的配色，完全可以综合，产生更为丰富的配色方案。

3. 以饱和度为依据的色彩搭配方案

一般设计作品的配色原则，饱和度变化的功能，可决定画面吸引力大小、方向色彩的强调以及衬景色彩的微弱变化等配色因素。饱和度愈高，色彩愈鲜艳，就越引人注意，同时独立性与冲突性越强；饱和度越低，色彩越感朴素、典雅、安静、温和，独立性及冲突性愈弱。因此常以高饱和度配色来达到突出主题、陪衬主题的目的，才能达成统一协调的色彩构成。

饱和度变化的刺激作用不如亮度变化大，往往饱和度对比愈强，而色彩感觉越和谐。因此，饱和度变化应配合亮度变化及色相变化，才能达到较活泼的配色效果。

饱和度变化主要是指饱和度环上某一纯色与灰色间的饱和度色阶变化，越接近灰色的一边饱和度越低，越远离灰色的一边饱和度越高。饱和度在离灰色五个色阶以内的色彩，色性都较弱，较难显现色彩的个性，5 个色阶以外的色彩饱和度，才能发挥色彩的饱和度效果。由于饱和度配色不如亮度色阶那样易于分辨，因此，只能分为弱饱和度对比配色和强饱和度对比配色两种类型。

弱饱和度对比配色：弱饱和度对比配色是指在饱和度色环上 5 个色阶以内的色彩配色，饱和度差异不大，高饱和度的弱对比配色，具有华丽的色彩效果，低饱和度的弱对比配色，具有柔和、稳重、典雅的色彩效果。若加上色相或亮度的变化，可使画面显得更加活泼、生动。

强饱和度对比配色：强饱和度对比配色是指在饱和度色环上 5 个色阶以上到 9 个色阶的色彩配色，饱和度差异大，具有鲜明、突出的色彩效果。若再加上亮度或色相的变化，更能使色彩增加华丽、鲜艳、辉煌的效果。

由于色相、亮度和饱和度是色彩中存在的三个互相制约、互相影响的因素，所以在运用以上配色方案时，有以下几点值得注意：

色相差与饱和度差在配色时宜成正比关系。当色相差大时，饱和度差也宜大；当色相差小时，饱和度差也宜小，而且以饱和度偏高为好。

亮度差与色相差在配色时宜成反比关系。当亮度差小时，色相差宜大。

亮度差与面积差在配色时也宜成反比关系。当亮度差小时，安排色彩的纯差宜大；当纯差小时，按排色彩亮度差宜大。

饱和度差在配色中宜与面积差成正比关系。当饱和度差大时，面积差也宜大；当饱和度差小时，面积差也宜小。另外，饱和度弱时，面积宜大些；饱和度高时，面积宜小些。

色相差与面积差在配色时成正比关系。当色相差大时，面积差也宜大；当色相差小时，面积差也宜小。

4. 以色调为依据的配色方案

所谓色调，指配色时在画面上形成的总的色彩倾向或一种总体的色彩气氛。如果从色相、亮度、饱和度三个因素来考虑而进行的配色，如搭配得当，自然会形成一定的色调。当然这里所讲的色调配色，强调某一方面色彩因素的作用，以形成极强的某一方面的色彩映像。下面归纳常用到的色调，以供设计时选用。

① 以色相来分，可以用 12 色相环上的任意一个色相为主色，形成具有不同色相表情的红色调、黄色调、橙色调，等等，整个画面的色彩特征及表情即以该色相的特征及表情为主。

② 以亮度来分，可以分出明色调、暗色调、中明色调。

③ 以饱和度来分，可以分出纯色调和灰色调。

④ 以色彩的对比来分，可以分出强烈对比色调和调和色调。

⑤ 以无彩色来分，可以分出黑色调、白色调和纯灰色调。

在实际应用中，不同的色调按其所包含的色彩特征，可形成不同的色彩气氛及色彩效果。

5.4 创意与逆向思维

创意，就是创造一个好的主意。广告创意是现代广告活动中的一个重要概念，被人们提及最多，但分歧也颇大。

我们认为对广告创意概念的理解，首先应该从动态的“活动过程”和静态的“活动产物”两个层面展开，才能全面把握它的含义。其次，通过对广告实践活动的总结，优秀广告作品的分析及众多广告学者研究成果的借鉴，我们倾向认为广告创意是对“说什么”与“怎么说”的构想及由此形成的产物。基于上述想法，我们对创意的概念进行如下解释：

从动态角度看，广告创意是现代广告活动中的核心环节之一，它是广告人根据广告策略对有效的广告信息及其传达方式的创造性思考过程。这一层面完整的表述应为“创意活动”。

从静态角度看，广告创意是现代广告活动的重要产物之一，它是广告人在分析广告目标、广告产品及目标消费者需求基础上构思的创造性的广告信息及其传达方式。在这一层面上，我们更经常地称之为广告创意。

5.4.1 广告创意的过程与逆向思维方法

1. 广告创意的过程

最早研究广告创意的人是美国广告专家詹姆斯·韦伯·扬，他在《产生创意的方法》（A Technique for Producing Ideas）一书中提出了完整的产生创意的方法和过程，他的思想在我国广告界颇为流行。经过深入细致的研究，詹姆斯·韦伯·扬认为“创意完全是把原来的许多旧要素做新的组合”，而把旧要素予以新组合的能力主要在于了解事物相互关系的本领。根据这个原理，詹姆斯·韦伯·扬把创意产生的过程归结为五个步骤：

第一，收集原始资料，一方面是你眼前问题所需要的资料，另外则是平时持续不断积累储蓄的一般知识资料。

第二，用你的心智去仔细检查这些资料。

第三，进入深思熟虑的阶段，你让许多重要事物在有意识的心智之外去做综合的工作。

第四，实际产生创意。

第五，最后形成并发展这一创意，使其能够实际应用。

通过上面五步的储备，再由设计人员围绕广告的主题思想进行图像的设计制作与发布，这样各种广告媒体就在这一过程中应运而生了。

2. 广告创意的逆向思维方法

好的创意标准是新、奇、特，按照通常思维难以实现这一目标，逆向思维也许是个不错的解决途径。

逆向思维也可称为反向思维，是指从常规思维相反的角度、过程出发去思考问题的方式。它是文艺创作和科学发明不可缺少的思维方式，它不但可以使原来的事物更加完善，而且能开拓思维，同中求异，发现新路子。逆向思维的特点是对人们习惯的思维方式持怀疑和反对的态度，善于唱反调。因此，逆向思维往往能够出奇制胜，给人以意想不到的收获。

运用逆向思维在图像设计中可以使图像更具有哲理性和思考性，能够使所设计的作品打破传统，焕然一新。譬如我们开创一种新的事业，可以用鲁迅先生的经典之语“世上本来没有路，走的人多了就成了路”，如果我们运用逆向思维就可以理解为“世上本有千万条路，走的人多了就有了路”。很多朋友在学技术，择业的时候不妨运用逆向思维思考一下，有可能会出现“柳暗花明又一村”的机会。

5.4.2 运用逆向思维进行广告创意的几种常见形式

运用逆向思维进行广告创意的几种常见形式如下。

（1）欲扬先抑。商业广告文案通常都是正面介绍产品的优点或企业的长处，而从反面揭露自己产品缺点的广告是难得一见的。运用逆向思维，就是要打破这种“正话正说”的常规，通过“欲扬先抑”、“名贬实褒”的方式进行广告创意。

（2）欲抑先扬。这种逆向思维形式多见于公益广告。当公益广告的主题在于批评或揭露某种社会不良现象时，采取的表现形式不是直接地批语或揭短，而是采用“欲抑先扬”、“名褒实贬”的思维方式，也就是名为摆好，实为亮丑，以婉转的方式达到教育人、警醒人的作用。现实生活中，科学家用这种方法发明创造的诸如汽车“后视镜”类的一些产品，不就是采用了“欲抑先扬”的方法吗？

（3）反其道而行。从常规思维的相反方向入手，寻找消费者生理及心理需求的空位，进行反向诉求。司马光砸缸救人是大家熟悉的故事。在缸大、水深、人小，救人困难的情况下，他急中生智，反其道而行之，不直接拉人出水，而拿起石头砸破水缸，让水流出，使落水的孩子得救。

所以，读者朋友在进行设计的工作和学习中，当没有头绪的时候，不妨运用逆向思维，从事情的另一个侧面来体现作品或说明问题，达到设计的最佳目的。

5.4.3 广告创意关键词

在进行图像设计或商业广告中，一幅成功的作品除了在颜色及位置构成上都恰到好处外，最能起点“睛”作用的莫过于广告“语”了。往往一幅有意义的图片，只须用点“睛”的广告“语”稍加说明，就会引人入胜、直奔主题，在很短的时间内给读者一个轻松、愉快、简洁、易记的心理效果，让读者朋友豁然开朗，从而达到广告的作用。

要做到这一点，广告创意关键词就成了我们图像设计人员不得不思索的问题，一幅较成功的作品首先是要能说明问题，能体现这幅作品的最高卖点和广告主题，要做到这些我们就得从文字上下功夫，找准能与卖点相关联的创意关键词。就如一个楼盘广告，该楼盘的最大卖点是临河而居，那么我们就可以根据该楼盘的这一地理优势做文章，从“河”字上下工夫，我们可以在广告画面上加上“河”气生财、“河河”美美等广告词来增加该楼盘的卖点和诱惑力，这样既丰富了广告画面，又体现了楼盘价值，让观者产生购买的欲望，从而达到了广告效果。

也正如作者在一所生意火爆的取痣美容店前看到的，它的广告关键词是这样写的：有志之士，进店一睹帅气尊容；无痣芳草，出门更是闭月羞花，通过这样的广告语，既说明了该店的服务主题，又起到了锦上添花的作用，在爱美之心人皆有之的今天，它的生意不火都不行！

当然广告关键词的激发也可以通过图案的联想来实现。图案的联想可以使作品生辉，因而被设计者认为是表现图案创意，给图案增添想象色彩的最好手段。这类作品向观者展示的想象诱惑力十分强烈，所以这类图案能够留给欣赏者一个宽广的再创造的审美空间，给观者更多的联想。

相信热爱广告设计和图像处理的朋友，在社会实践中多学、多用、活学、灵用，最终都能学到丰富的知识，做一名出色的广告设计师。

思考与练习 5

1. 观察我们生活中的图像，并学习用点、线、面来组成图像。
2. 运用画面的不同分割方式制作一些图像。
3. 分别写出 3 种以上冷、暖、中性色调颜色。
4. RGB 色彩模式与 CMYK 色彩模式的区别是什么？
5. 想一想，现实生活中有哪些是运用逆向思维创造的产品，你能列举一些吗？
6. 多看看你身边的一些户外广告或宣传资料，尝试用另外的广告语体现这个产品的主题。
7. 你最熟悉的广告语有哪些，和同学们相互比一比，看谁更厉害。

第 6 章　数码图像的处理

本章要点

- ◆ 提高照片对比度的方法。
- ◆ 给照片换背景和去斑。

数码图像的处理，简单地讲，就是将生活中的照片、图片或底片通过扫描仪，输入到电脑中，再应用相关软件的加工设计，可以翻新、合成照片，进行上色以及做特效处理，等等，完成人们所希望达到的理想效果，最后可存于光盘或印制出来，展现在人们面前。

图片的外界获取方式，应用最广和最方便的就是数码相机了，它可以拍摄户外或一些特殊场合下的图像，它所形成的图片是由非常小的点组成的，此数字可以通过计算机的 USB 接口传输到计算机内，形成一个文件，此文件可长期保存，形成数字化存储。因为这些数字是固定不变的，可以刻在光盘上进行保存，一般一张光盘可保存 50～100 年，还可以每隔 20 年再进行翻刻，这样，数码图像就可永久保存了。

6.1　扫描图像的优化

扫描图像的优化可以概括为：素材调色、去斑和去网纹。

1. 素材调色

一般扫描仪扫描好的照片都要先经过 Photoshop 的“色阶”调整命令（按 Ctrl+L 快捷键）调整。为什么要首先使用“色阶”命令处理扫描图像呢？这主要是因为图片有缺陷，这种缺陷是由于扫描仪或照片本身造成的。

当扫描仪使用时间较长时往往会发生细节丢失的现象，照片扫描之后，放在屏幕上观看，仅用肉眼就能观察出图片有些发黑、发灰或发白等现象。如果扫描仪接收能力差，还会导致扫描失真的现象。另外，如果拍摄照片的人技术不高，拍摄后洗出来的照片发黑、发灰；有的照片保存时间太长，本身已发黄、发黑、发白，都会导致扫描后的照片效果不好。因此，对扫描好的照片首要工作就是进行“色阶”调整。

（1）色阶调整方法。在材质库中打开需要调整的图片，按 Ctrl+L 快捷键执行色阶调整命令，弹出如图 6.1 所示的“色阶”对话框。

从上面图片的曲线来看，该图片的深色和亮色的对比较弱，图片呈灰色状态。将上一排右边三角形滑块向左，最左边的三角形滑块向右，调节左右两个三角形滑块的位置，直到肉眼观察图片合适为止，右边没有竖线条的空白处即为没有颜色的灰度区，将此区去除就会使灰暗的照片变明亮起来，调整色阶后的曲线状态及图片效果如图 6.2 所示。

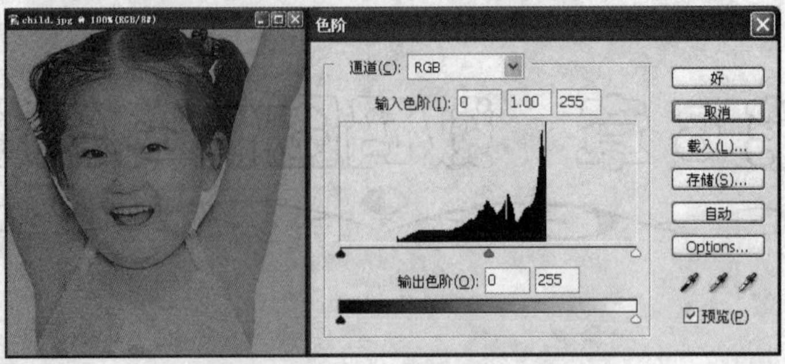

图 6.1　图片的扫描效果及色阶曲线状态

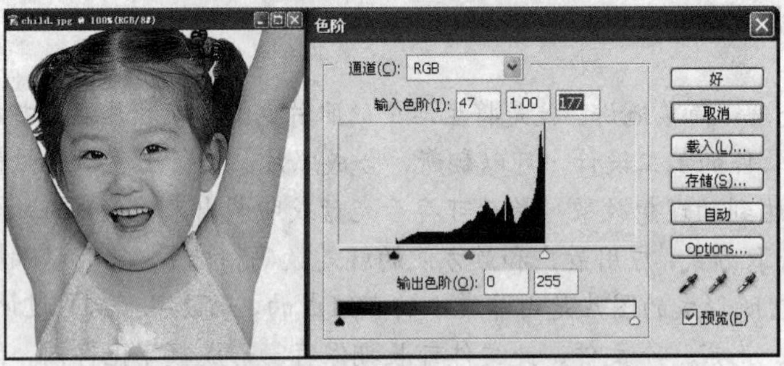

图 6.2　调整色阶后的曲线状态及图片效果

（2）曝光不足和颜色偏色的调整方法。在材质库中打开需要调整的图片，如图 6.3 所示。

图 6.3　需要调整的图片

按 Ctrl+L 快捷键执行色阶调整命令，其状态如图 6.4 所示。将右边最亮滑块的位置调节至如图 6.5 所示的位置，观察图像的亮度情况，以达到最佳效果为准。

调整色阶亮度滑块达到最佳亮度效果后，单击 好 按钮确定，得到如图 6.6 所示的效果。从现在的图像看，亮度已达到要求，但整幅图像的颜色还呈现出偏黄色少洋红的状态。为了使该图片体现本来面目，必须进行色彩平衡调整。

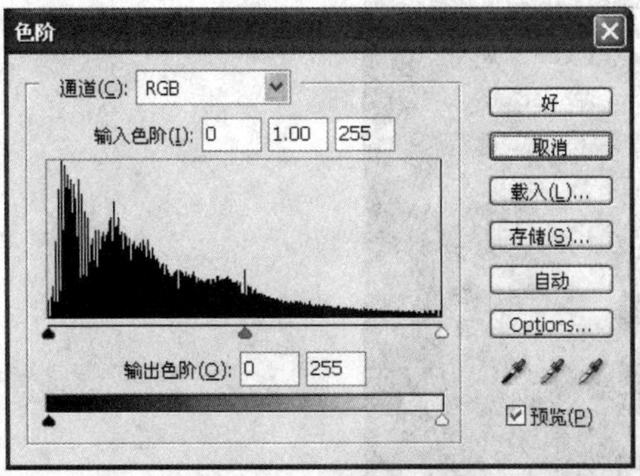

图 6.4　调整色阶前的曲线状态

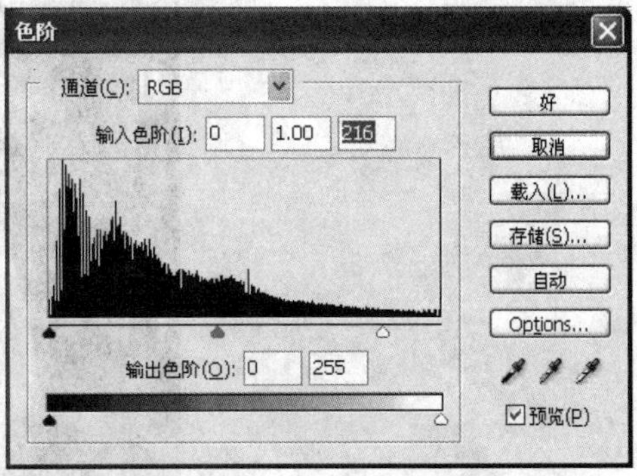

图 6.5　调整色阶后的曲线状态

图 6.6　调整亮度后的图片效果

按 Ctrl+B 快捷键执行色彩平衡调整命令，其对话框如图 6.7 所示，按图 6.8 所示调整该对话框中青色、洋红、黄色滑块的位置。

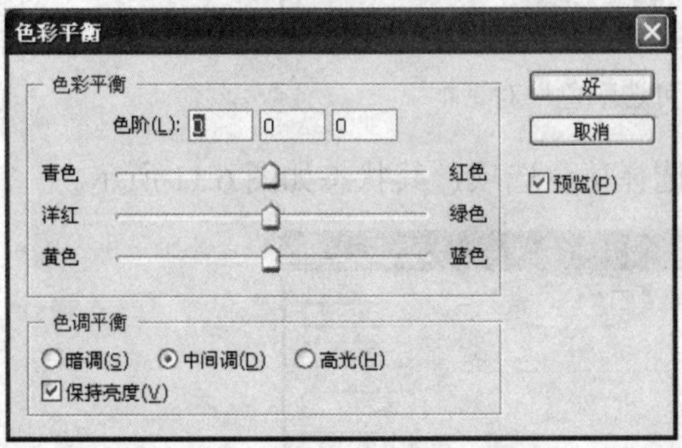

图 6.7　色彩平衡调整前的状态

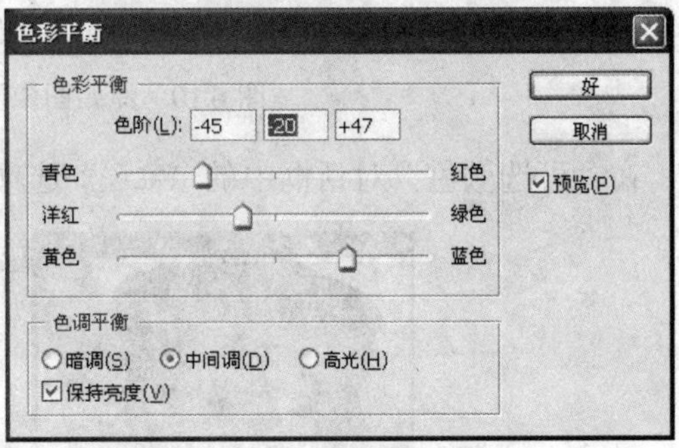

图 6.8　色彩平衡调整后的状态

在“色彩平衡”对话框中调整各颜色的比例值并观察图像的效果至最佳状态，单击 好 按钮得到如图 6.9 所示的效果，这时，图像的亮度及偏色现象已纠正过来。

图 6.9　调整图片亮度及偏色后的效果

2. 去斑

去斑又称为去“黄斑”，我们在图像的处理中，可以用可选颜色命令将人物面部的黄斑去掉。形成黄斑的主要原因是因为亚洲人是黄种人，在使用数码相机拍摄后，由于人或数码相机本身的原因，会在人物的脸上形成一点一点聚集不均匀的黄斑，为了获得照片的满意效果，消除人物脸上的黄斑就显得非常必要了。

在材质库中打开需要调整的照片，单击选择 图像(I) 菜单中 调整(A) 下的 可选颜色(S)... 命令即可弹出如图 6.10 所示的对话框。

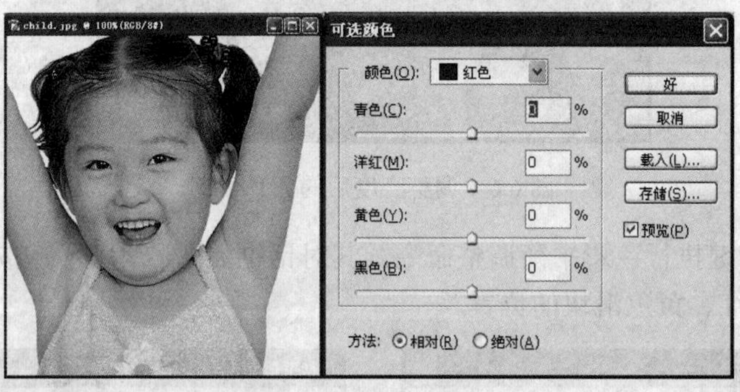

图 6.10　原始图像及“可选颜色”对话框

在“可选颜色”对话框中的 颜色(O): 选项下选择黄色选项，其状态如图 6.11 所示。

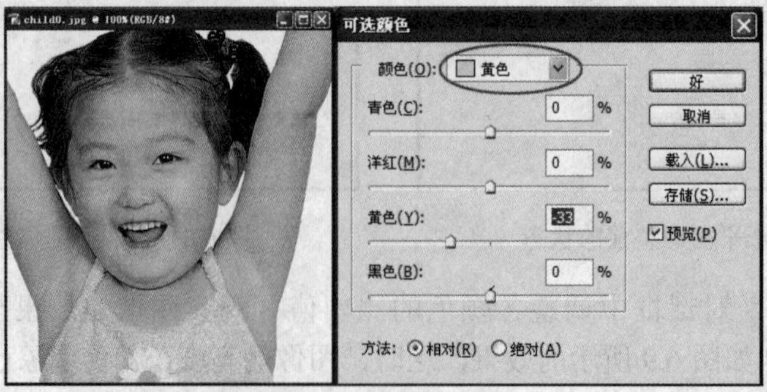

图 6.11　选择黄色选项

选择黄色选项后，再移动黄色滑条上的小三角形滑块至合适的位置，如图 6.12 所示。这时目测图像上的黄斑已基本没有了。

最后还有重要一步，那就是给照片整体加上一些黄色。因为我们去的是黄斑，而亚洲人是黄皮肤，还是应该有黄颜色的存在。因此我们可用色彩平衡命令（也可按 Ctrl+B 快捷键）给图像整体加上一些黄色。打开“色彩平衡”对话框，按图 6.13 调整黄色滑块的位置。

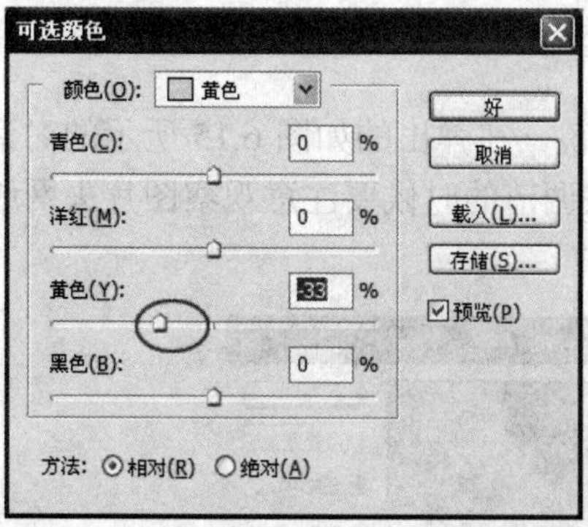

图 6.12　调整黄色滑块选项后的效果

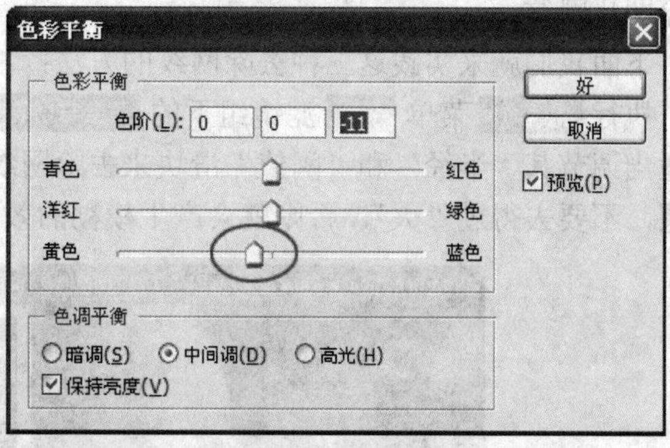

图 6.13　给图像整体加上一些黄色

我们用可选颜色命令去除的是黄斑，最后用色彩平衡命令加上均匀的黄色，两者是不一样的概念，一定要领会。

3. 去网纹

在扫描旧照片或杂志上取下的图像，经常可以发现有非常粗的网状纹路，因此要利用这些照片都需要进行修正去网纹和进一步加工，如图 6.14 所示的就是带网纹的杂志图像。

图 6.14　带网纹的照片

具体地讲去网纹有两种方法，即硬件法和软件法。硬件法是在扫描时，通过设置扫描仪内的去网纹功能进行去网纹；软件法是通过 Photoshop 提供的滤镜功能进行去网纹。这两种方法各有优缺点，硬件去网纹法十分快速，但要求扫描仪的软件要自带此项功能，而且效果不能手工调节，不如软件法所产生的效果好；软件去网纹法十分直观可靠，效果要比硬件去网纹法好，可以手工调节去网纹的参数来获取所要的效果，但要求对软件较熟悉。

（1）硬件去网纹法。硬件去网纹法的操作方法是在扫描时，选中扫描仪的去网纹选项，这时扫描后的图片网纹就减少或去掉了。这种方法虽然扫描仪的软件也起了作用，由于有硬件的参与，所以我们仍然将其归纳为硬件去网纹法。

（2）软件去网纹法。软件去网纹法主要就是利用滤镜中的去斑命令。这是一种依靠软件命令来实现去网纹的方法。其具体做法是：打开需要去网纹的图片，执行 Photoshop 8.0 中 滤镜(T) 菜单中的 杂色 滤镜。在该滤镜组中除 添加杂色... 滤镜没用外，其他三个命令都可以去除图片网纹。

下面我们就来实践这三种去除网纹的方法：

执行 滤镜(T) 菜单 杂色 滤镜组下的 蒙尘与划痕... 滤镜。在弹出的如图 6.15 所示的对话框中适当调节其“半径”和“阈值”滑块来去除网纹，在调节的时候要注意观察图片去网纹的效果，不要去得过“火”，否则就会产生模糊的效果。

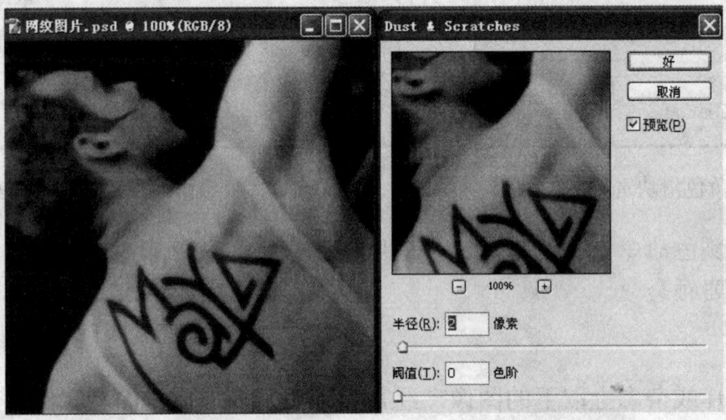

图 6.15　利用“蒙尘与划痕”命令去网纹

执行 滤镜(T) 菜单 杂色 滤镜组下的 中间值... 命令。在弹出的如图 6.16 所示的对话框中适当调节其“半径”滑块来去除网纹。

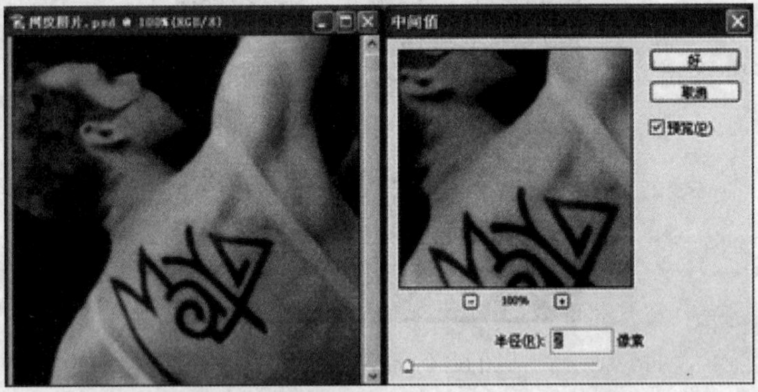

图 6.16　利用“中间值”命令去网纹

前面两种去网纹方法都是通过调节滑块来去除网纹的，而执行 滤镜(T) 菜单 杂色 滤镜组下的 去斑 滤镜则不会弹出对话框，执行该命令计算机会直接执行去网纹。若执行一次去除网纹的效果不够好，可按 Ctrl+F 快捷键继续执行去斑滤镜，直到达到满意的效果为止，图 6.17 所示的是执行 3 次去斑滤镜后的照片效果。

图 6.17　利用去斑滤镜去除网纹后的照片效果

6.2　逆光图片的修正

很多朋友在户外旅游时都会拍一些照片，有时由于不注意或拍摄技术差等原因，就会出现逆光照，这种照片在冲印时往往是不合格的，但或许那片照片太珍贵或是非常值得留念，会让我们感到非常遗憾。现在不同了，因为我们下面就将学会一种处理这种照片的方法，通过这种方法可以弥补朋友或自己的遗憾。

步骤

① 打开如图 6.18 所示的需要进行处理的逆光照片。需要进行处理的是人物的头发部分，该部分由于逆光，所以显得发灰。

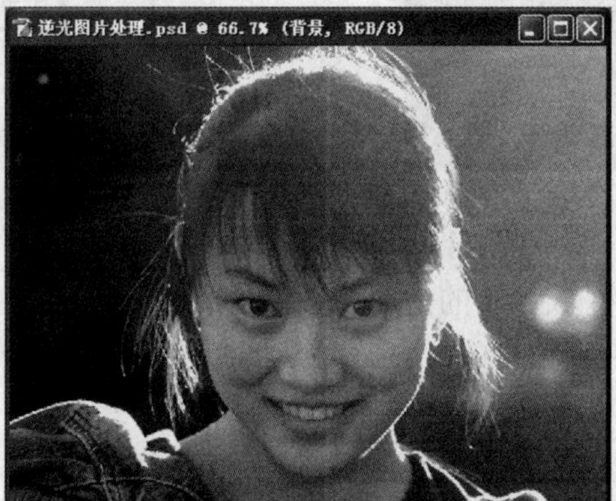

图 6.18　需要处理的图片

图 6.74　背景副本层设为叠加模式后的图像效果

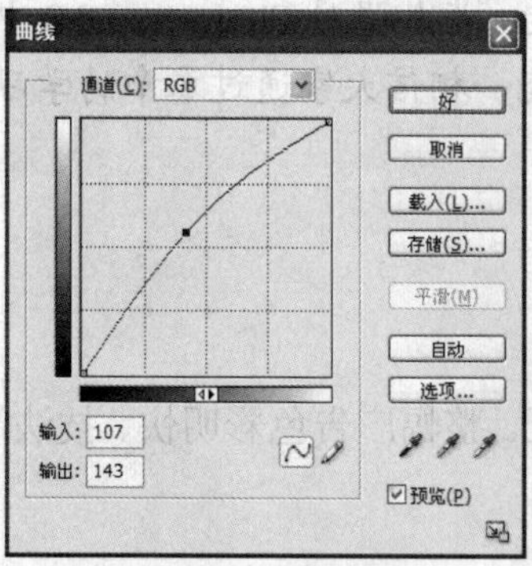

图 6.75　调整曲线状态

图 6.76　处理完成的艺术照效果

思考与练习 6

1. 提高照片亮度/对比度的方法有哪些？尝试用我们所学的方法调整一幅图片的亮度。
2. 扫描一幅图像，并根据该图像的色谱直方图判断图像的质量。
3. 在图像调整的过程中，如果对所调整的效果不满意，应如何恢复原始图像？
4. 给书法照片翻新能通过增强对比度的方法来实现吗？试试看。
5. 给扫描的人物图片去黄斑后为什么还要给整体图片添加一些黄色？
6. 给一张照片制作三种不同效果的边框。

第 7 章　经典案例实战

本章要点

各节案例的制作。

在本章中我们将通过对大量典型案例的实战演练，来进一步加强对 Photoshop 8.0 中各种工具及命令的综合运用，引导读者更深入地发掘软件的功能，相信大家通过本章的学习，使您能迅速成为一位具有相当水准的平面设计者。

7.1　化妆品广告设计

在本例化妆品广告设计中，主要练习了广告的色彩搭配。整幅广告色彩明快、技法简练，配以广告语的点缀，使广告主题思想更鲜明。

步骤

① 按住 Ctrl 键双击桌面空白区域，在弹出的“新建”对话框中设置其参数如图 7.1 所示，单击 好 按钮，得到定制的画布。

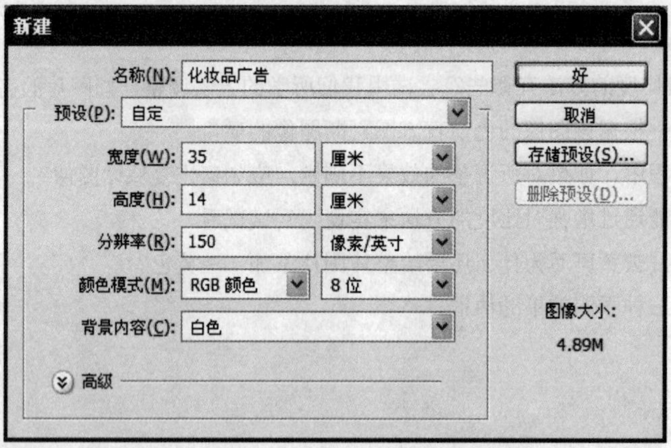

图 7.1　新建化妆品广告图像参数

② 由于本广告是化妆品广告，所以整个色调的把握上我们选择一种清新爽目的浅蓝色作为广告主色。设置前景色为#E9F8F9，背景色为#2BA5AB，单击渐变工具，在选项栏中单击径向渐变按钮，给图像填充如图 7.2 所示的渐变效果。

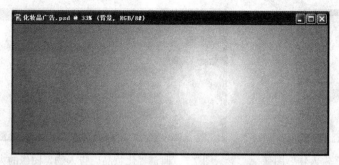

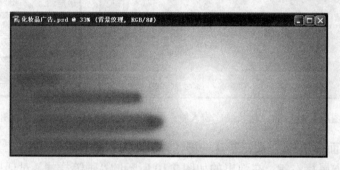

图 7.2　填充径向渐变

③ 单击图层面板上的按钮新建一层，并命名为“背景纹理”。设置前景色为# B40001，选择工具箱中的画笔工具，并设置其硬度值为 0，在画布上绘制如图 7.3 所示的图像。

图 7.3　用画笔绘制的效果

④ 选择滤镜(T)菜单模糊下的动感模糊...滤镜，在弹出的“动感模糊”对话框中设置参数如图 7.4 所示。单击好按钮确定，得到如图 7.5 所示的效果。

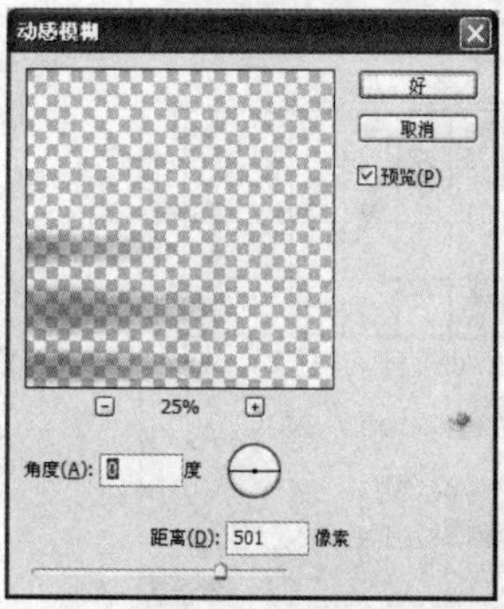

图 7.4　动感模糊参数的设置

图 7.5　动感模糊后的效果

⑤ 打开本书光盘中的“化妆品广告人物”图像文件，如图 7.6 所示。将“化妆品广告人物”图像拖到“化妆品广告”文件中，调整其大小及位置如图 7.7 所示。

⑥ 单击图层面板上的创建图层蒙版按钮，给调整大小及位置后的“化妆品广告人物”图像添加图层蒙版。设置前景色为# 000000，选择工具箱中的画笔工具，设置画笔的大小为 250 像素，在“化妆品广告人物”图像的边缘进行涂抹，使图像与背景层的过渡更加柔和，效果如图 7.8 所示，此时图层面板中蒙版层的状态如图 7.9 所示。

图 7.6　“化妆品广告人物”图像

图 7.7　调整“化妆品广告人物”图像的大小及位置

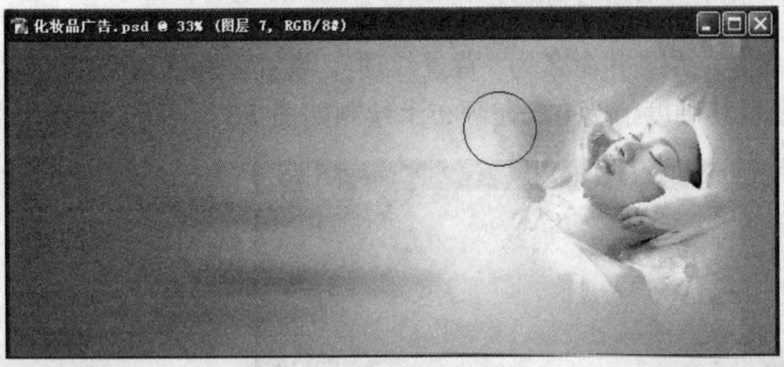

图 7.8　添加图层蒙版后的“化妆品广告人物”图像

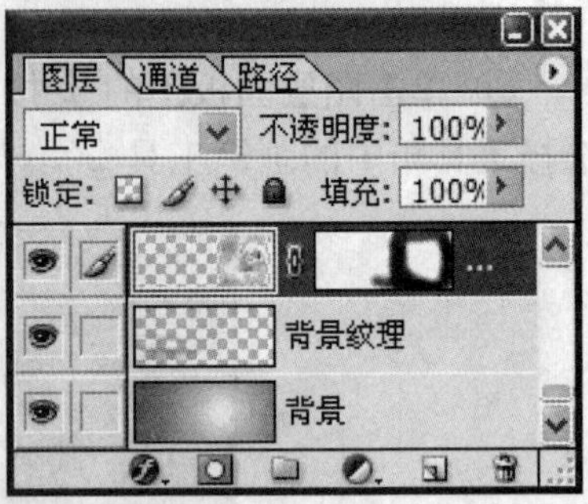

图 7.9　图层蒙版的状态

⑦ 单击图层面板上的按钮新建一层，并命名为“星光层”。选择工具箱中的画笔工具，在图像中单击鼠标右键，在弹出的如图 7.10 所示的“画笔样式”对话框中，选择画笔 48（若电脑中没有该画笔，可单击“画笔样式”对话框右上角的按钮，在弹出的菜单中选择 混合画笔 命令，然后单击 追加(A) 按钮进行追加即可）。

⑧ 单击工具栏中的切换画笔调板按钮，在弹出的“画笔预设”对话框中选择 画笔笔尖形状 选项，并设置角度为 45 度，如图 7.11 所示。

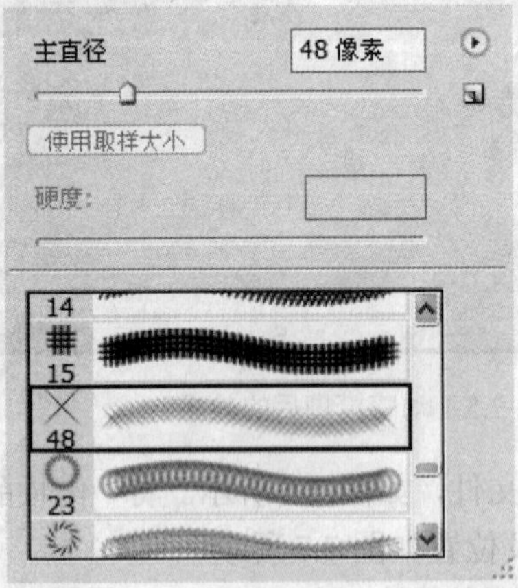

图 7.10　选择画笔形状

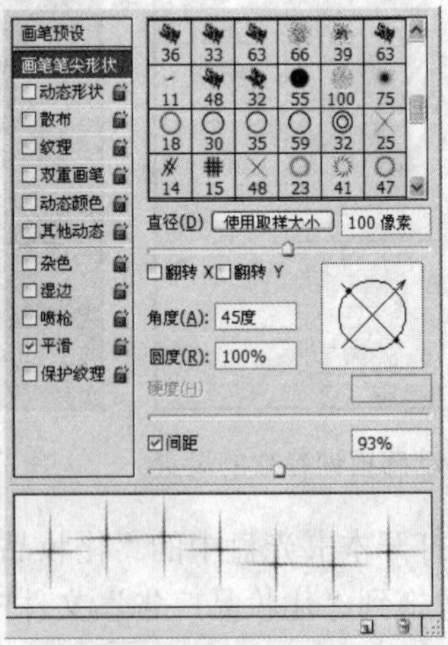

图 7.11　画笔预设形状参数

⑨ 设置前景色为#FFFFFF，设置适当的画笔大小，在画布上绘制如图 7.12 所示的星光效果（按键盘上的“[”键可减小画笔大小，按“]”键可增大画笔大小）。

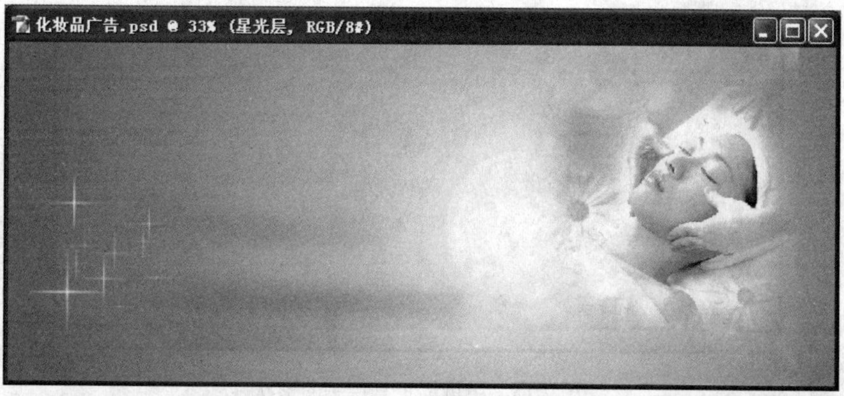

图 7.12　绘制星光效果

⑩ 单击鼠标右键，在弹出的“画笔样式”对话框中选择一支圆形柔边画笔，并根据星光的大小画上适当的圆点，其效果如图 7.13 所示。

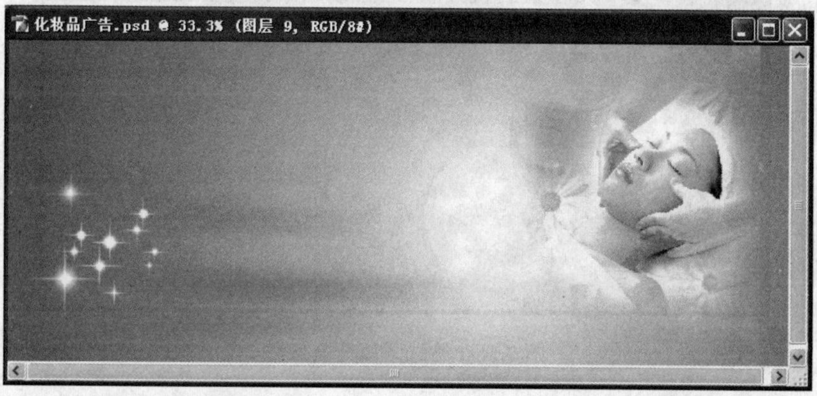

图 7.13　增加圆点后的星光效果

⑪ 用同样的方法绘制或复制出其他星光，其效果如图 7.14 所示。

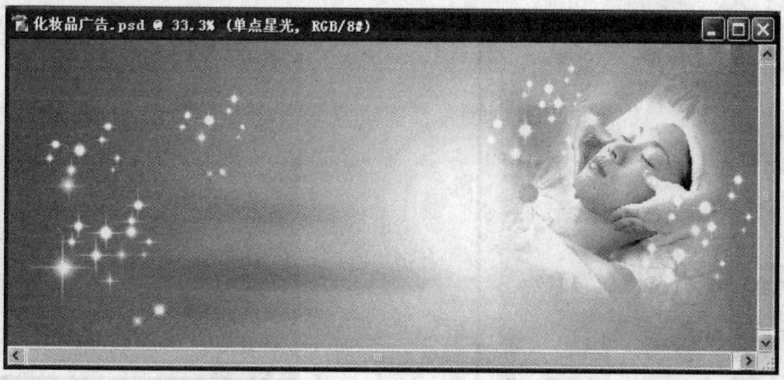

图 7.14　绘制或复制出的其他星光

⑫ 单击图层面板上的按钮新建一层，并命名为“蝴蝶结”。选择工具箱中的钢笔工具，在图像中绘制出如图 7.15 所示的形状。

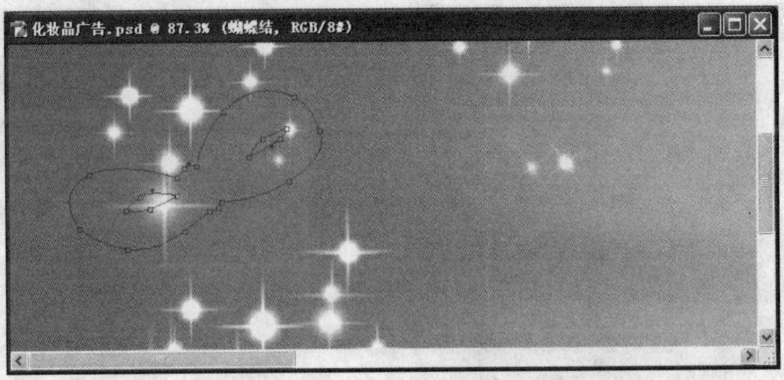

图 7.15　用钢笔工具绘制的形状

⑬ 按 Ctrl+Enter 快捷键将路径转换为选区，设置前景色为#FBEA25，给选区填充前景色，得到如图 7.16 所示的效果。

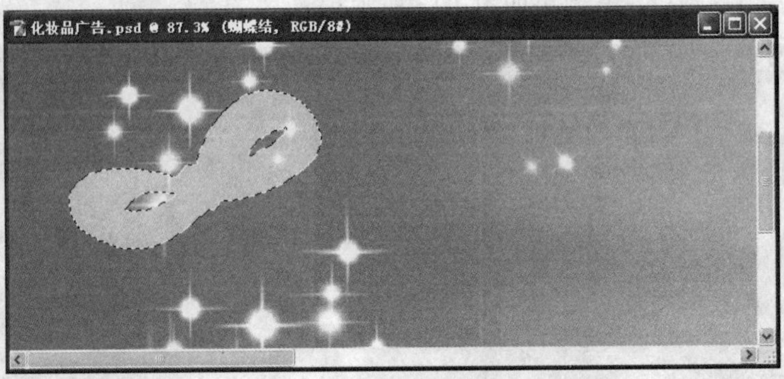

图 7.16　给选区填充前景色

⑭ 选择工具箱中的钢笔工具，在图像中绘制出如图 7.17 所示的形状。按 Ctrl+Enter 快捷键将路径转换为选区，设置前景色为# E1760C，选择工具箱中的画笔工具，在选区中绘制出如图 7.18 所示的效果，取消选区。

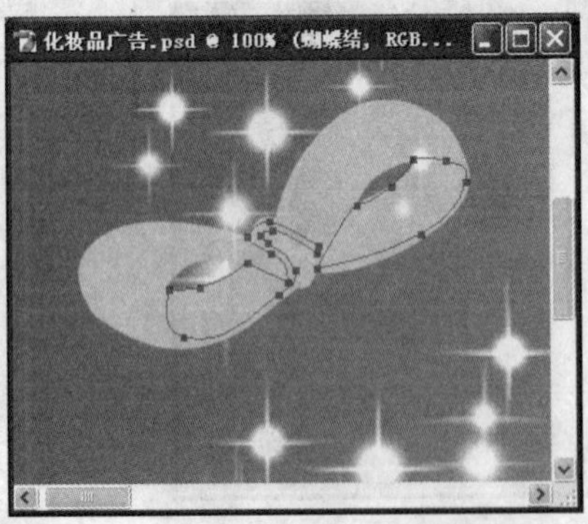

图 7.17　用钢笔工具创建的路径轮廓

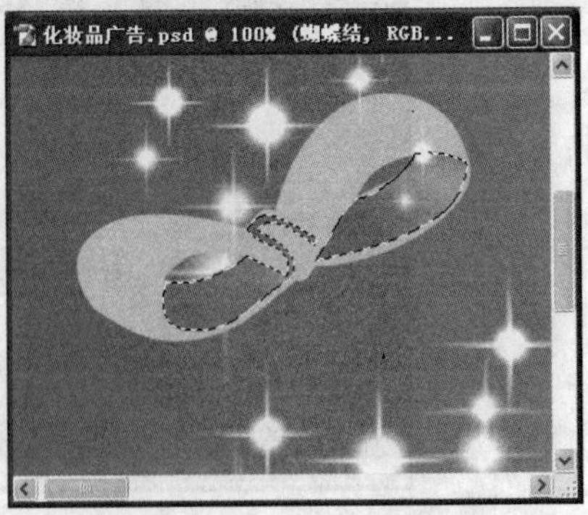

图 7.18　给选区绘制前景色

⑮ 选择工具箱中的钢笔工具，在图像中绘制出如图 7.19 所示的形状。按 Ctrl+Enter 快捷键将路径转换为选区，设置前景色为# F9FC32，给选区填充前景色如图 7.20 所示，取消选区。

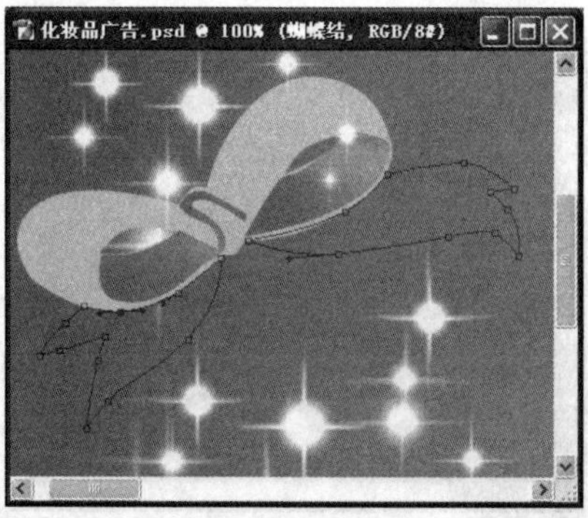

图 7.19　用钢笔工具创建的路径轮廓

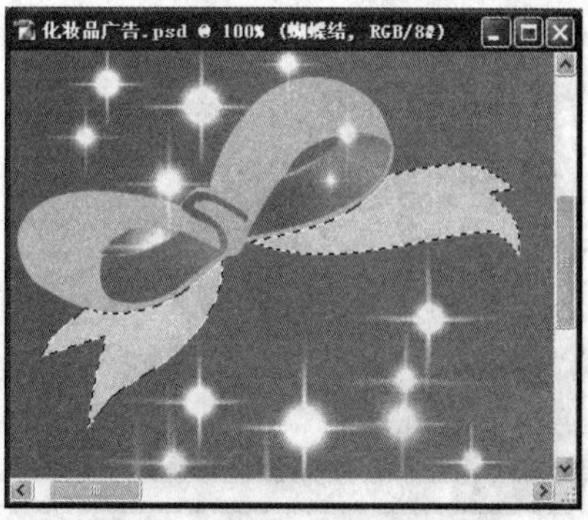

图 7.20　给选区填充前景色

⑯ 用钢笔工具在图像中绘制出如图 7.21 所示的形状。按 Ctrl+Enter 快捷键将路径转换为选区，设置前景色为# FCAF0B，给选区填充前景色如图 7.22 所示，取消选区。

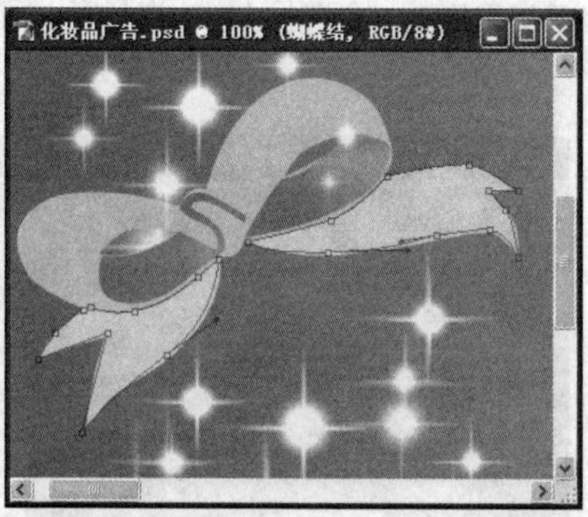

图 7.21　用钢笔工具创建的路径轮廓

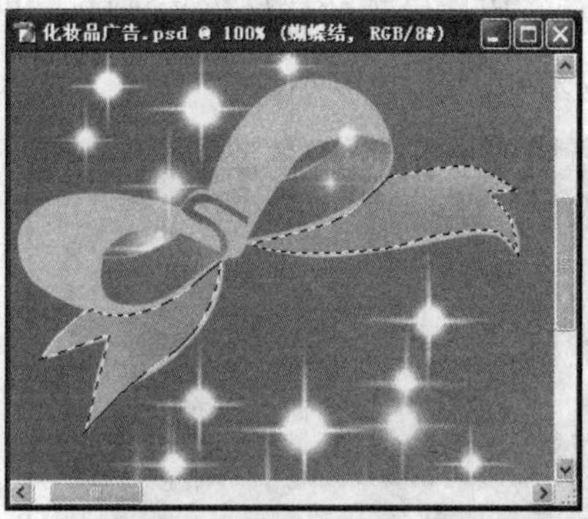

图 7.22　给选区填充前景色

⑰ 用同样的方法在图像中创建如图 7.23 所示的路径。按 Ctrl+Enter 快捷键将路径转换为选区，设置前景色为# B08F37，给选区填充前景色如图 7.24 所示，取消选区。

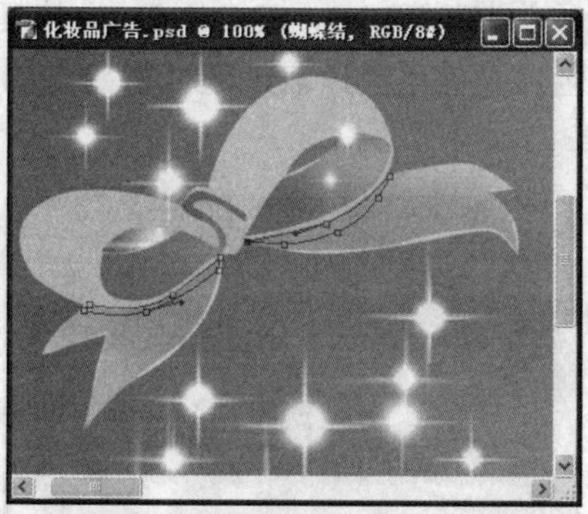

图 7.23　用钢笔工具创建的路径轮廓

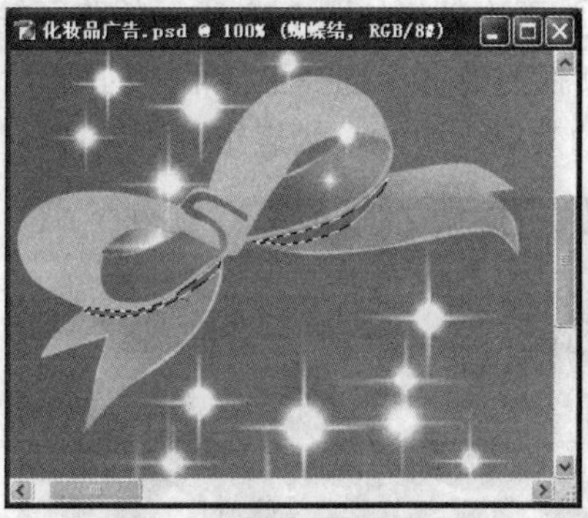

图 7.24　给选区填充前景色

⑱ 再次创建如图 7.25 所示的路径轮廓，设置前景色为# FAFBBD，按 Ctrl+Enter 快捷键将路径转换为选区。给选区填充前景色，取消选区，效果如图 7.26 所示。

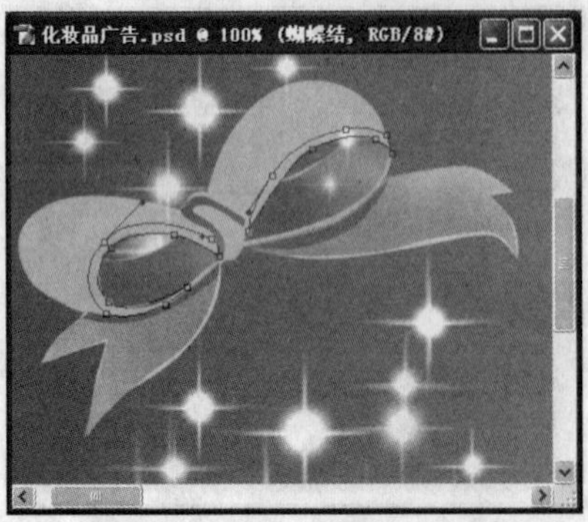

图 7.25　绘制的路径轮廓

图 7.26　给选区填充前景色

⑲ 现在我们觉得这个蝴蝶结有了一定的立体效果，如果再绘制出高光和阴暗部，效果会更好，下面我们接着进行处理。用钢笔工具 在图像中绘制出如图 7.27 所示的形状。按 Ctrl+Enter 快捷键将路径转换为选区，设置前景色为# FAFBBD，给选区填充前景色，取消选区，效果如图 7.28 所示。

图 7.27　创建的路径形状

图 7.28　填充前景色后的效果

⑳ 再次创建如图 7.29 所示的路径轮廓，设置前景色为# FAFBBD，按 Ctrl+Enter 快捷键将路径转换为选区。选择工具箱中的画笔工具 ，给选区填充前景色，取消选区得到如图 7.30 所示的效果，至此，蝴蝶结处理完成。

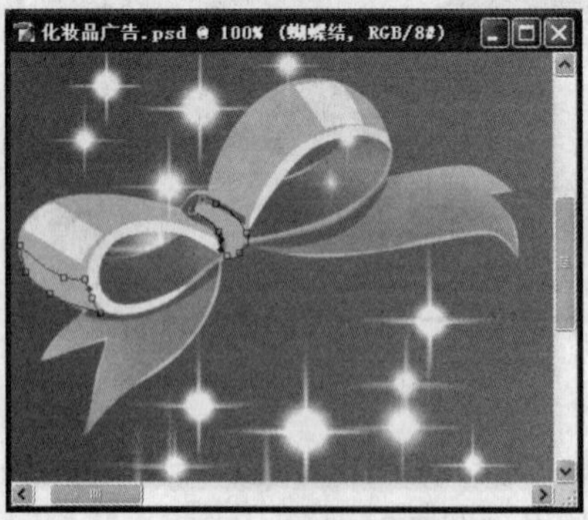

图 7.29　路径轮廓形状

图 7.30　给选区填充前景色

㉑ 按住 Ctrl 键单击图层面板上的按钮，在“蝴蝶结”层之下新建一层。用上面绘制蝴蝶结的方法绘制出“蝴蝶结 2”，效果如图 7.31 所示。

图 7.31 绘制完成的“蝴蝶结 2”效果

㉒ 打开本书光盘中的“化妆品”图像文件，如图 7.32 所示。将“化妆品”图片拖到“化妆品广告”图像文件中，调整其大小及位置如图 7.33 所示。

图 7.32 “化妆品”图片

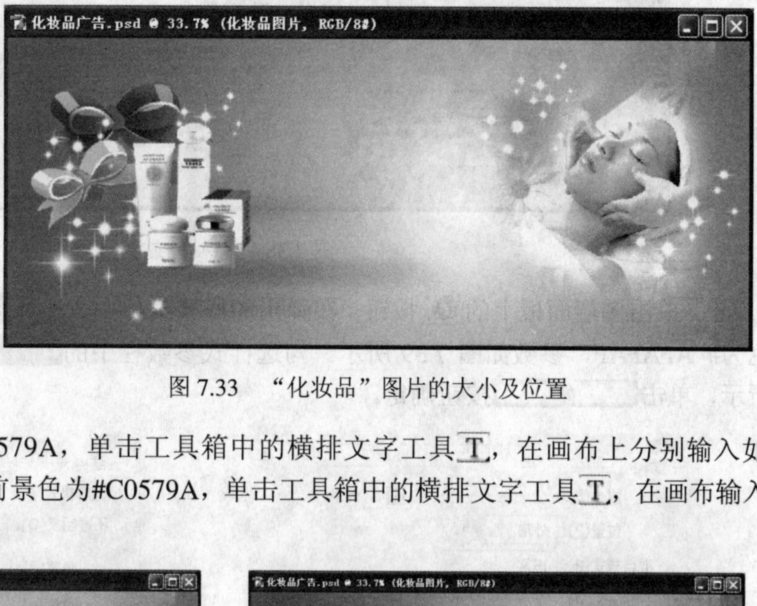

图 7.33 “化妆品”图片的大小及位置

㉓ 设置前景色为# C0579A，单击工具箱中的横排文字工具T，在画布上分别输入如图 7.34 所示的文字。设置前景色为#C0579A，单击工具箱中的横排文字工具T，在画布输入如图 7.35 所示的文字。

图 7.34 输入的文字

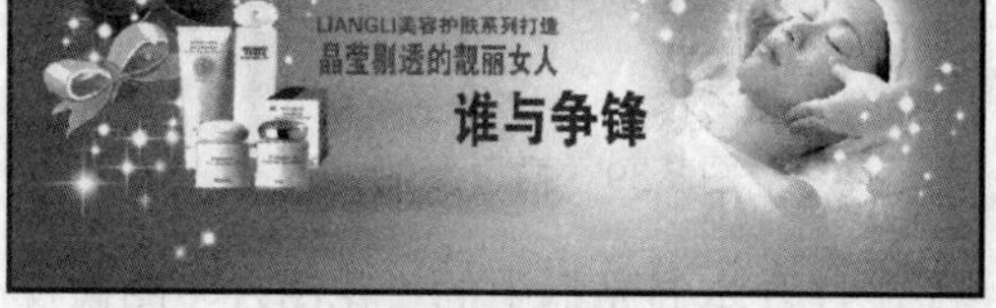

图 7.35 输入的文字

㉔ 单击图层面板上的按钮，在弹出的样式菜单中，选择描边...样式，设置其描边颜色为# FFFFFF，参数如图 7.36 所示。勾选样式参数栏中的投影样式，设置参数如图 7.37

所示，单击 好 按钮确定。

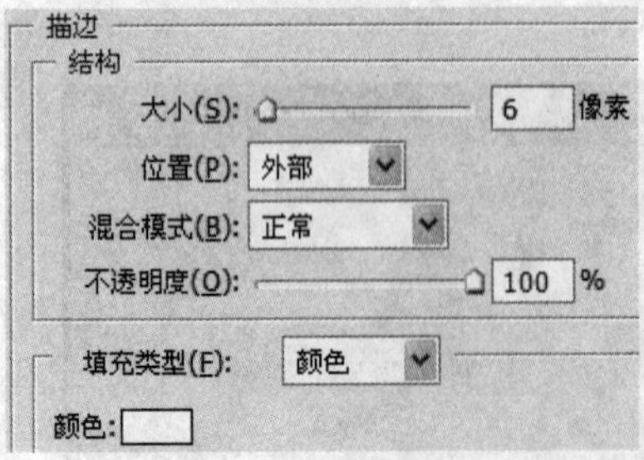

图 7.36 描边参数

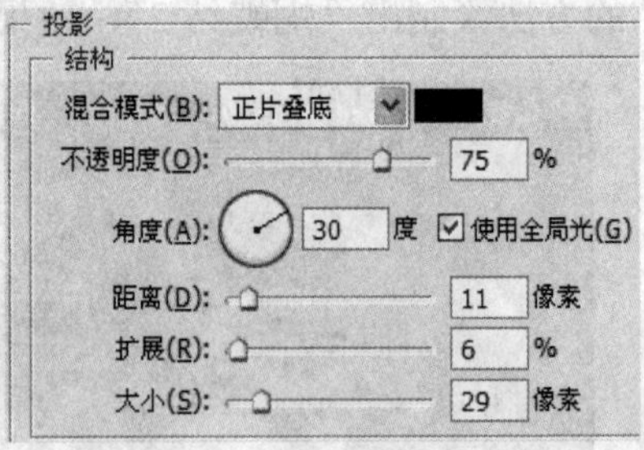

图 7.37 投影参数

㉕ 设置前景色为# FDF7F9，单击工具箱中的横排文字工具 T，在画布上输入如图 7.38 所示的文字。

图 7.38 输入的文字

㉖ 单击图层面板上的 按钮，在弹出的样式菜单中，选择 描边... 样式，设置其描边颜色为# AFAFAF，参数如图 7.39 所示。勾选样式参数栏中的 投影 样式，设置参数如图 7.40 所示，单击 好 按钮确定。

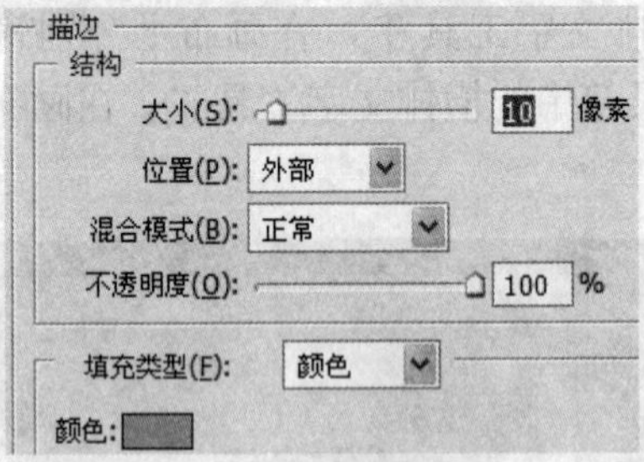

图 7.39 描边参数

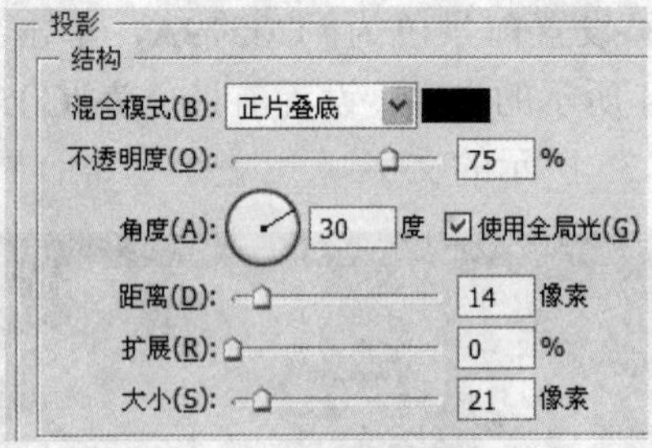

图 7.40 投影参数

㉗ 打开本书光盘中的“花图片”图像文件，如图 7.41 所示。将“花图片”图像拖到“化妆品广告”图像文件中，调整其大小及位置如图 7.42 所示，至此，化妆品广告设计完毕。

图 7.41　“花图片”图像文件

图 7.42　调整“花图片”的大小及位置

7.2　酱油瓶标签设计

本实例主要练习了广告的平面及色彩构成。由于本广告所涉及的对象是食品，一般来讲，现在食品的包装或标签都采用红、橙、蓝等颜色，读者朋友在设计的过程中，可根据所设计产品的类型、历史、功能等选择适当的色彩，有机会不妨去超市参考参考。在本实例中，作者将整个色调定位为深红色，并作为广告主色。通过本广告的讲解和操作，相信读者对广告设计中的色彩搭配会有更深的认识和理解。

步骤

① 按住 Ctrl 键双击桌面空白区域，在弹出的“新建”对话框中设置其参数如图 7.43 所示，单击 好 按钮，得到定制的画布。

② 设置前景色为# A91115，背景色为# 732C08，单击渐变工具，在选项栏中单击径向渐变按钮，给图像填充如图 7.44 所示的渐变效果。

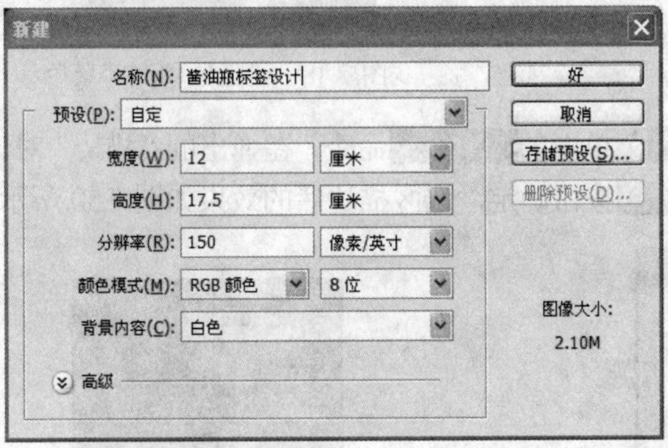

图 7.43　“新建”对话框中的参数设置

图 7.44　径向渐变填充效果

③ 单击图层控制面板上的按钮新建一层，并命名为“边框”。按 Ctrl+A 快捷键全选整个画布，设置前景色为# 84611C，选择 编辑(E) 菜单中的 描边(S)... 命令，在弹出的“描边”对话框中设置其参数如图 7.45 所示，单击 好 按钮确定，选区描边后的效果如图 7.46 所示。

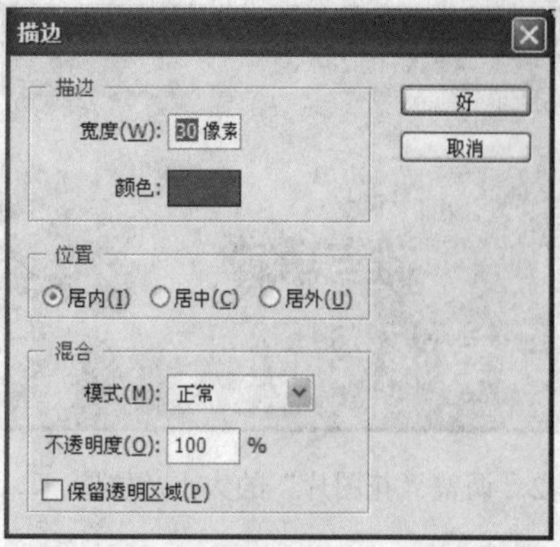

图 7.45　描边参数设置

图 7.46　选区描边后的效果

④ 单击图层面板上的按钮新建一层，并命名为“文字背衬”。选择工具箱中的矩形选框工具，将选项栏中的选区样式设置为固定大小，设置创建选区的宽度值为 273 像素宽度: 273 像素，高度值为 726 像素高度: 726 像素，在画布上创建如图 7.47 所示的选区。设置前景色为#F09850，按 Alt+Delete 快捷键给选区填充前景色，效果如图 7.48 所示。

图 7.47　创建所设定的选区

图 7.48　给选区填充前景色

⑤ 设置前景色为#420817，选择编辑(E)菜单中的描边(S)...命令，在弹出的“描边”对话框中设置其参数如图 7.49 所示，单击好按钮确定，选区描边后的效果如图 7.50 所示。

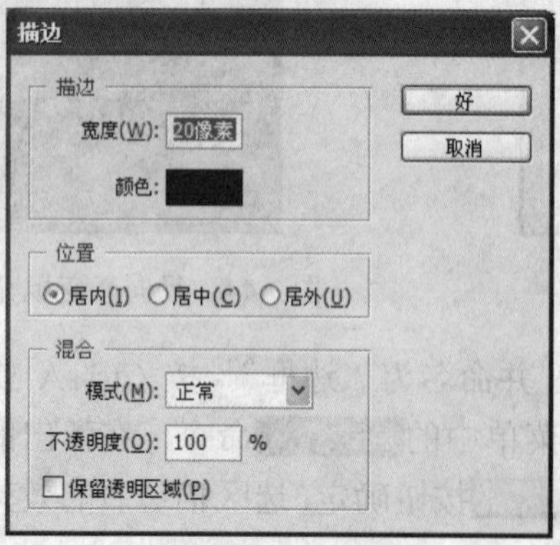

图 7.49　描边参数设置

图 7.50　给选区描边后的效果

⑥ 选择选择(S)菜单中的变换选区(T)命令，按住 Alt 键调整选区的形状如图 7.51 所示，按 Enter 键确定选区变换。选择编辑(E)菜单中的描边(S)...命令，在弹出的“描边”对话框中设置描边宽度值为 5，单击 好 按钮确定，选区描边后的效果如图 7.52 所示，按 Ctrl+D 快捷键取消选区。

图 7.51　变换选区后的状态

图 7.52　选区描边后的效果

⑦ 单击图层面板上的按钮，在弹出的样式菜单中，选择外发光...样式，在弹出的样式对话框中调整参数如图 7.53 所示。单击 好 按钮确定，得到如图 7.54 所示的效果。

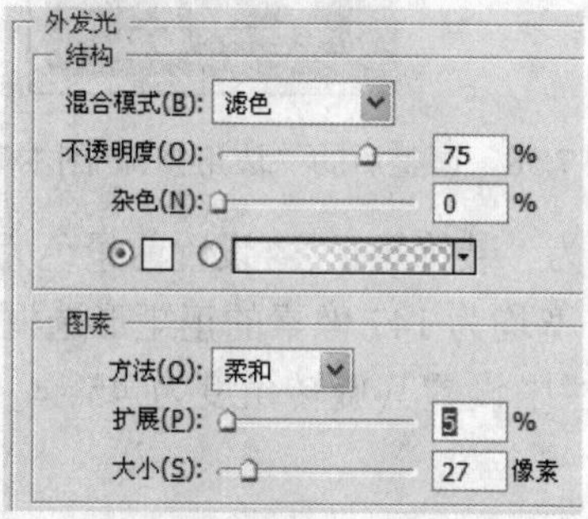

图 7.53　外发光参数设置

图 7.54　添加外发光后的效果

⑧ 单击图层面板上的按钮新建一层，并命名为“边角修饰”。设置前景色为#FFFFFF，选择工具箱中的自定义形状工具，在工具属性栏中单击填充像素按钮，在形状工具列表中选择形状。按住 Shift 键在画布上创建如图 7.55 所示的填充像素形状。

⑨ 按 Ctrl+T 快捷键对“边角修饰”进行自由变换处理，在选项栏中设置自由变换旋转角度为 135 度 135 度，按 Enter 键确定自由变换，调整“边角修饰”的位置如图 7.56 所示。

⑩ 按 Ctrl+J 快捷键复制得到“边角修饰 副本”层。按 Ctrl+T 快捷键对“边角修饰 副本”层进行自由变换处理，单击鼠标右键，在弹出的自由变换快捷菜单中选择水平翻转命令，按 Enter 键确定自由变换，按住 Shift 键调整“边角修饰 副本”层的位置如图 7.57 所示。按 Ctrl+E 快捷键将“边角修饰 副本”与“边角修饰”层合并。

⑪ 按 Ctrl+J 快捷键再次复制得到“边角修饰 副本”层。按 Ctrl+T 快捷键对“边角修饰 副本”层进行自由变换处理，单击鼠标右键，在弹出的自由变换快捷菜单中选择垂直翻转命令，按 Enter 键确定自由变换，按住 Shift 键调整“边角修饰 副本”层的位置如图 7.58 所示。

图 7.55 创建填充像素形状

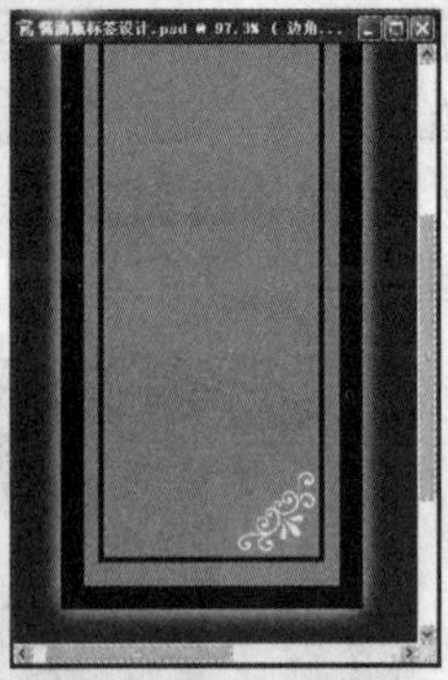

图 7.56 自由变换填充像素形状

图 7.57 调整后的“边角修饰 副本”层的位置

图 7.58 调整后的“边角修饰 副本”层的位置

⑫ 单击图层面板上的按钮新建一层，并命名为“装饰矩形”。设置前景色为# 921B1D，选择工具箱中的矩形选框工具，在画布上创建长、宽均为 147 像素的正矩形选框，如图 7.59 所示。选择 选择(S) 菜单中的 变换选区(T) 命令，在选项栏中设置其旋转角度为 45 △ 45 度，状态如图 7.60 所示，按 Enter 键确定变换选区。

图 7.59 创建的正矩形选区

图 7.60 变换选区的状态

⑬ 设置前景色为# 921B1D，按 Alt+Delete 快捷键给选区填充前景色，效果如图 7.61 所示。设置前景色为# D7623E，选择 编辑(E) 菜单中的 描边(S)... 命令，在弹出的“描边”对话框中设置其描边宽度为 5 像素，单击 好 按钮确定，得到如图 7.62 所示的效果，按 Ctrl+D 快捷键取消选区。

图 7.61　给选区填充前景色

图 7.62　选区描边后的效果

⑭ 单击图层面板上的按钮，在弹出的样式菜单中，选择投影...样式，在弹出的样式对话框中调整参数如图 7.63 所示。单击好按钮确定，得到如图 7.64 所示的效果。

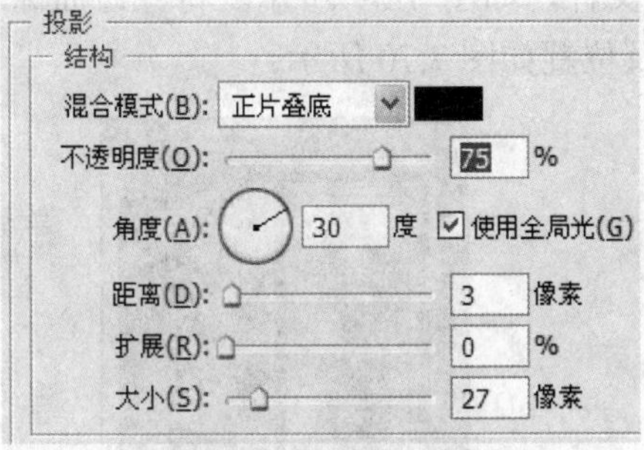

图 7.63　投影参数设置

图 7.64　添加投影样式后的效果

⑮ 设置前景色为# FFFFFF，选择工具箱中的横排文字工具T，在画布上输入如图 7.65 所示的文字，字体为方正小标宋简体，大小为 22 点，按 Ctrl+Enter 快捷键结束文字输入。再次在画布上单击并输入如图 7.66 所示的文字，字体为方正行楷，大小为 43 点。

图 7.65　输入文字

图 7.66　输入文字

⑯ 单击图层面板上的 按钮，在弹出的样式菜单中，选择描边...样式，在弹出的样式对话框中调整参数如图 7.67 所示，设置描边颜色为#FF0000。单击 好 按钮确定，得到如图 7.68 所示的效果。

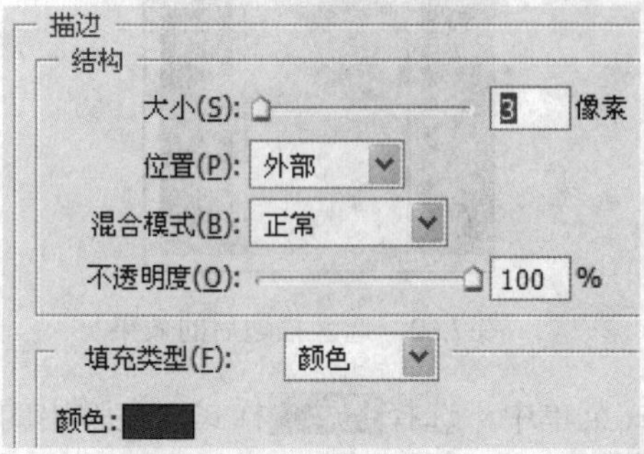

图 7.67　描边参数设置

图 7.68　文字添加描边样式后的效果

⑰ 打开本书光盘中的“酱油标准字”图像文件，如图 7.69 所示。将“酱油标准字”图像拖到“酱油瓶标签设计”文件中，调整大小及位置如图 7.70 所示。

图 7.69　“酱油标准字”图像文件

图 7.70　调整“酱油标准字”的大小及位置

⑱ 单击图层面板上的 按钮，在弹出的样式菜单中，选择描边...样式，在弹出的样式对话框中调整参数如图 7.71 所示，设置描边颜色为#FFFFFF。勾选“图层样式”对话框中的斜面和浮雕样式，并设置参数如图 7.72 所示。

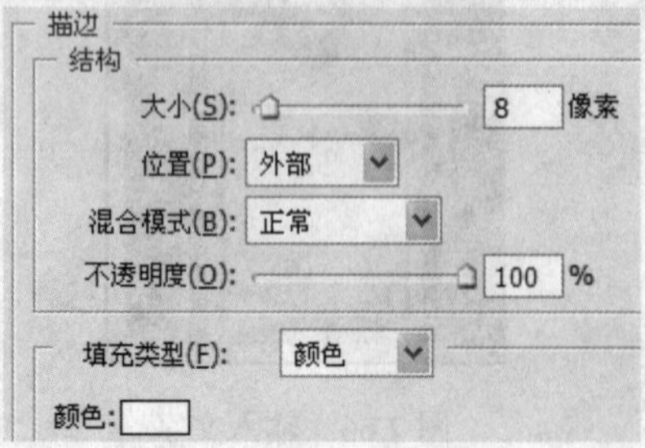

图 7.71　描边参数设置

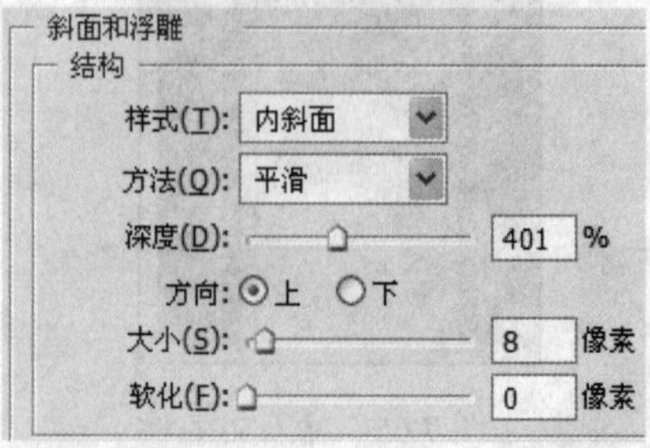

图 7.72　斜面和浮雕参数设置

⑲ 单击 好 按钮确定，得到如图 7.73 所示的效果。为了突出广告中酱油的色香味，我们可以添加一些食品图片作衬托。打开本书光盘中的“卤鸡图片”图像文件，如图 7.74 所示。

图 7.73　添加样式后的文字效果

图 7.74　卤鸡图片

⑳ 将“卤鸡图片”图像拖到“酱油瓶标签设计”文件中，调整大小及位置如图 7.75 所示。单击图层面板上的按钮新建一层，并命名为“文字衬底图案 2”。

㉑ 用钢笔工具在图像中绘制出如图 7.76 所示的路径轮廓形状。按 Ctrl+Enter 快捷键将路径转换为选区，设置前景色为# F29701，给选区填充前景色，取消选区效果如图 7.77 所示。

图 7.75　调整卤鸡图片的大小和位置

图 7.76　创建的路径轮廓

图 7.77　给选区填充前景色

㉒ 设置前景色为# FFFFFF，选择工具箱中的横排文字工具，在画布上输入如图 7.78 所示的文字，字体为方正隶变简体，大小为 16 点，按 Ctrl+Enter 快捷键结束文字输入。单击图层面板上的按钮新建一层，并命名为“半圆弧图案衬底”。选择工具箱中的椭圆选框工具，在画布中创建如图 7.79 所示的椭圆选区。

㉓ 设置前景色为# FDD100，按 Alt+Delete 快捷键给选区填充前景色。选择选择(S)菜单中的变换选区(T)命令，将鼠标光标放在变换选区控制框的右上角，按住 Shift+Alt 快捷键拖动鼠标变换选区至如图 7.80 所示的状态，按 Enter 键确认选区变换。按 Delete 键删除选区内的图像，得到如图 7.81 所示的效果。

图 7.78　输入文字

图 7.79　创建的椭圆选区

图 7.80　变换选区后的状态

图 7.81　删除选区内的图像

㉔ 选择工具箱中的折线套索工具，在画布上创建如图 7.82 所示的选区。按 Delete 键删除选区内的图像，取消选区得到如图 7.83 所示的效果。

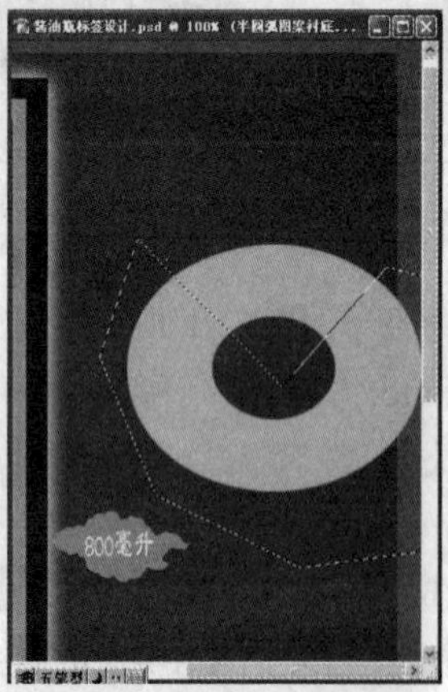

图 7.82　创建的选区形状

图 7.83　删除选区内的图像

㉕ 单击图层面板上的按钮，在弹出的样式菜单中，选择斜面和浮雕...样式，在弹出的样式对话框中调整参数如图 7.84 所示，单击好按钮，得到如图 7.85 所示的效果。

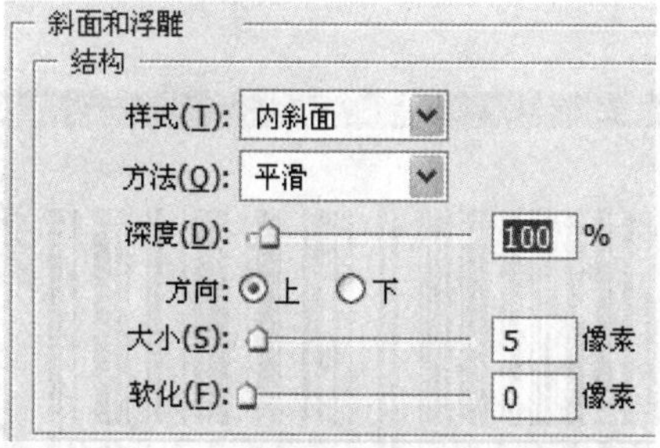

图 7.84　斜面和浮雕参数设置

图 7.85　添加样式后的效果

㉖ 设置前景色为# FFFFFF，选择工具箱中的横排文字工具T，在画布上输入如图 7.86 所示的文字，字体为方正小标宋简体，大小为 24 点，按 Ctrl+Enter 快捷键结束文字输入。

图 7.86　输入文字

㉗ 单击图层面板上的按钮，在弹出的样式菜单中，选择描边...样式，在弹出的样式对话框中调整参数如图 7.87 所示，描边颜色为#000000。单击好按钮，得到如图 7.88 所示的效果。

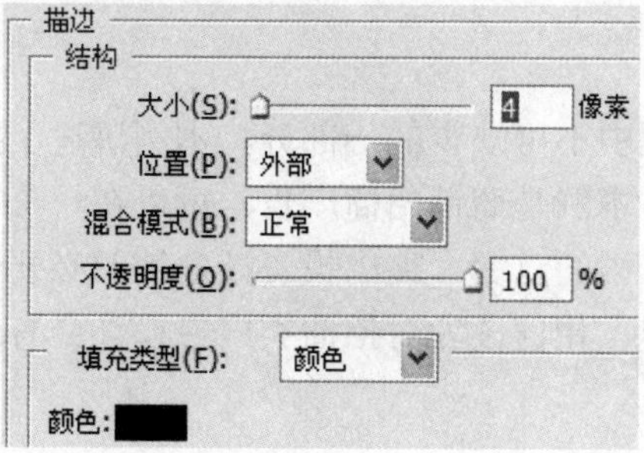

图 7.87　描边参数设置

图 7.88　描边后的文字

㉘ 设置前景色为#000000，选择工具箱中的横排文字工具 T，在画布上输入如图 7.89 所示的资料文字，字体为方正小标宋简体，大小为 11 点，按 Ctrl+Enter 快捷键结束文字输入。打开本书光盘中的“条形码”图像文件，如图 7.90 所示。

图 7.89　输入文字

图 7.90　“条形码”图像文件

㉙ 将“条形码”图像拖入“酱油瓶标签设计”图像中，调整其位置及大小如图 7.91 所示，至此，酱油瓶标签设计完成。

图 7.91　调整条形码在标签中的大小及位置

7.3　商铺招商广告设计

在广告设计中，招商广告的设计是我们课程中不可缺少的一部分。本例讲述了招商广告设计需要注意的几个环节。在设计前的构想是：本例是商铺招商广告，可以在一个比较活跃的暖色背景上，体现出财富的轮廓，再配以广告语的点缀，突出投资该商铺的必要性、稳健性、机遇性，激发投资的欲望。通过该例的学习，相信读者对招商类广告设计会有一个初步的理解。

步骤

① 按住 Ctrl 键双击桌面空白区域，在弹出的“新建”对话框中设置其参数如图 7.92 所示，单击 好 按钮，得到定制的画布。

② 为了活跃气氛，在本例中将整幅广告的色调定位为暖红色。设置前景色为#FBBD87，背景色为# E93018，单击渐变工具，在选项栏中单击径向渐变按钮，从图像文件的中下部向上部拖动鼠标，给图像填充如图 7.93 所示的渐变效果。

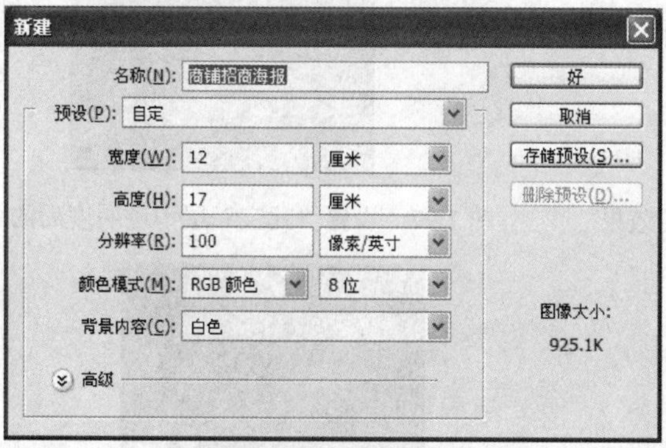

图 7.92　新建文件参数

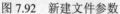

图 7.93　为图像填充径向渐变后的效果

③ 为了突出该商铺的财富价值，打开本书光盘中的“元宝”图像文件，如图 7.94 所示。将“元宝”图像拖到“商铺招商海报”文件中，调整大小及位置如图 7.95 所示。

图 7.94　“元宝”图像文件

图 7.95　调整“元宝”图像的大小及位置

④ 单击图层面板上的创建图层蒙版按钮，给调整大小及位置后的“元宝”图层添加图层蒙版。按 D 键复位颜色，单击工具箱中的渐变工具，确认选项栏中的线性渐变按钮处于选择状态，在画布上从上至下拖动鼠标，得到如图 7.96 所示的效果。在图层面板中设置该层的不透明度值为 25%，其效果如图 7.97 所示。

⑤ 打开本书光盘中的“金矿”图像文件，如图 7.98 所示。将“金矿”图像拖到“商铺招商海报”文件中，调整大小及位置如图 7.99 所示。

⑥ 单击图层面板上的创建图层蒙版按钮，给调整大小及位置后的“元宝”图层添加图层蒙版。按 X 键将前景色与背景色切换，单击工具箱中的渐变工具，确认选项栏中的

径向渐变按钮处于选择状态，从“金矿”图像中部向外拖动鼠标，得到如图 7.100 所示的效果。在图层面板中设置该层的不透明度值为 80%，其效果如图 7.101 所示。

图 7.96　为“元宝”层添加蒙版并设置渐变后的效果

图 7.97　设置“元宝”层不透明度后的效果

图 7.98　“金矿”图像文件

图 7.99　调整“金矿”图像的大小和位置

图 7.100　蒙版处理后的“金矿”图像效果

图 7.101　更改“金矿”图层不透明度后的效果

⑦ 单击图层面板上的按钮新建一层，并命名为“构图分割”。选择工具箱中的矩形选框工具，在画布中创建如图 7.102 所示的选区。设置前景色为# 6D3606，按 Alt+Delete 快捷键给选区填充前景色，取消选区效果如图 7.103 所示。

图 7.102　用矩形选框工具创建的选区

图 7.103　给选区填充前景色

⑧ 打开本书光盘中的“旗子”图像文件，如图 7.104 所示。将“旗子”图片拖到“商铺招商海报”文件中，调整大小及位置如图 7.105 所示。

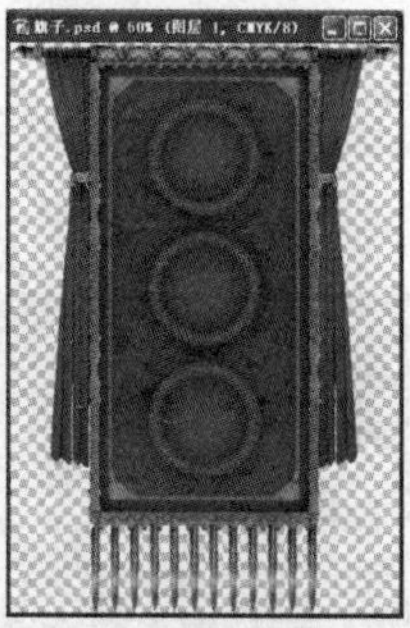

图 7.104　“旗子”图像文件

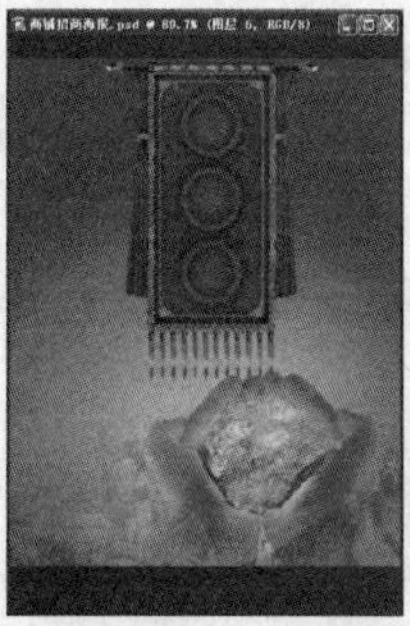

图 7.105　调整“旗子”图片的大小及位置

⑨ 设置前景色为# FFFFFF，选择工具箱中的横排文字工具 T，在画布上输入如图 7.106 所示的文字，字体为方正综艺简体，大小为 34 点，按 Ctrl+Enter 快捷键结束文字输入。再次选择文字工具，在画布上单击并输入大括号“{}”，大小为 68 点，状态如图 7.107 所示。

图 7.106　输入文字

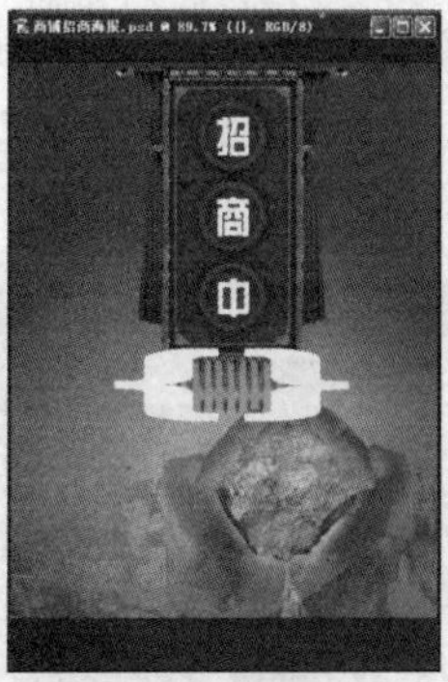

图 7.107　输入括号

⑩ 设置前景色为# FF0000，选择工具箱中的横排文字工具 T，在画布上输入如图 7.108 所示的文字，字体为方正综艺简体，大小为 21 点，按 Ctrl+Enter 快捷键结束文字输入。再次选择文字工具，在画布上单击并输入如图 7.109 所示的文字，字体为方正粗圆简体，大小为 17 点。

图 7.108　输入文字

图 7.109　输入文字

⑪ 按 Ctrl+E 快捷键将这两个文字层合并，单击图层面板上的按钮，在弹出的样式菜单中，选择描边...样式，在弹出的样式对话框中调整参数如图 7.110 所示，描边颜色为 #000000。在样式对话框中勾选投影样式，参数默认。单击好按钮，得到如图 7.111 所示的效果。

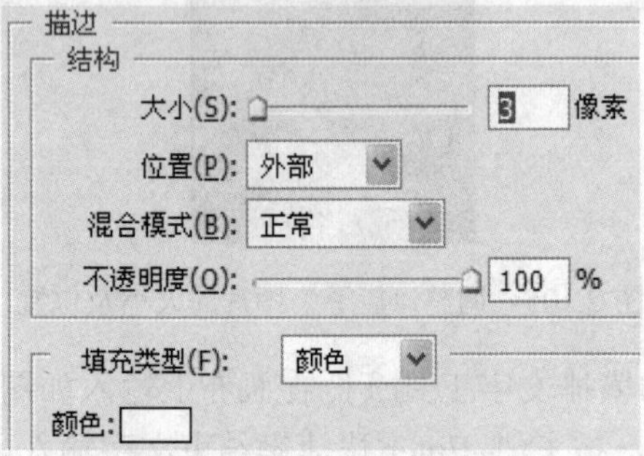

图 7.110　描边参数设置

图 7.111　添加样式后的效果

⑫ 单击图层面板上的按钮新建一层，并命名为“文字衬底”。选择工具箱中的矩形选框工具，在画布中创建如图 7.112 所示的选区。设置前景色为# FF0000，按 Alt+Delete 快捷键给选区填充前景色，取消选区，效果如图 7.113 所示。

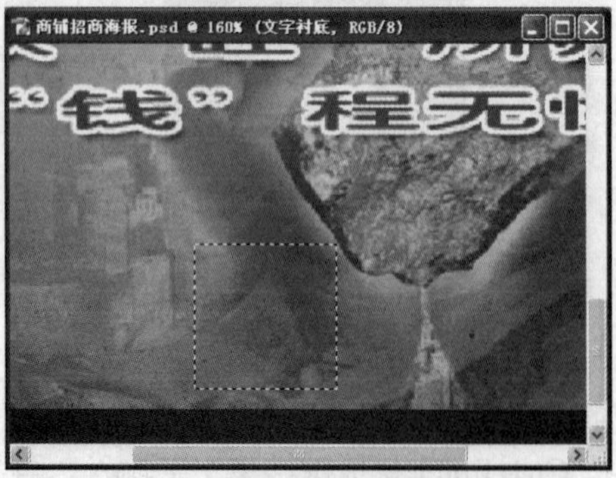

图 7.112　创建的矩形选区

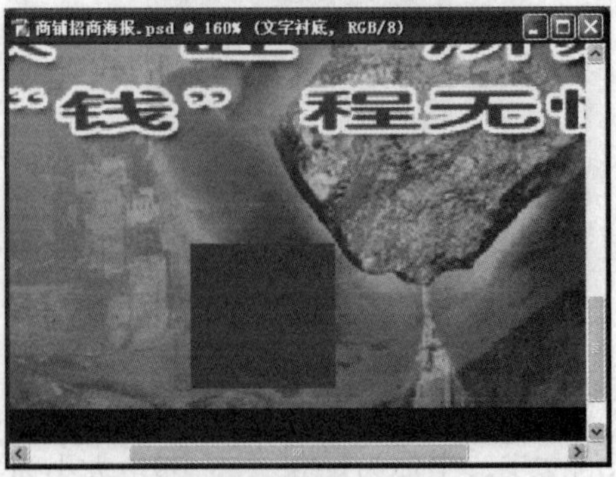

图 7.113　给选区填充前景色

⑬ 在图层面板中将“文字背衬”层的不透明度值设置为 50%，图层叠加模式设为 溶解，设置后的“文字背衬”层在图像中的效果如图 7.114 所示。设置前景色为#000000，选择工具箱中的横排文字工具 T，在画布上输入如图 7.115 所示的文字，字体为 方正综艺简体，大小为 23 点，按 Ctrl+Enter 快捷键结束文字输入。

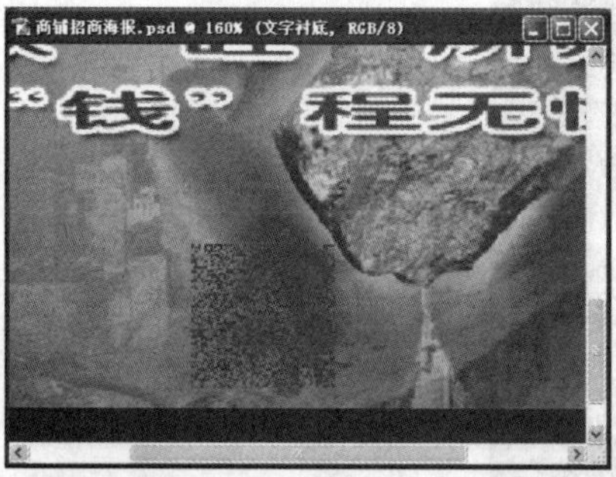

图 7.114　“文字背衬”层的效果

图 7.115　输入文字后的状态

⑭ 设置前景色为#6D3606，选择工具箱中的横排文字工具 T，在画布上输入如图 7.116 所示的方括号，字体为 方正黑体简体，大小为 77 点，按 Ctrl+Enter 快捷键结束文字输入。设置前景色为#FFFFFF，再次输入如图 7.117 所示的文字，字体为 方正综艺简体。

图 7.116　输入方括号“[ ]”

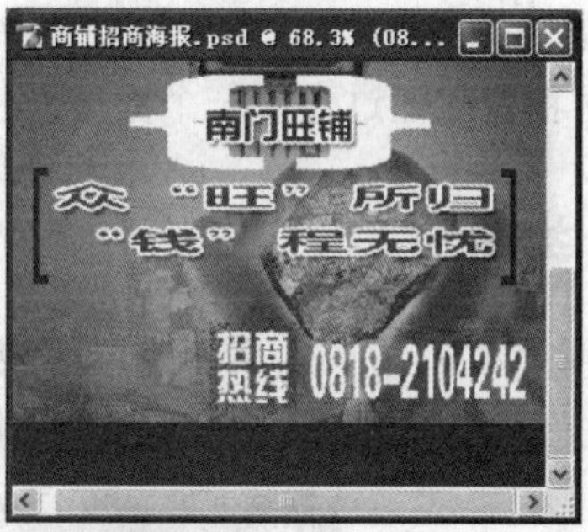

图 7.117　输入文字

⑮ 单击图层面板上的 按钮新建一层，并命名为“文字分隔线”。选择工具箱中的矩形选框工具，在画布中创建如图 7.118 所示的选区。设置前景色为# FF0000，按 Alt+Delete 快捷键给选区填充前景色，取消选区，效果如图 7.119 所示。

图 7.118　创建的矩形选区

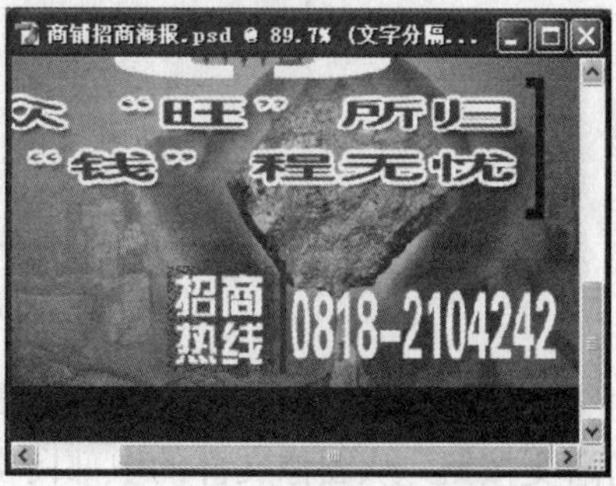

图 7.119　给选区填充前景色

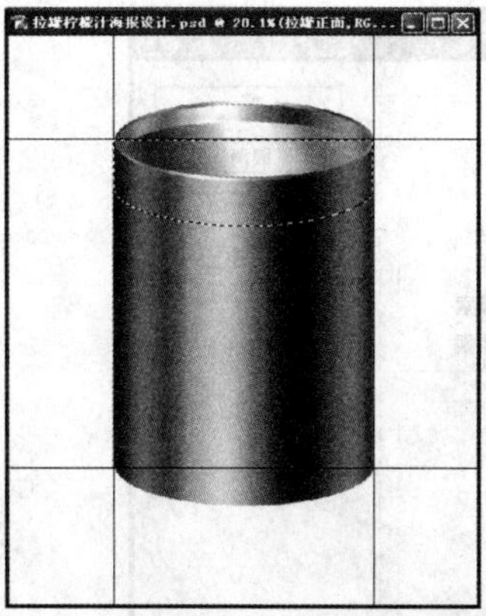

图 7.179　改变选区后的选区状态

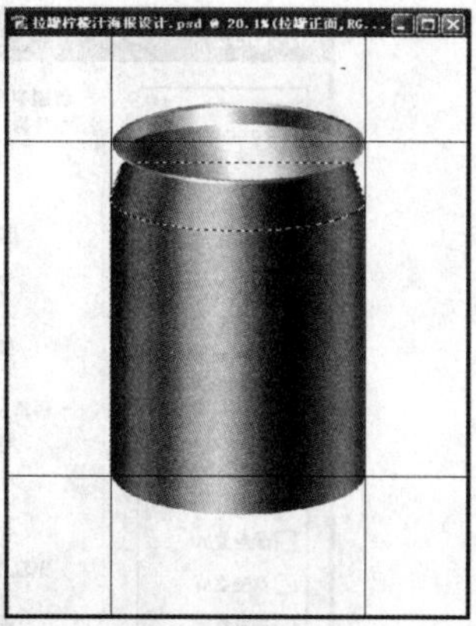

图 7.180　自由变换编辑后的选区内图像形状

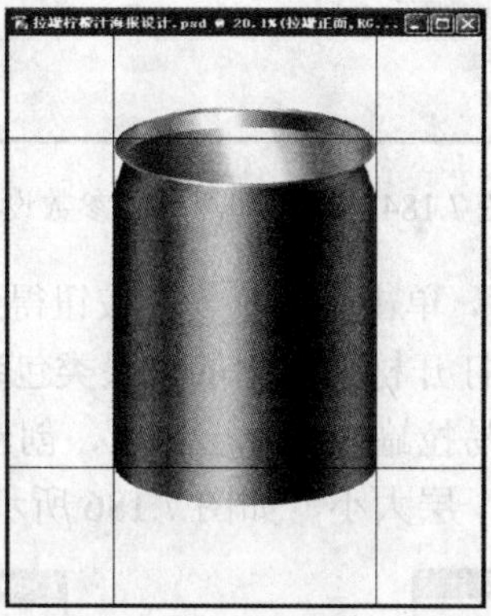

图 7.181　易拉罐顶侧面的位置及大小

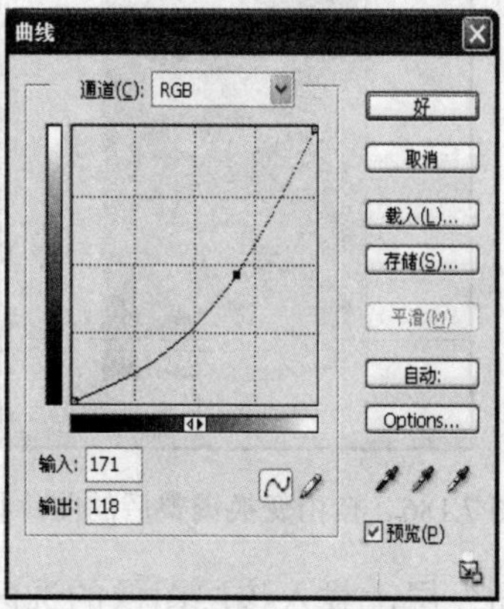

图 7.182　曲线调整对话框中的曲线状态

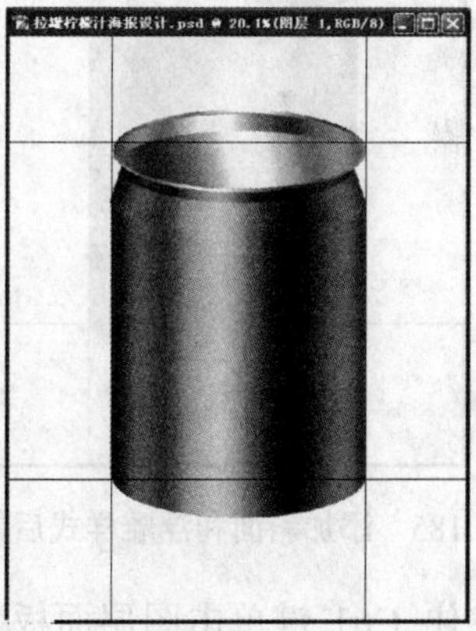

图 7.183　执行曲线调整后的效果

㉔ 在图层面板中选择“易拉罐表面”层，按住 Ctrl 键后单击“易拉罐表面”层载入该层的选区形状。选择工具箱中的 工具，按 5 次键盘上的↑键将选区向上移动 5 像素，按 Ctrl+Shift+I 快捷键对选区作反向选择，按 Ctrl+J 快捷键复制“易拉罐表面”图层上的内容为一个新图层，将其命名为“易拉罐底座”。单击图层面板下方的 按钮，在弹出的图层样式菜单中选择 斜面和浮雕... 选项，在弹出的“斜面和浮雕样式”对话框中设置参数，如图 7.184 所示。

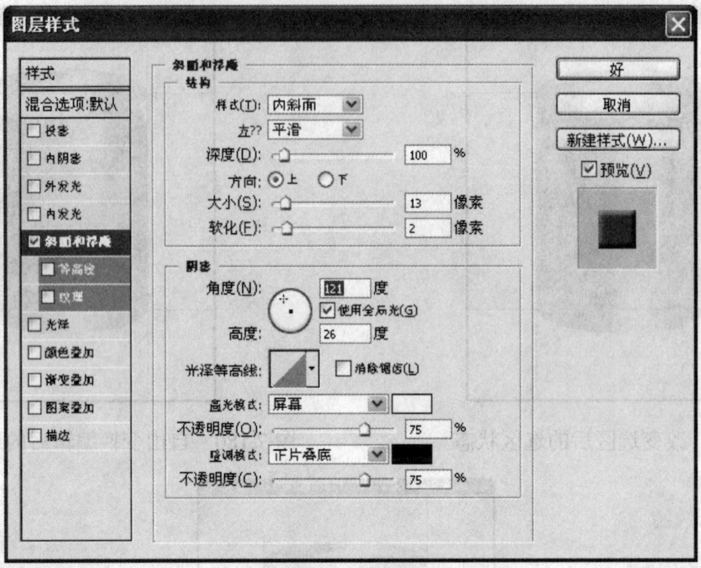

图 7.184　斜面和浮雕的参数设置

㉕ 设置好斜面和浮雕参数后，单击 好 按钮得到如图 7.185 所示的易拉罐底座效果。用鼠标双击窗口空白区域，打开材质库中的“果类包装”图片，选择工具箱中的 工具，将“果类包装”图片拖到“易拉罐表面”层之上，创建“果类包装图片”层，按 Ctrl+T 快捷键自由变换“果类包装图片”层大小，如图 7.186 所示。

图 7.185　添加斜面和浮雕样式后的效果

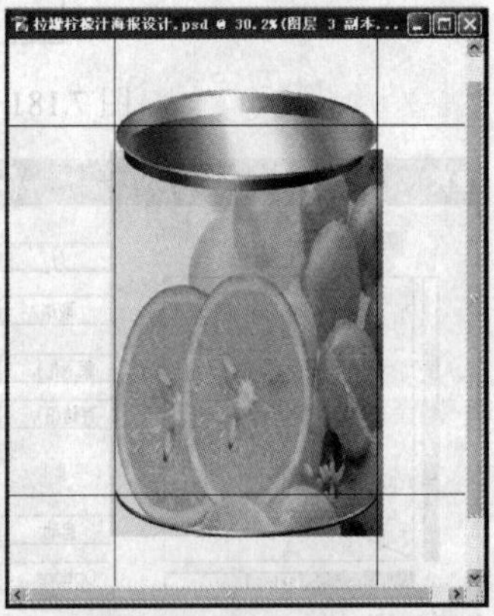

图 7.186　自由变换调整后的图片状态

㉖ 按住 Ctrl 键单击图层面板上的“易拉罐表面”层，载入该层图像的选区形状。按 Ctrl+Shift+I 快捷键对选区做反向选择，按 Delete 键删除反选后选区内的图像，得到如图 7.187 所示的效果。

㉗ 按 Ctrl+D 快捷键取消选区，单击图层面板上的 按钮给“果类包装图片”层添加一个图层蒙版，设置前景色为#000000、背景色为#FFFFFF，选择工具箱中的 工具，在工具属性栏中单击 按钮，确认渐变颜色与工具箱中的前景色和背景色一致，在画布上从上至下拖动鼠标给该层添加线性渐变，得到如图 7.188 所示的效果。

图 7.187　删除反选后的选区内图像状态

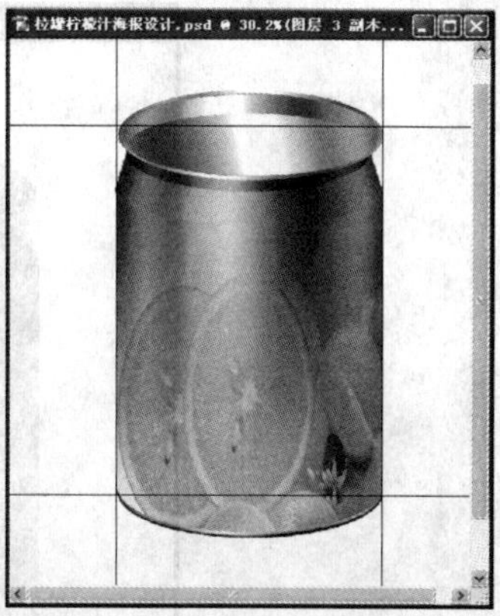
图 7.188　给图层蒙版填充线性渐变后的效果

㉘ 按 Ctrl+: 快捷键隐藏辅助线，单击图层面板上的 按钮新建一个图层并命名为“拉环孔”，选择工具箱中的 工具，在工具属性栏中设置参数，如图 7.189 所示。

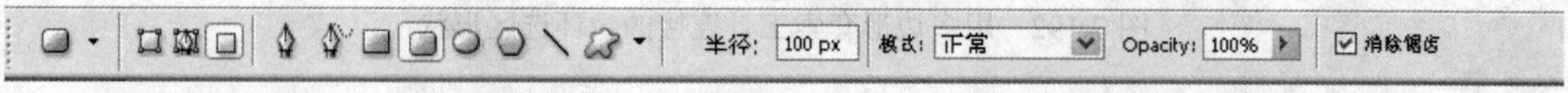

图 7.189　矩形工具属性栏的参数设置

㉙ 设置好工具属性栏参数后在画布上创建如图 7.190 所示的圆角矩形。在工具属性栏中单击 按钮，在圆角矩形的右边创建如图 7.191 所示的圆形。

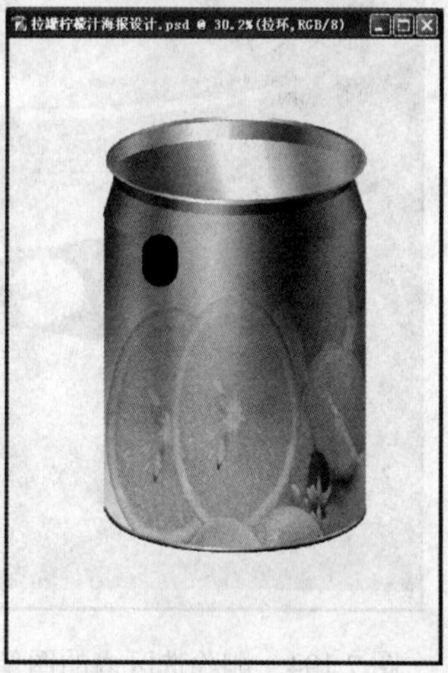
图 7.190　拉环圆角矩形孔形状

图 7.191　拉环圆形孔形状

㉚ 按 Ctrl+J 组合键给“拉环孔”复制一个副本层，在图层面板中选择“拉环孔”层，选择工具箱中的 工具，在画布上连接拉环孔，如图 7.192 所示。

㉛ 按 Alt+Delete 快捷键给选区填充前景色，按 Ctrl+D 快捷键取消选区。在图层面板中选择“拉环孔副本”层，按 Ctrl+Shift+Delete 快捷键给拉环孔填充背景色。按 Ctrl+T 快捷键自由变换“拉环孔副本”层形状，如图 7.193 所示。

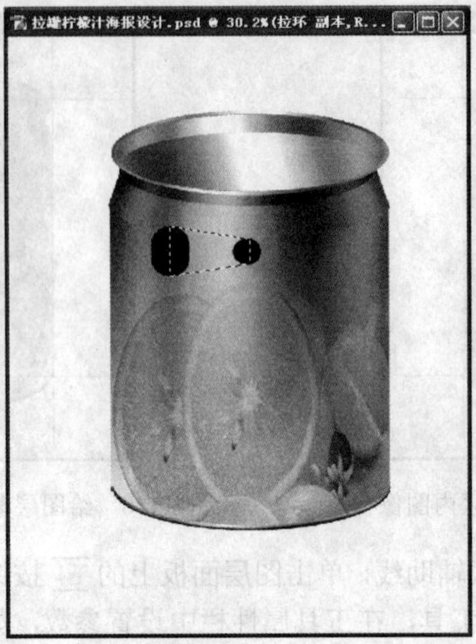

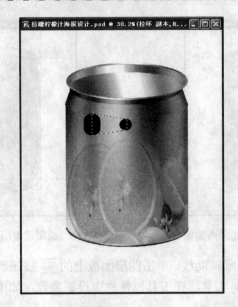

图 7.192　用多边形套索工具连接的拉环选区形状

㉜ 按 Enter 键确认自由变换。在图层面板中选择“拉环孔”层，按住 Ctrl 键单击“拉环孔副本”层，载入该层的选区形状，按 Delete 键删除选区内的图像，得到如图 7.194 所示的效果，按 Ctrl+D 快捷键取消选区。

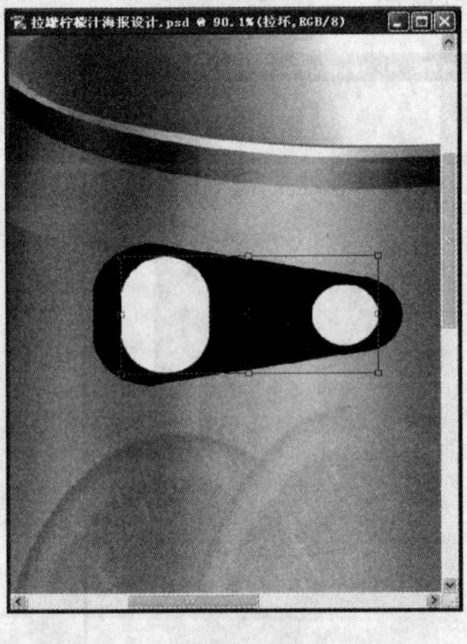

图 7.193　自由变换后的拉环孔状态

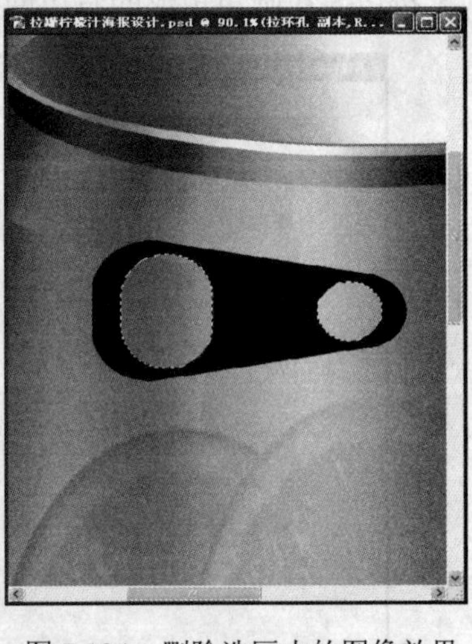

图 7.194　删除选区内的图像效果

㉝ 设置前景色为# FFFFFF，背景色为# 516072，选择工具箱中的工具，在工具箱属性栏中单击按钮，在弹出的“渐变编辑器”对话框中设置色标颜色，状态如图 7.195 所示，色标上的颜色从左至右分别为# 646A7D、# B8BDC7、# 959DAD、# FFFFFF、# 516072、# 959AA5、# B2B6D1、# 777991。

㉞ 单击图层面板上的按钮锁定“拉环孔”图层的透明区域，将鼠标光标放在拉环的左上角，然后按住鼠标左键拖动鼠标光标到拉环的右下角，松开鼠标得到如图 7.196 所示的效果。

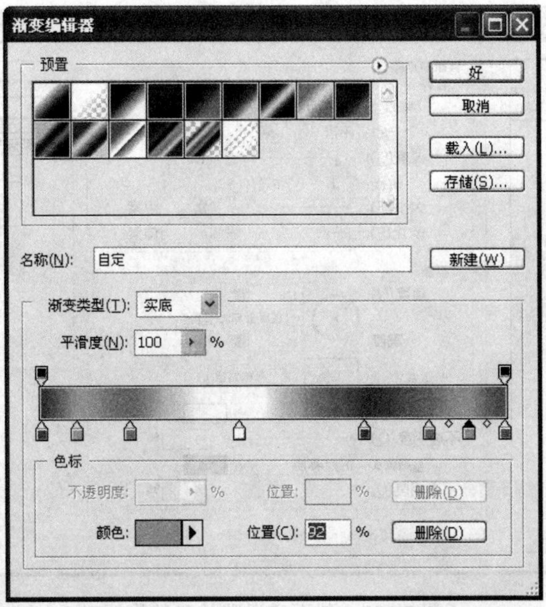

图 7.195　渐变编辑器中的色标编辑状态

㉟ 按 Ctrl+T 快捷键自由变换“拉环孔”图层，用自由变换中的 **扭曲** 命令，调整“拉环孔”的形状，如图 7.197 所示。

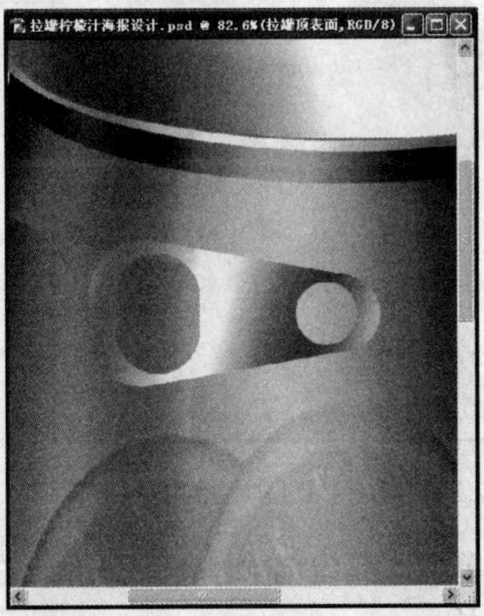

图 7.196　填充渐变后的拉环效果

图 7.197　自由变换调整后的“拉环孔”形状

㊱ 按 Enter 键确认自由变换，在图层面板上单击 按钮（或双击“拉环孔”图层），在弹出的快捷菜单中选择 **斜面和浮雕...** 选项，在弹出的“斜面和浮雕”样式对话框中设置参数，如图 7.198 所示。

㊲ 设置好参数后单击 好 按钮，得到如图 7.199 所示的效果。单击图层面板上的 按钮，新建一个图层并命名为“易拉罐顶部细节”，设置前景色为# E0E0E0，选择工具箱中的 工具，在工具属性栏中设置直线的粗细为 0.05cm，在画布上绘制如图 7.200 所示的两条直线。

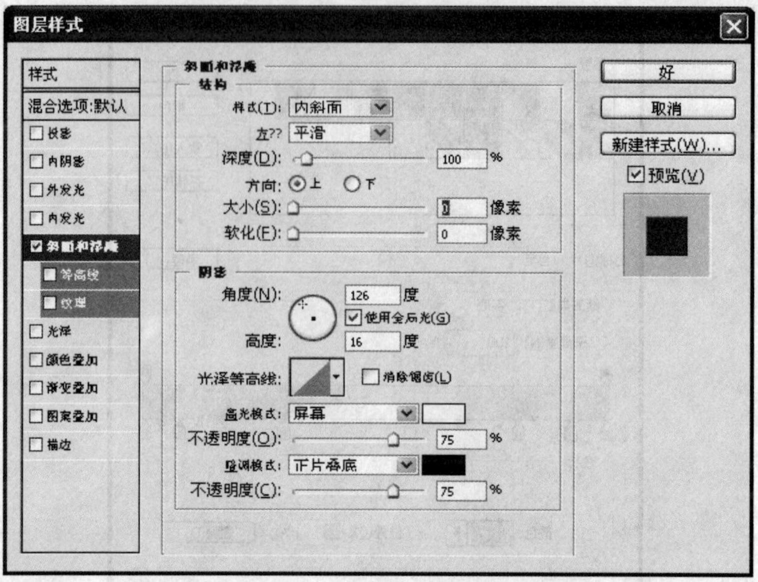

图 7.198　斜面和浮雕的参数设置

图 7.199　添加斜面和浮雕样式后的效果

图 7.200　用直线工具绘制的两条直线

㊳ 单击图层面板上的 按钮，在弹出的下拉菜单中选择 斜面和浮雕... 选项，在弹出的“斜面和浮雕”样式对话框中设置参数，如图 7.201 所示。

㊴ 设置好斜面和浮雕参数后单击 好 按钮，得到如图 7.202 所示的效果。选择工具箱中的 T 工具，在画布上单击并输入如图 7.203 所示的文字。

㊵ 按 Ctrl+A 快捷键全选所输入的文字，单击工具属性栏中的 按钮，在弹出的“文字变形”对话框中设置参数，如图 7.204 所示。设置好变形文字参数后，单击 好 按钮得到如图 7.205 所示的效果。

㊶ 单击 样式 面板，在样式面板中单击 样式，得到如图 7.206 所示的文字效果。

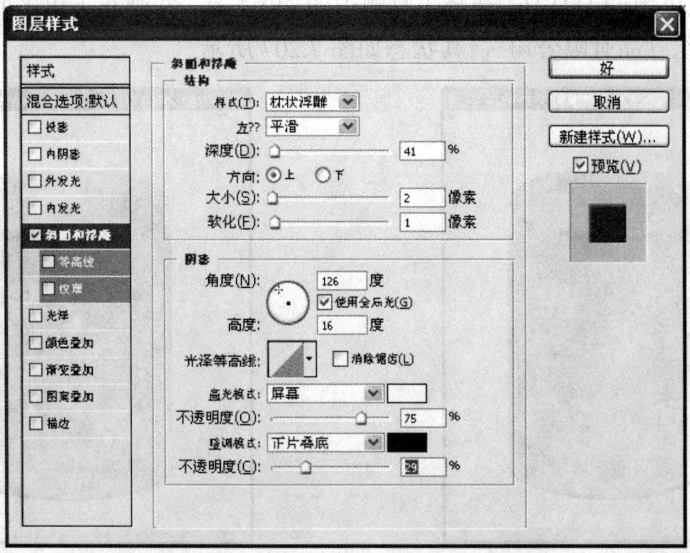

图 7.201　斜面和浮雕样式的参数设置

图 7.202　添加斜面和浮雕样式后的直线效果

图 7.203　用文字工具输入的文字

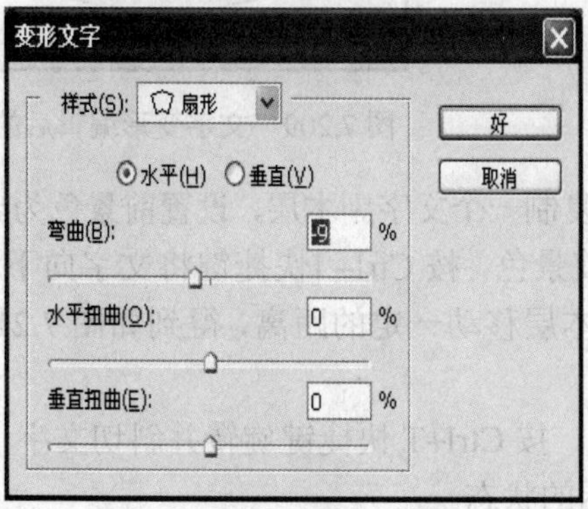

图 7.204　变形文字的参数设置

图 7.205　文字变形编辑后的效果

㊷ 设置前景色为# ED2121，选择工具箱中的 T 工具，在画布上单击并输入生产公司名称“达州市创世纪食品有限公司”，其状态如图 7.207 所示。

图 7.206　文字使用样式后的效果

图 7.207　输入生产公司名称后的文字状态

㊸ 按 Ctrl+A 快捷键全选所输入的文字，单击工具属性栏中的 按钮，在弹出的“文字变形”对话框中设置参数，如图 7.208 所示。设置好变形文字参数后，单击 好 按钮得到如图 7.209 所示的效果。

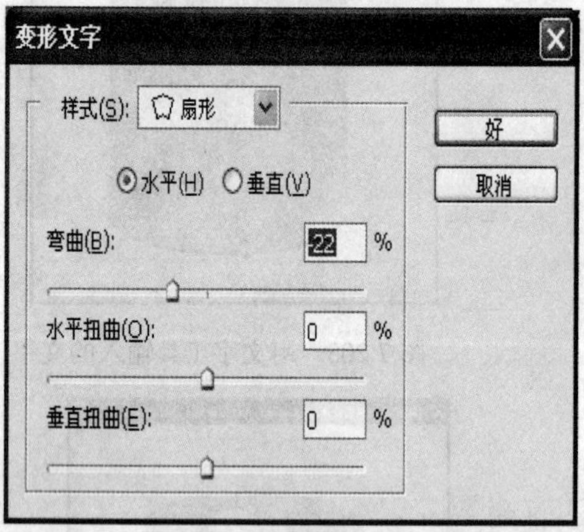

图 7.208　变形文字的参数设置

图 7.209　文字变形编辑后的效果

㊹ 按 Ctrl+J 快捷键将生产公司名称的文字复制一个文字副本层，设置前景色为# 000000，按 Alt+Delete+Shift 快捷键给副本层文字填充前景色，按 Ctrl+ [快捷键将文字向下移动一个图层，按键盘上的↓和→键将下移后的文字副本层移动一定的距离，得到如图 7.210 所示的效果。

㊺ 在图层面板中选择“柠檬果汁”文字层，按 Ctrl+T 快捷键旋转并斜切文字，按 Enter 键确认文字自由变换，得到文字如图 7.211 所示的状态。

图 7.210 副本层文字移动后的效果

图 7.211 旋转并斜切文字后的效果

7.6 火锅底料包装效果与广告设计

本例是一款产品包装及广告设计案例，在包装的设计及制作上要求设计美观、造型个性化。在进行产品的平面广告设计时，要求创意新奇，主题突出，最好能体现产品的风味、特色。希望通过此例的学习，读者能对产品的包装设计及广告创意有较深的感受及认识。

步骤

① 启动 Photoshop 8.0，按 Ctrl+N 快捷键打开新建文件对话框，在弹出的对话框中设置参数，如图 7.212 所示，单击 好 按钮，得到定制的画布。

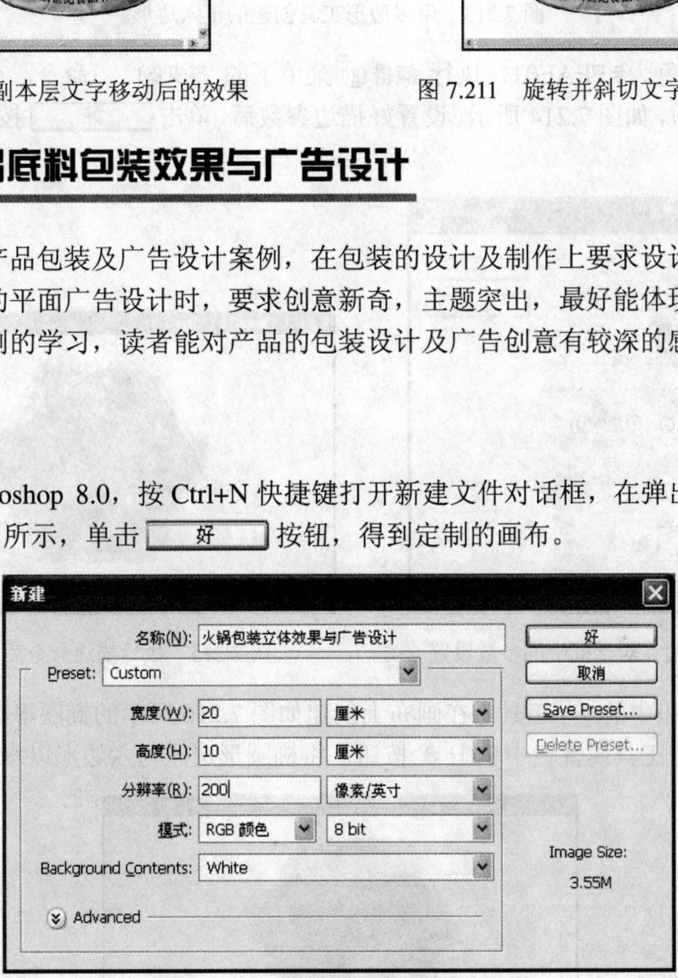

图 7.212 新建图像文件对话框的参数设置

② 单击图层面板中的 按钮新建一个图层并命名为“盒子表面”。设置前景色为 # AE1A1A，选择工具箱中的多边形工具 ，在多边工具属性栏中设置多边形的边数为 6，单击工具属性栏中的填充像素按钮 ，按住 Shift 键在画布上拖动鼠标创建如图 7.213 所示的正六边形。

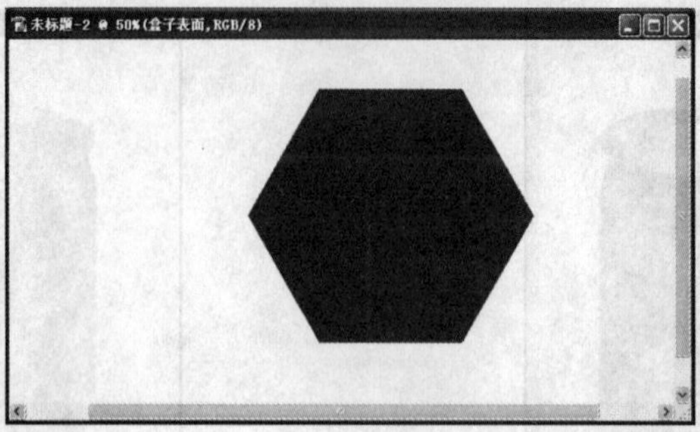

图 7.213　用多边形工具创建的正六边形

③ 设置前景色为# FEAE01，执行 编辑(E) 菜单下的 描边(S)... 命令，在弹出的“描边”对话框中设置参数，如图 7.214 所示。设置好描边参数后，单击 好 按钮得到如图 7.215 所示的效果。

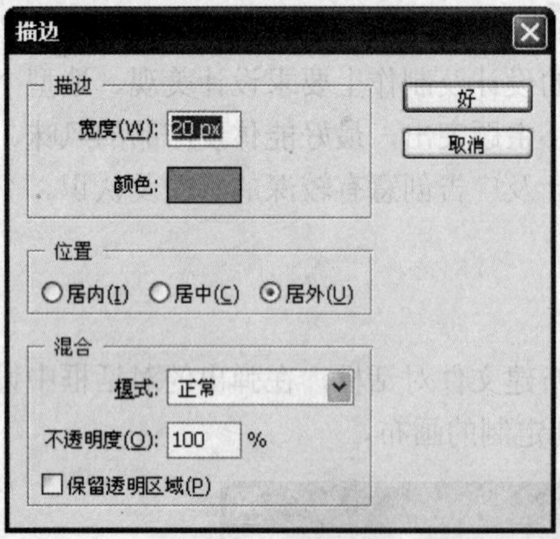

图 7.214　“描边”对话框中的参数设置

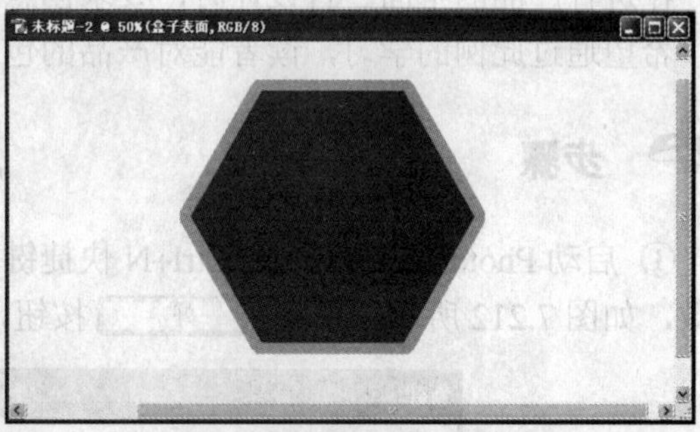

图 7.215　执行描边命令后的多边形效果

④ 选择工具箱中的 工具，在画布上创建如图 7.216 所示的椭圆形选区，在工具箱中选择 工具，在工具属性栏中单击 按钮，将椭圆形选区与六边形以水平中齐方式对齐。

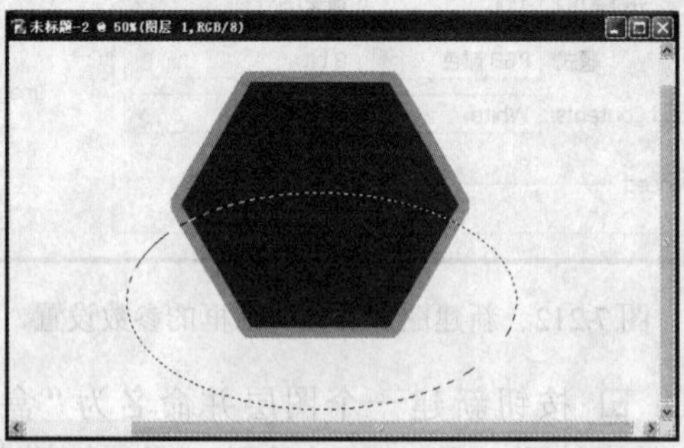

图 7.216　水平中齐后的椭圆形与六边形位置

⑤ 单击图层面板上的 按钮新建一个图层并命名为“包装面椭圆”。设置前景色为# E88E8E，按 Alt+Delete 快捷键给选区填充前景色得到如图 7.217 所示的效果。

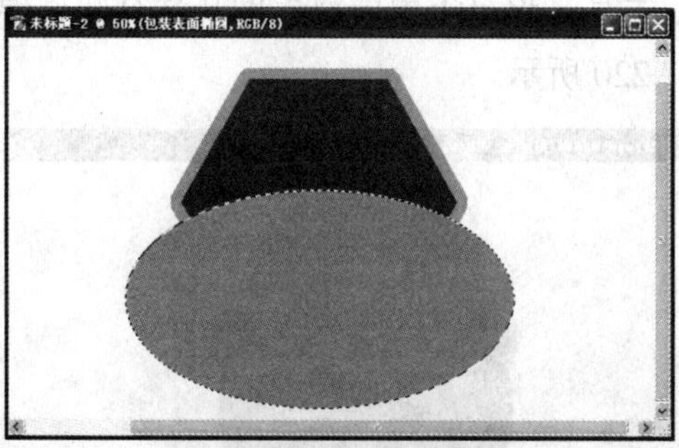

图 7.217　给椭圆形选区填充前景色后的效果

⑥ 按 Ctrl+D 快捷键取消选区，在图层面板中选择“盒子表面”层，选择工具箱中的[魔棒]工具，在画布上点选六边形内的红色区域，按 Ctrl+Shift+I 快捷键反向选择选区。在图层面板中选择“包装面椭圆”层，按 Delete 键删除反选后选区内的内容，按 Ctrl+D 快捷键取消选区，得到如图 7.218 所示的效果。

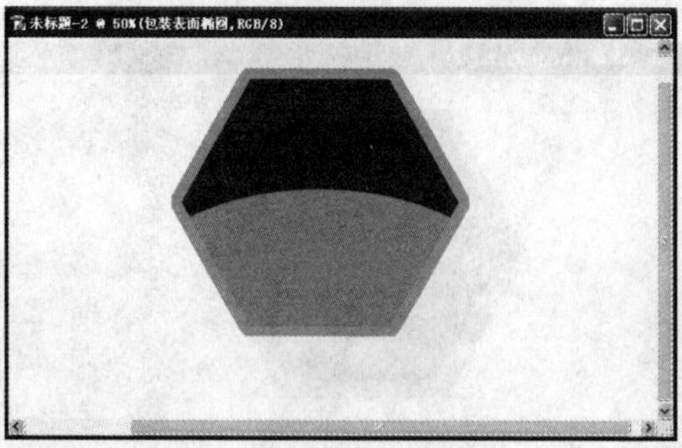

图 7.218　删除反选选区内的包装面椭圆图层的内容

⑦ 按 Ctrl+J 快捷键给“包装面椭圆”层复制一个副本。设置前景色为# 992626，按 Alt+Shift+Delete 快捷键给“包装面椭圆副本”层填充前景色。按 Ctrl+T 快捷键对“包装面椭圆形副本”层进行自由变换编辑，将鼠标光标放置在自由变换控制框的右上角，当鼠标光标呈[光标图标]显示时，按住 Alt+Shift 键中心缩放“包装面椭圆副本”层，状态如图 7.219 所示。

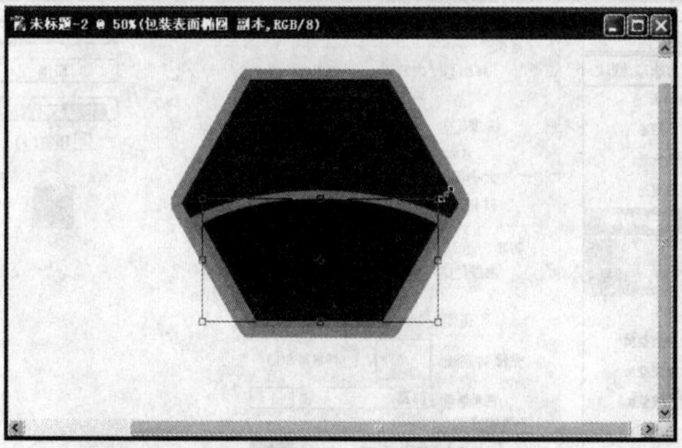

图 7.219　中心缩放包装面椭圆副本层后的状态

⑧ 按 Enter 键确认自由变换，用鼠标双击窗口空白区域，在材质库中打开“火锅底料”

图片，选择工具箱中的 工具，将“火锅底料”图片拖到我们编辑的图像“包装面椭圆副本”层之上，其状态如图 7.220 所示。

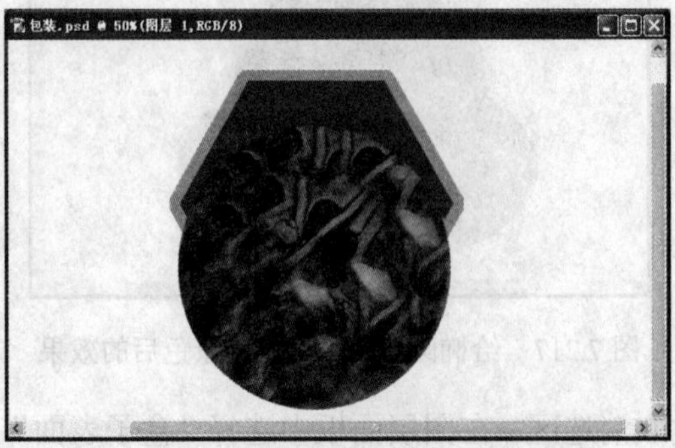

图 7.220　“火锅底料”图片在图像中的状态

⑨ 按 Ctrl+G 快捷键将“火锅底料”图片与“包装面椭圆副本”层进行编组处理，编组后的效果如图 7.221 所示。

图 7.221　图片编组后的效果

⑩ 在图层面板中双击“包装面椭圆副本”层，在弹出的“图层样式”对话框中单击 ☑ 斜面和浮雕 选项，设置斜面和浮雕参数，如图 7.222 所示。

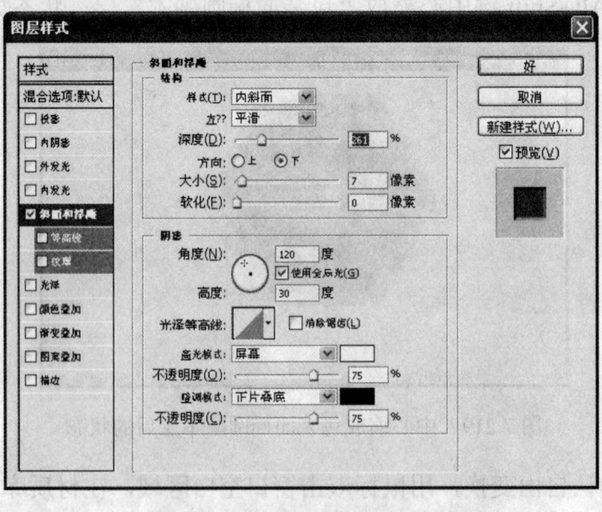

图 7.222　斜面和浮雕样式的参数设置

⑪ 设置好斜面和浮雕参数后单击 好 按钮，得到如图 7.223 所示的效果。这时我们会觉得“包装面椭圆副本”层有下陷的效果。

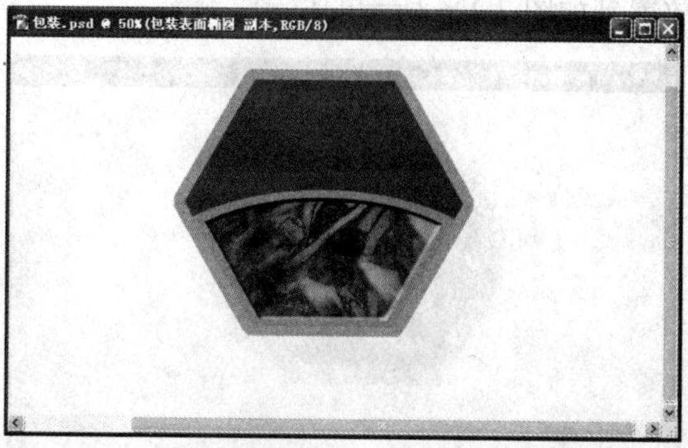

图 7.223 添加斜面和浮雕样式后的“包装面椭圆副本”层效果

⑫ 用鼠标双击窗口空白区域，在材质库中打开“火锅底料表面载入型文字 1”图片，选择工具箱中的 工具，将“火锅底料表面载入型文字 1”图片拖到我们编辑的图像“包装面椭圆副本”层之上，并放置到如图 7.224 所示的位置。

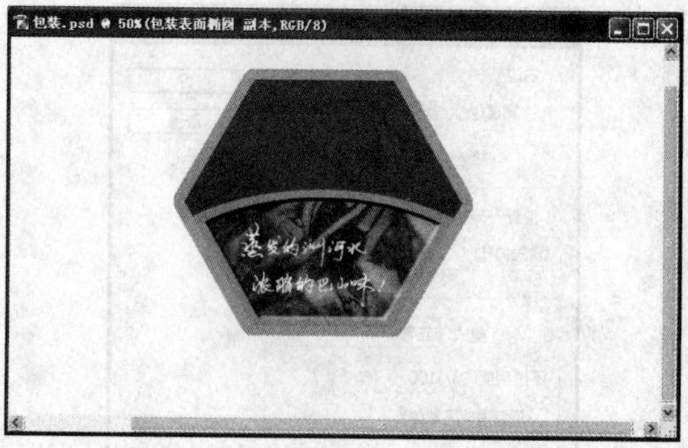

图 7.224 “火锅底料表面载入型文字 1”图片的位置

⑬ 按 Ctrl+T 快捷键对“火锅底料表面载入型文字 1”图片进行自由变换编辑，将鼠标光标放置在自由变换控制框的右上角，当鼠标光标呈 显示时，旋转“火锅底料表面载入型文字 1”图片，状态如图 7.225 所示。

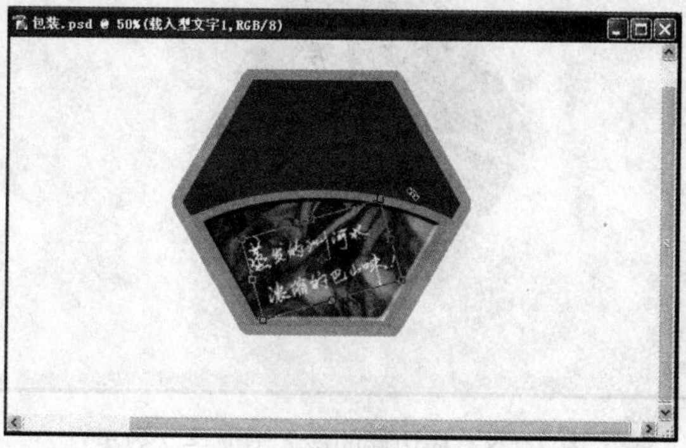

图 7.225 自由变换后的文字效果

⑭ 用鼠标双击窗口空白区域，在材质库中打开“火锅底料表面载入型文字 2”图片，选择工具箱中的 工具，将“火锅底料表面载入型文字 2”图片拖到我们编辑的图像“包装面椭圆副本”层之上，并放置到如图 7.226 所示的位置。

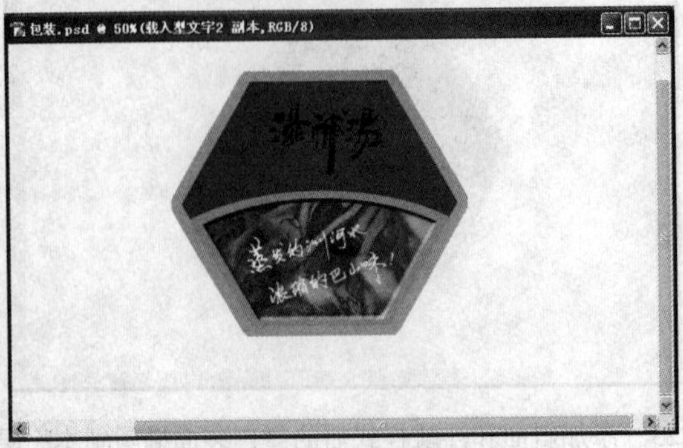

图 7.226 “火锅底料表面载入型文字 2”图片的位置

⑮ 设置前景色为# FFFFFF，执行 编辑(E) 菜单下的 描边(S)... 命令，在弹出的“描边”对话框中设置参数，如图 7.227 所示。

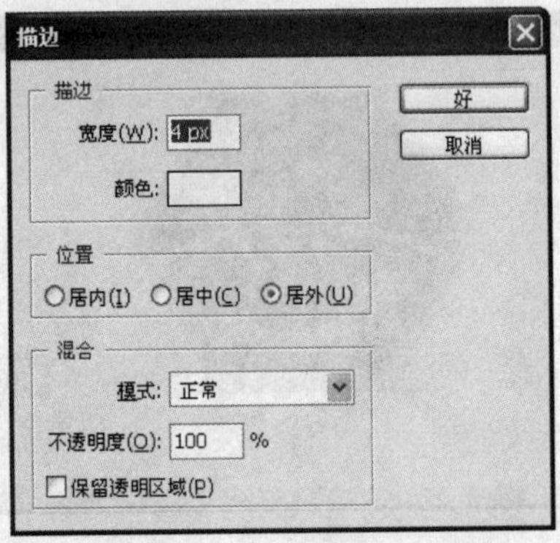

图 7.227 “描边”对话框的参数设置

⑯ 设置好描边参数后，单击 好 按钮得到如图 7.228 所示的效果。

图 7.228 描边后的载入型文字 2 效果

⑰ 选择工具箱中的 T 工具，在画布上单击并输入如图 7.229 所示的文字，按 Ctrl+Enter 快捷键结束文字的输入。

图 7.229　用文字工具输入文字后的包装表面效果

⑱ 下面我们来制作一枚印章。单击通道面板上的 按钮新建 Alphal 1 通道。选择工具箱中的 工具，按住 Shift 键在图像上创建如图 7.230 所示的矩形选区。单击工具属性栏中的 按钮，在画布上创建如图 7.231 所示的相减选区。

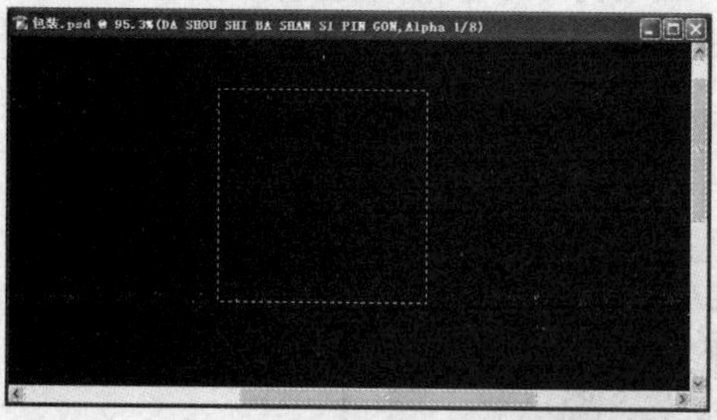

图 7.230　用矩形选框工具创建的矩形选区

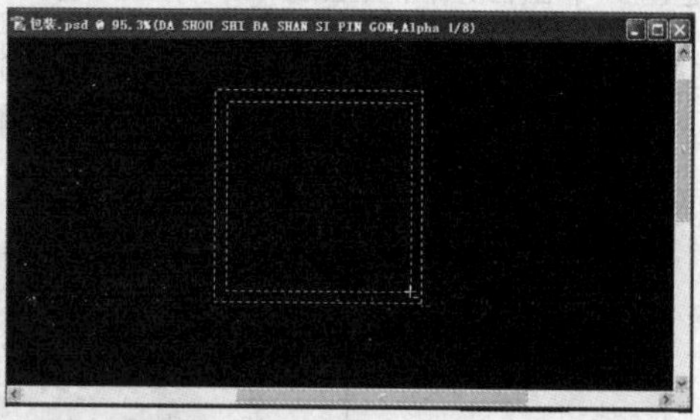

图 7.231　用矩形选框工具创建的相减选区

⑲ 设置前景色为# FFFFFF，按 Alt+Delete 快捷键给选区填充前景色，按 Ctrl+D 快捷键取消选区。选择工具箱中的 工具，在工具属性栏中选择大小为 19 像素、硬度值为 0 的画笔，在画布上修改印章外框轮廓并写上如图 7.232 所示的文字。

图 7.232　用画笔工具修改后的印章状态

⑳ 按住 Ctrl 键后单击通道面板中的 Alpha1 通道，将 Alpha1 通道变为选区。执行 滤镜(T) 菜单 杂色 滤镜组下的 添加杂色... 滤镜，在弹出的“添加杂色”滤镜对话框中设置参数，如

㊸ 在图层面板中双击“表面”层，在弹出的“添加图层样式”对话框中选中 选项，设置斜面和浮雕样式参数，如图 7.268 所示。

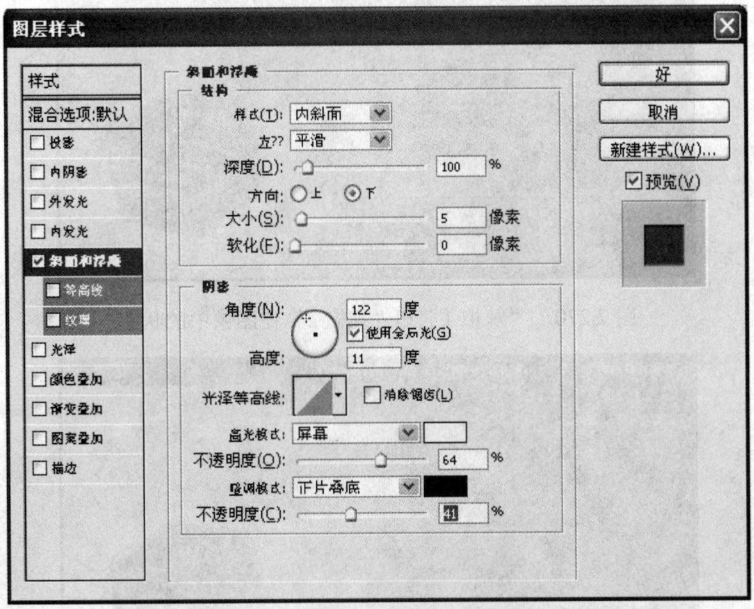

图 7.268　斜面和浮雕样式的参数设置

㊹ 在图层面板中将除背景层外的所有图层加上链接标志，选择最顶层图层后按 Ctrl+E 快捷键将所有链接图层合并，将合并后的图层命名为“包装盒立体效果”。在图层面板中选择背景层，设置前景色为# 98031C、背景色为# F5DF28，选择工具箱中的 工具，在工具属性栏中选择渐变方式 ，按住 Shift 键在画布上从左至右拖动得到如图 7.269 所示的渐变效果。

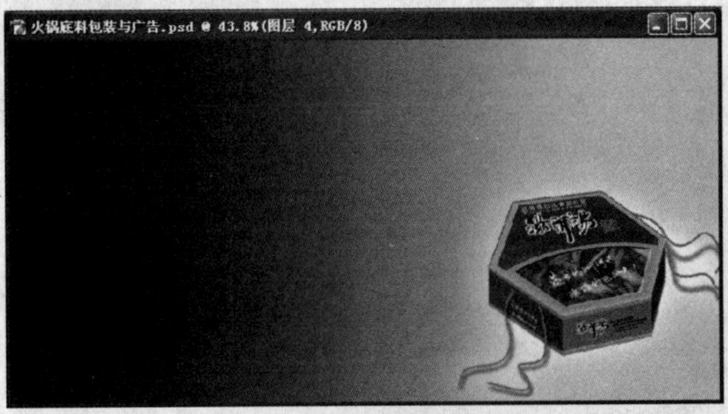

图 7.269　填充线性渐变后的背景效果

㊺ 打开材质库中的“辣椒 1”和“辣椒 2”两幅图片，选择工具箱中的 工具，分别将“辣椒 1”和“辣椒 2”两幅图片拖到制作广告的图像中，其状态如图 7.270 所示。

㊻ 在图层面板中分别将“辣椒 1”和“辣椒 2”层复制多个副本，调整所复制的“辣椒 1”和“辣椒 2”副本层，状态如图 7.271 所示。

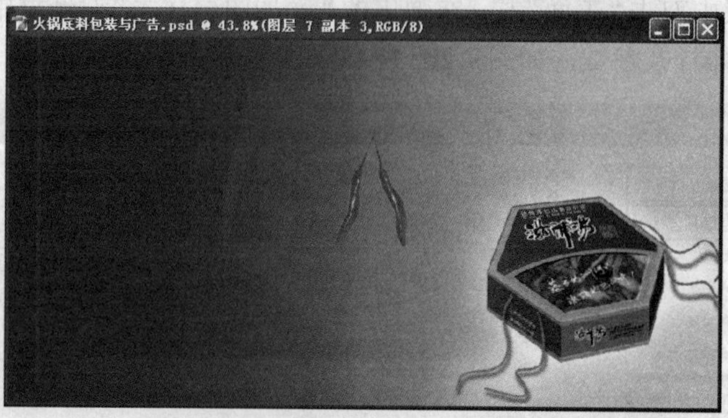

图 7.270　“辣椒 1”和“辣椒 2”在图像中的状态

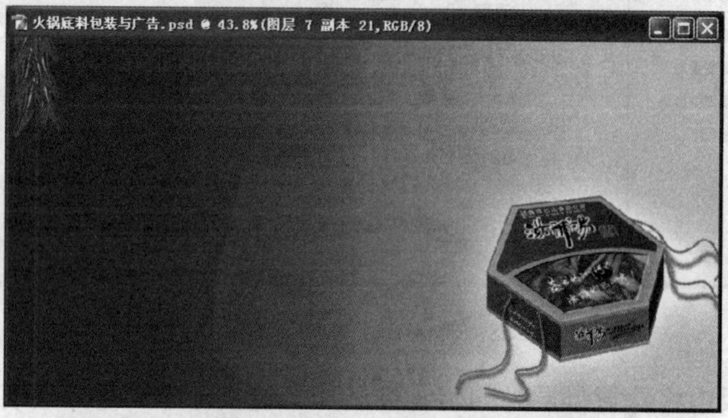

图 7.271　调整后的辣椒副本层状态

⑰ 在图层面板中将所有辣椒层合并为一个图层并命名为“辣椒组”。选择工具箱中的工具，按住 Alt 键复制“辣椒组”，效果如图 7.272 所示。

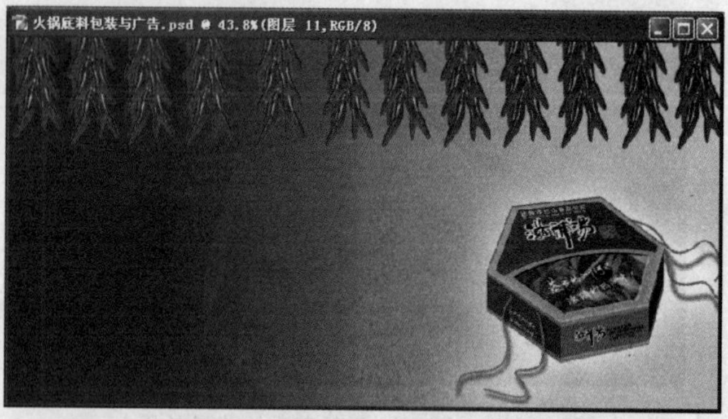

图 7.272　复制后的辣椒组效果

⑱ 在图层面板中将所有的“辣椒组”层合并，单击图层面板上的按钮给“辣椒组”层添加一个图层蒙版，选择工具箱中的工具，在工具属性栏中选择渐变方式，按住 Shift 键在画布上从左至右拖动鼠标得到如图 7.273 所示的渐变效果。

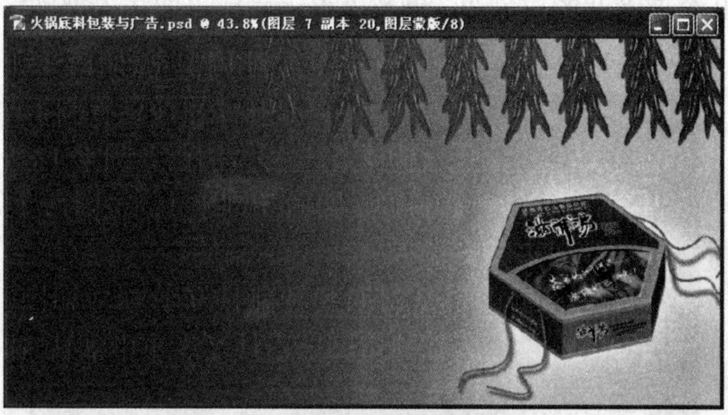

图 7.273　给添加蒙版后的辣椒组图层填充线性渐变后的效果

⑲ 用鼠标双击窗口空白区域，在材质库中打开“吊角楼”图片，选择工具箱中的 工具，将“吊角楼”图片拖到我们编辑的图像“背景”层之上，并放置到如图 7.274 所示的位置。

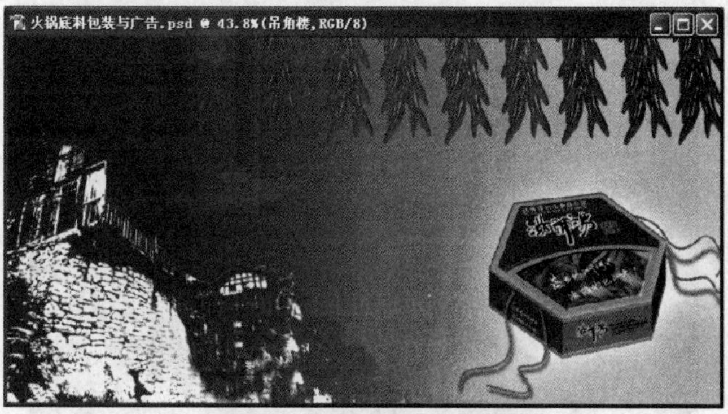

图 7.274　载入吊角楼图片后的效果

⑳ 选择工具箱中的 工具，在画布上单击并输入“巴洲火锅”文字，按 Ctrl+Enter 快捷键结束文字的输入。单击 样式 面板中的“Blue Gradient with Stroke”样式 ，得到如图 7.275 所示的文字效果。

图 7.275　文字添加样式后的效果

㉑ 用鼠标双击窗口空白区域，在材质库中打开“火锅底料表面载入型文字 2”图片，选择工具箱中的 工具，将“火锅底料表面载入型文字 2”图片拖到我们编辑的图像中，用描

边命令给该文字描 8 个像素宽的白色边，调整“火锅底料表面载入型文字 2”的大小及位置，如图 7.276 所示。

图 7.276　载入型文字 2 的大小及位置

㉒ 选择工具箱中的 T 工具，在画布上单击并输入如图 7.277 所示的文字，按 Ctrl+Enter 快捷键结束文字的输入。

图 7.277　用文字工具输入文字后的效果

㉓ 单击图层面板上的 按钮在最顶层新建一个图层，选择工具箱中的 工具，在工具属性栏的选择待创建的形状 形状(H): 栏中，选择形状 ，确认工具属性栏中的填充像素按钮 处于被选中状态，在画布上创建如图 7.278 所示的填充形状。

图 7.278　用形状工具创建的填充像素形状效果

㉔ 选择工具箱中的 T 工具，在画布上单击并输入如图 7.279 所示的文字，按 Ctrl+Enter 快捷键结束文字的输入。

图 7.279　用文字工具输入的文字状态

⑥5 按 Ctrl+J 快捷键给刚刚输入的文字层复制一个副本层，双击文字副本层上的 T 图标选择输入的整段文字，在工具属性栏中设置文字的颜色为# FFFFFF，调整文字的位置，如图 7.280 所示。

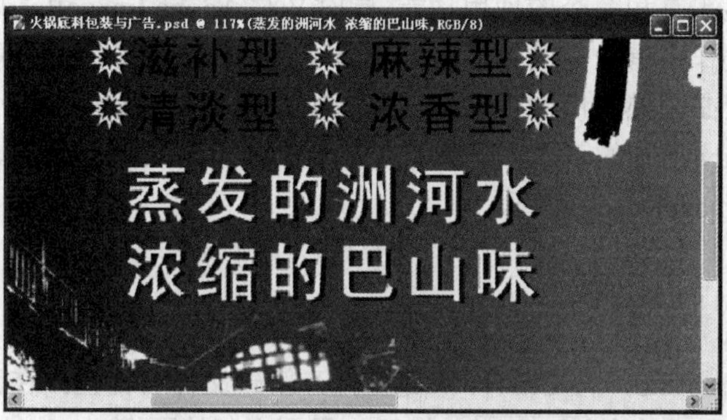

图 7.280　调整文字副本层位置后的效果

⑥6 选择工具箱中的 T 工具，在画布上单击并输入如图 7.281 所示的文字，按 Ctrl+Enter 快捷键结束文字的输入。

图 7.281　输入文字的大小及状态

⑥7 按 Ctrl+0 快捷键使画布适合窗口显示，这样我们就完成了整个广告的设计，其效果如图 7.282 所示。

图 7.282　综合调整后的广告效果

7.7　动画制作——转动的时钟

本例涉及了许多工具和命令的使用功能，同时又对 Adobe ImageReady 软件的使用做了一定的讲解。本例在制作中有一定的难度，主要体现在制作动画前就必须能预知制作完成后的动画结果，要求读者必须熟悉所制作动画的每一帧的作用，尽量避免不必要的帧，以减小动画的大小，ImageReady 动画的基本原理就是控制层的显示与隐藏得到的。希望读者认真练习，制作出更多更好的 ImageReady 动画。

步骤

① 启动 Photoshop 8.0，按 Ctrl+N 快捷键打开新建文件对话框，在弹出的对话框中设置参数，如图 7.283 所示，单击 好 按钮，得到定制的画布。

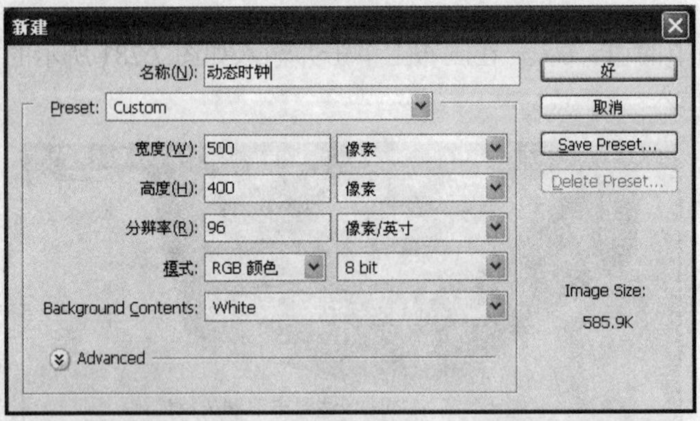

图 7.283　新建动态时钟图像文件的参数设置

② 单击图层面板上的按钮，新建一个图层并命名为“时钟外框”，选择工具箱中的工具，在画布上创建如图 7.284 所示的选区形状。选择工具箱中的工具，在工具属性栏中单击按钮，在弹出的渐变编辑器中编辑色标，状态如图 7.285 所示。其中，色标块颜色从左至右分别为# 655C45、# FFFFFF、# 655C45。

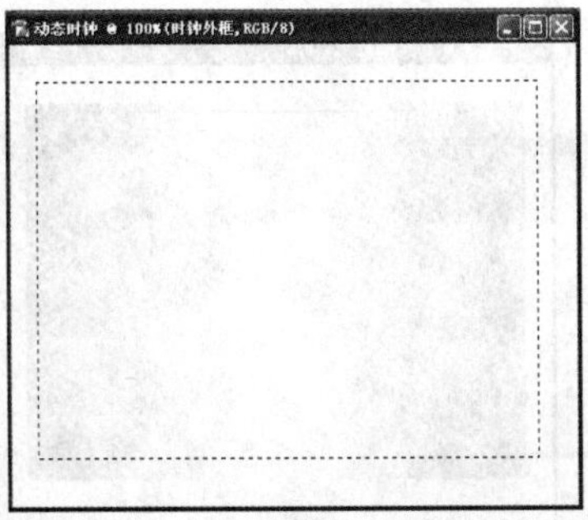

图 7.284　用矩形选框工具创建的矩形选区

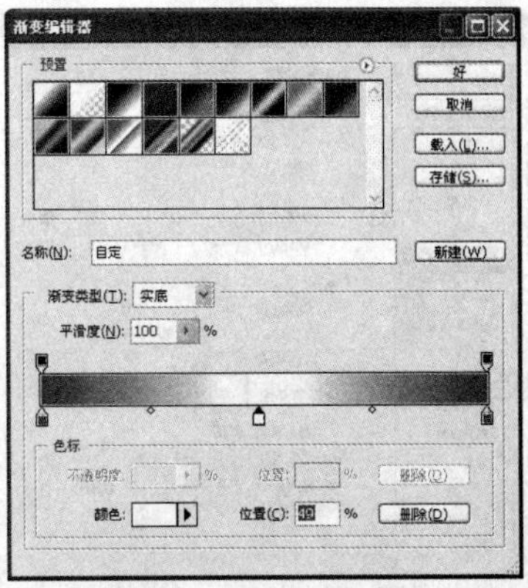

图 7.285　渐变编辑器中的色标编辑状态

③ 编辑好渐变编辑器中色标块颜色后单击 好 按钮，确认工具属性栏中的线性渐变按钮 处于被选中状态，拖动鼠标从左至右对选择区域填充所编辑的渐变样式，得到如图 7.286 所示的效果。

④ 执行 选择(S) 菜单 修改(M) 命令组下的 收缩(C)... 命令，在弹出的“收缩选区”对话框中输入收缩量为 7 个像素，单击 好 按钮得到如图 7.287 所示的效果。

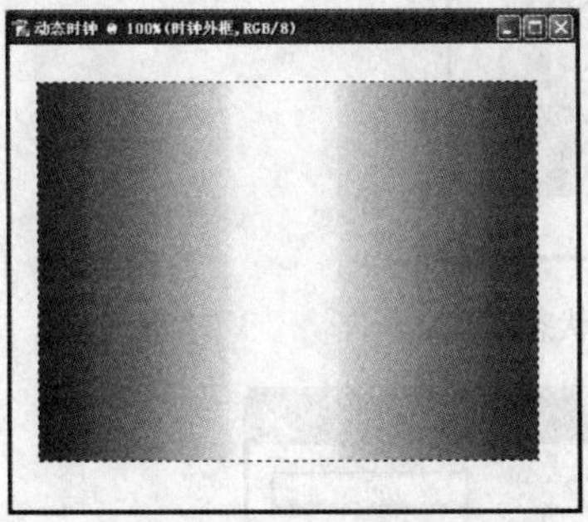

图 7.286　填充线性渐变后的效果

图 7.287　矩形选区收缩修改后的状态

⑤ 按 Ctrl+C 快捷键将选区内的图像复制到剪贴板上，按 Ctrl+V 快捷键将剪贴板上的图像粘贴为一个新层“图层 1”（也可按 Ctrl+J 快捷键一次完成）。单击图层面板底部的 按钮，在弹出的图层样式菜单中选择 斜面和浮雕... 选项，在弹出的“斜面和浮雕”样式对话框中设置斜面和浮雕样式参数，如图 7.288 所示。设置好斜面和浮雕参数后，单击 好 按钮得到如图 7.289 所示的效果。

⑥ 单击图层面板上的 按钮新建一个图层“图层 2”，按住 Ctrl 键单击图层面板中的“图层 1”层，载入“图层 1”的选区。执行 选择(S) 菜单中 变换选区(T) 命令对选区进行变换，将鼠标光标放在变换选区控制框的右上角，当鼠标光标呈 显示时，按住 Alt+Shift 键向中心缩放选区，按 Enter 键确认选区变换，得到如图 7.290 所示的选区状态。

⑦ 设置前景色为# FFFFFF，按 Alt+Delete 快捷键给选区填充前景色，按 Ctrl+D 快捷键取消选区。单击图层面板底部的 按钮，在弹出的图层样式菜单中选择 斜面和浮雕... 选项，在弹出的“斜面和浮雕”样式对话框中设置斜面和浮雕样式参数，如图 7.291 所示。

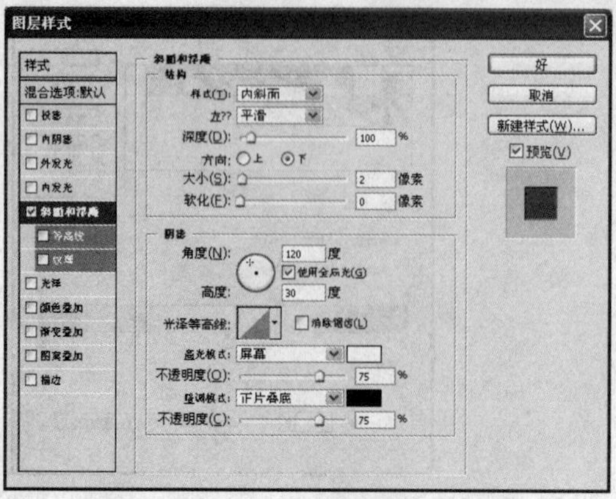

图 7.288 斜面和浮雕样式的参数设置

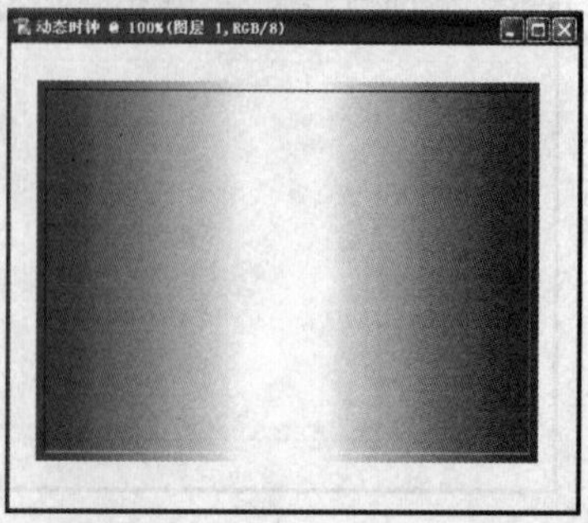

图 7.289 添加斜面和浮雕样式后的效果

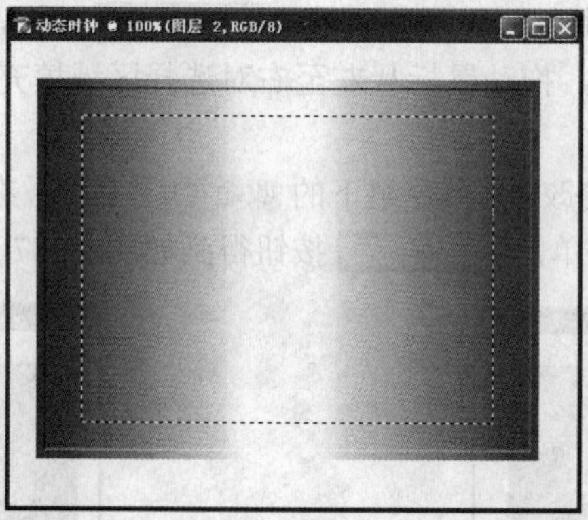

图 7.290 中心缩放后的选区状态

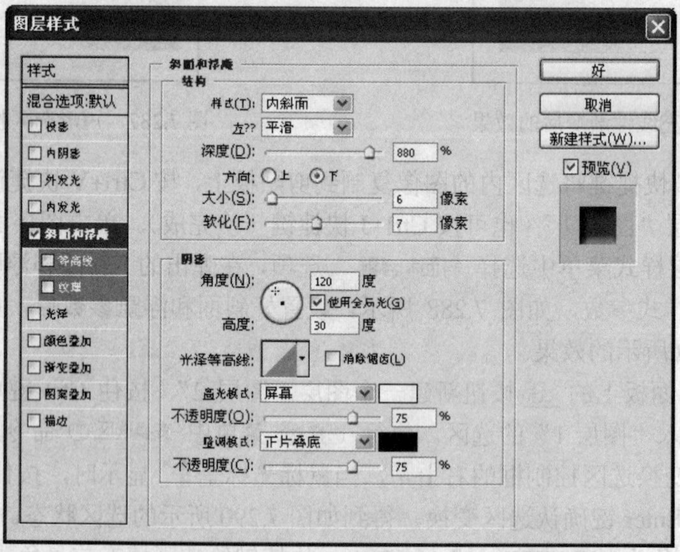

图 7.291 斜面和浮雕样式的参数设置

⑧ 设置好斜面和浮雕参数后，单击 好 按钮得到如图 7.292 所示的效果。在图层面板中选择“图层 1”，选择工具箱中的 工具，在画布上绘制如图 7.293 所示的路径形状。

图 7.292 添加斜面和浮雕样式后的效果

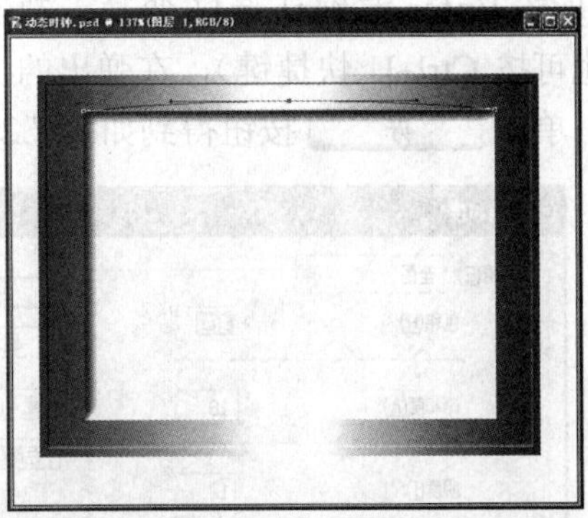

图 7.293 用钢笔工具绘制的路径形状

⑨ 按 Ctrl+Enter 快捷键将绘制的路径转换为选区，执行 图像(I) 菜单 调整(A) 命令组下的 色相/饱和度(H)... 命令（也可按 Ctrl+U 快捷键），在弹出的“色相/饱和度”调整对话框中设置参数，如图 7.294 所示，单击 好 按钮得到如图 7.295 所示的效果。

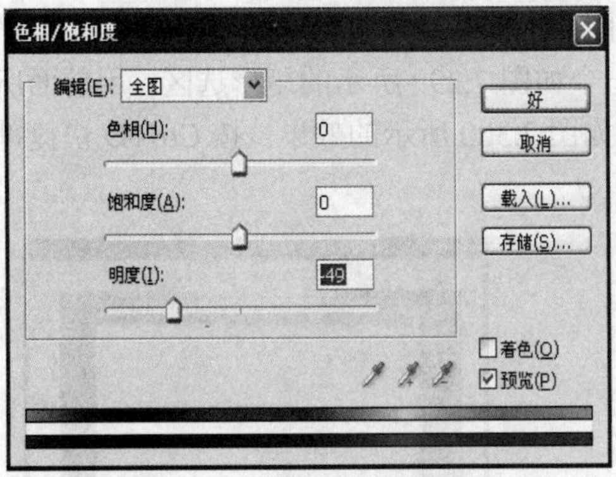

图 7.294 色相/饱和度的参数设置

图 7.295 执行色相/饱和度调整后的效果

⑩ 执行 选择(S) 菜单中的 变换选区(T) 命令，单击鼠标右键，在弹出的快捷菜单中选择 垂直翻转 选项，按键盘上的↓方向键向下移动选区至如图 7.296 所示的位置。

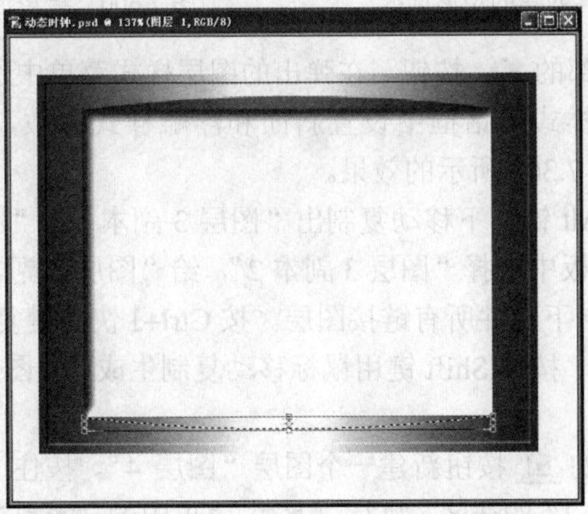

图 7.296 向下移动垂直翻转后的选区位置

⑪ 按 Enter 键确认选区变换。执行 图像(I) 菜单 调整(A) 命令组下的 色相/饱和度(H)... 命令（也可按 Ctrl+U 快捷键），在弹出的“色相/饱和度”调整对话框中设置参数，如图 7.297 所示，单击 好 按钮得到如图 7.298 所示的效果。

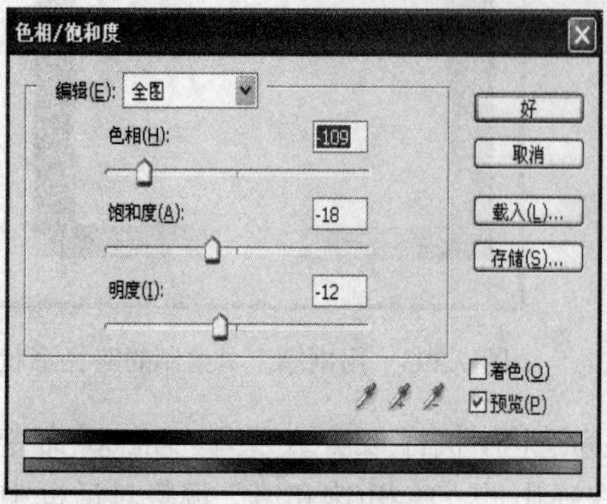

图 7.297　色相/饱和度的参数设置

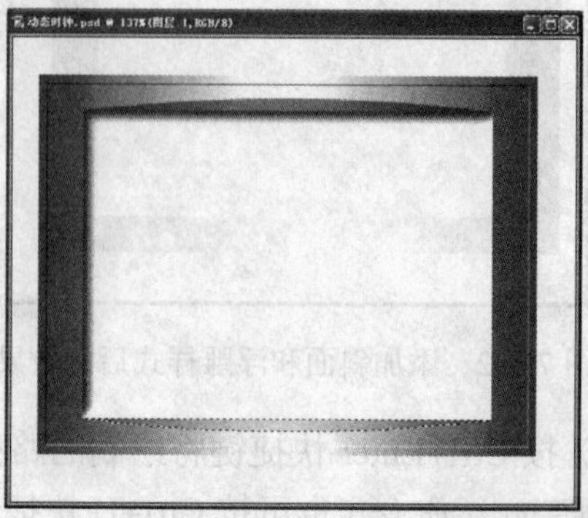
图 7.298　执行色相/饱和度调整后的效果

⑫ 按 Ctrl+D 快捷键取消选区。单击图层面板上的 按钮新建一个图层“图层 3”。选择工具箱中的 工具，在“图层 3”上创建一个如图 7.299 所示的矩形选区，用前面所编辑的渐变颜色从选区左边至右边填充渐变，得到如图 7.300 所示的效果，按 Ctrl+D 快捷键取消选区。

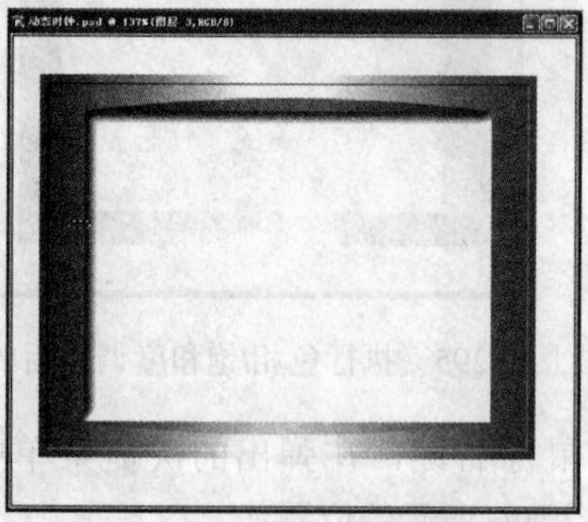
图 7.299　用矩形选框工具创建的矩形选区

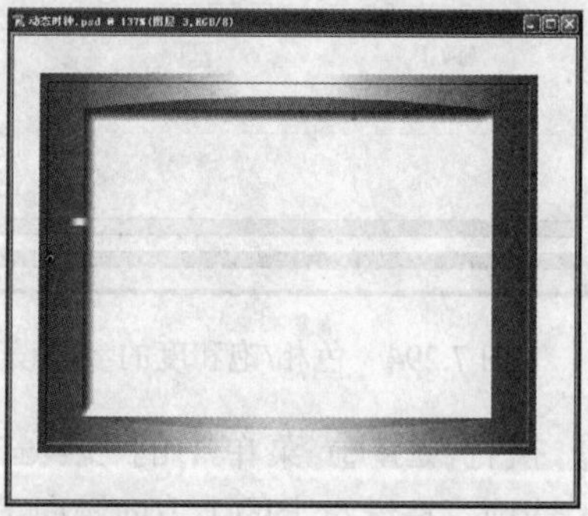
图 7.300　给矩形选区填充渐变后的效果

⑬ 单击图层面板底部的 按钮，在弹出的图层样式菜单中选择 斜面和浮雕... 选项，在弹出的“斜面和浮雕”样式对话框中设置斜面和浮雕样式参数，如图 7.301 所示。单击 好 按钮得到如图 7.302 所示的效果。

⑭ 按住 Shift+Ctrl+Alt 键向下移动复制出“图层 3 副本 1”、“图层 3 副本 2”，其效果如图 7.303 所示。在图层面板中选择“图层 3 副本 2”，给“图层 3 副本 1”及“图层 3”添加链接符，按 Ctrl+E 快捷键向下合并所有链接图层。按 Ctrl+J 快捷键复制生成“图层 3 副本 3”，选择工具箱中的 工具，按住 Shift 键用鼠标移动复制生成的“图层 3 副本 3”至如图 7.304 所示的位置。

⑮ 单击图层面板上的 按钮新建一个图层“图层 4”。按住 Ctrl 键单击图层面板中的“图层 2”层，载入“图层 2”的选区。执行 选择(S) 菜单中的 变换选区(T) 命令对选区进行变换，将鼠标光标放在变换选区控制框的右上角，当鼠标光标呈 显示时，按住 Alt+Shift 键向中

心缩放选区，按 Enter 键确认选区变换，得到如图 7.305 所示的选区状态。

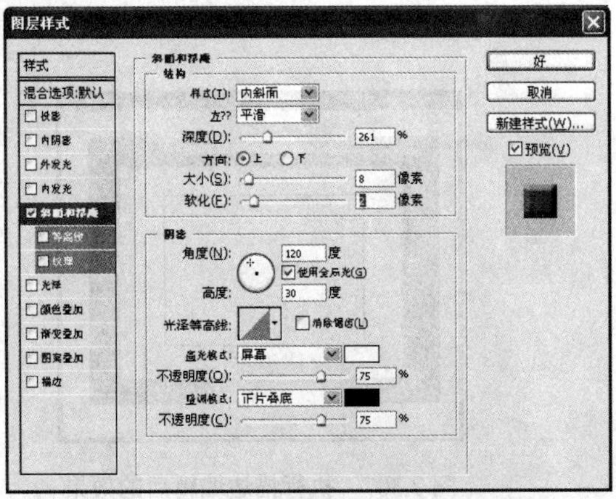

图 7.301　斜面和浮雕样式的参数设置

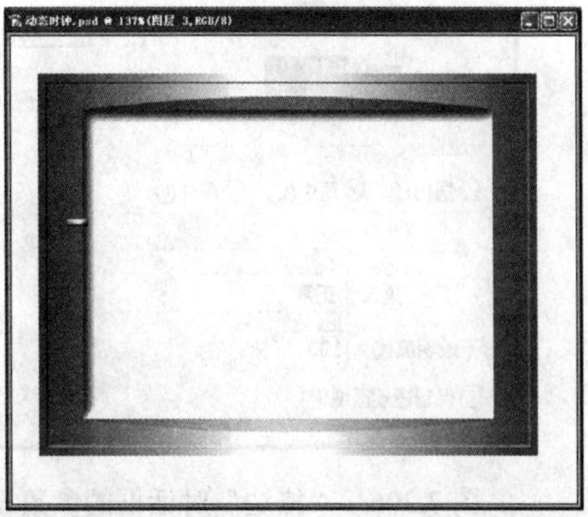

图 7.302　添加斜面和浮雕样式后的效果

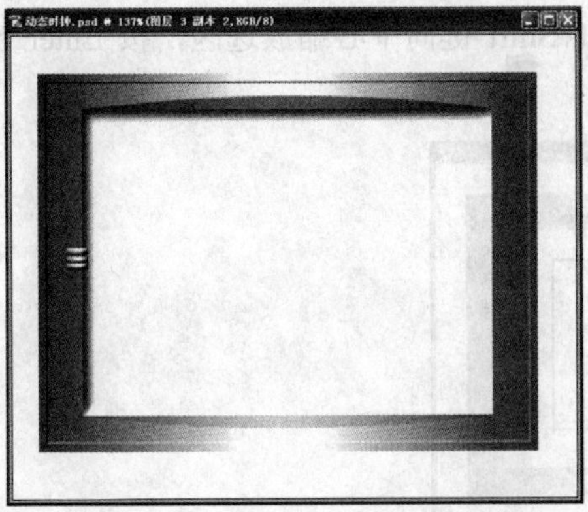

图 7.303　移动复制后的图像效果

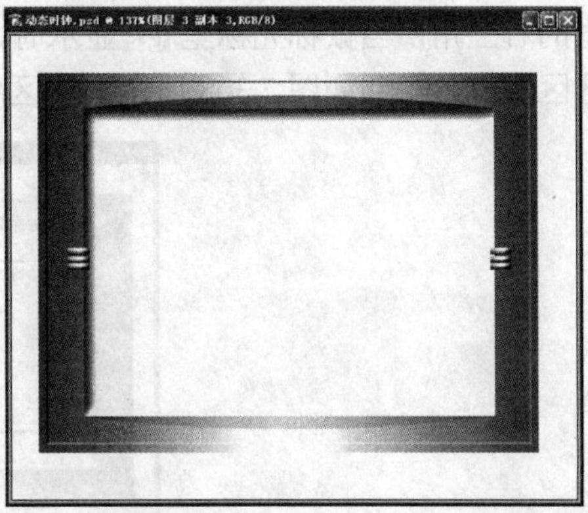

图 7.304　移动复制生成的“图层 3 副本 3”位置

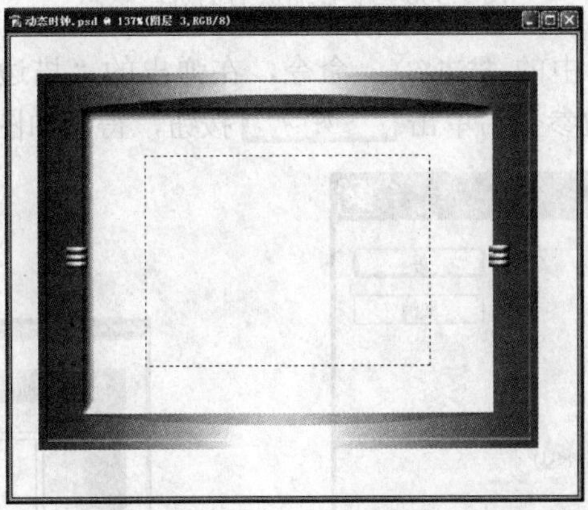

图 7.305　中心缩放后的选区状态

⑯ 设置前景色为# 000000，执行 编辑(E) 菜单中的 描边(S)...命令，在弹出的“描边”对话框中设置参数，如图 7.306 所示。设置好描边参数后单击 好 按钮得到如图 7.307 所示的效果。

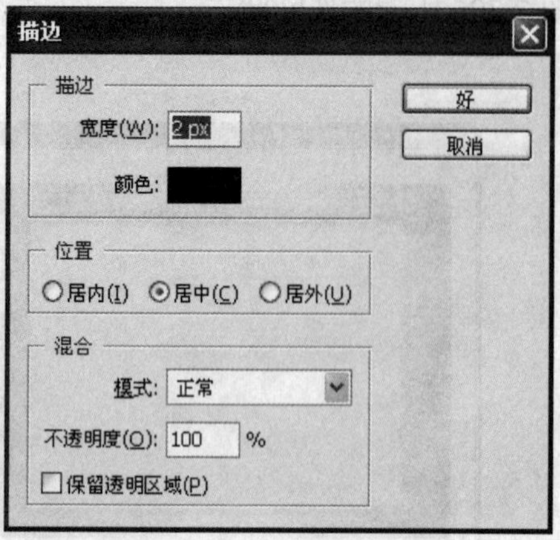

图 7.306　“描边”对话框的参数设置

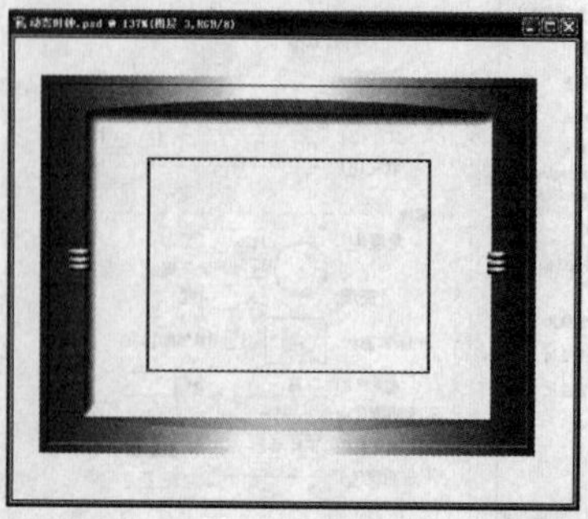

图 7.307　执行描边编辑后的效果

⑰ 执行 选择(S) 菜单中的 变换选区(T) 命令对选区进行变换，将鼠标光标放在变换选区控制框的右上角，当鼠标光标呈 显示时，按住 Alt+Shift 键向中心缩放选区，按 Enter 键确认选区变换，得到如图 7.308 所示的选区状态。

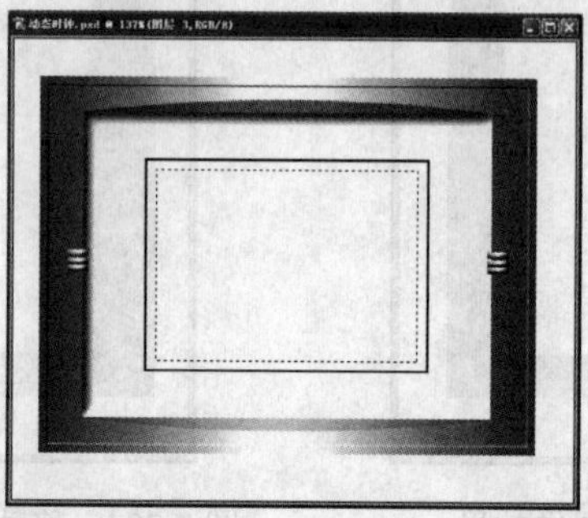

图 7.308　中心缩放后的选区状态

⑱ 执行 编辑(E) 菜单中的 描边(S)...命令，在弹出的“描边”对话框中设置参数，如图 7.309 所示。设置好描边参数后单击 好 按钮，得到如图 7.310 所示的效果。

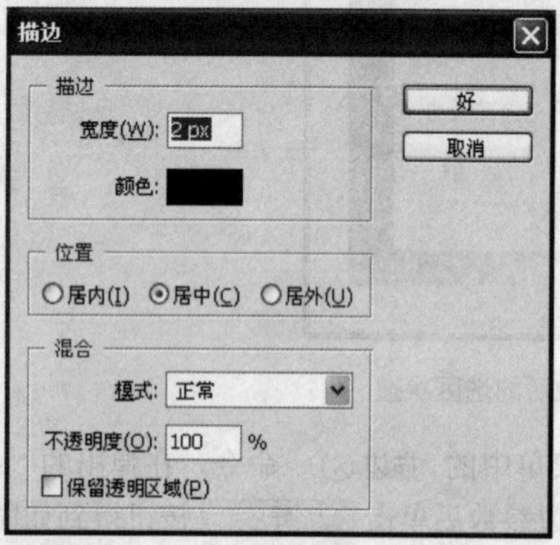

图 7.309　“描边”对话框中的参数设置

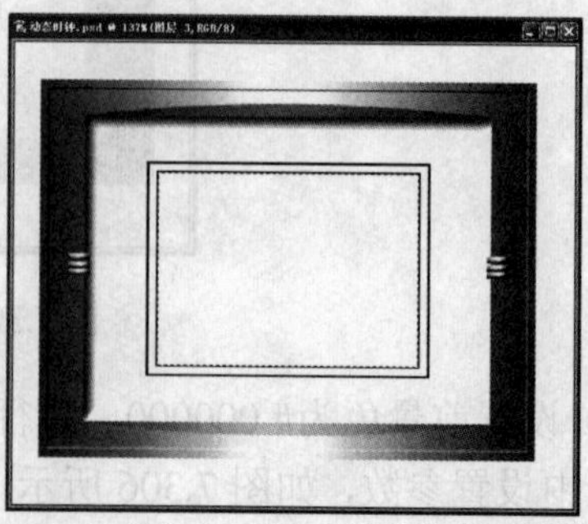

图 7.310　执行描边编辑后的效果

⑲ 按 Ctrl+R 快捷键打开标尺显示，在画布上绘制当前选区的中心辅助线，其效果如图 7.311 所示，按 Ctrl+R 快捷键隐藏标尺显示。

⑳ 单击图层面板上的 按钮新建一个图层“图层 5”。选择工具箱中的 工具，在画布上创建如图 7.312 所示的选区。按 Alt+Delete 快捷键给选区填充前景色，按 Ctrl+D 快捷键取消选区，按 Ctrl+; 快捷键隐藏辅助线。

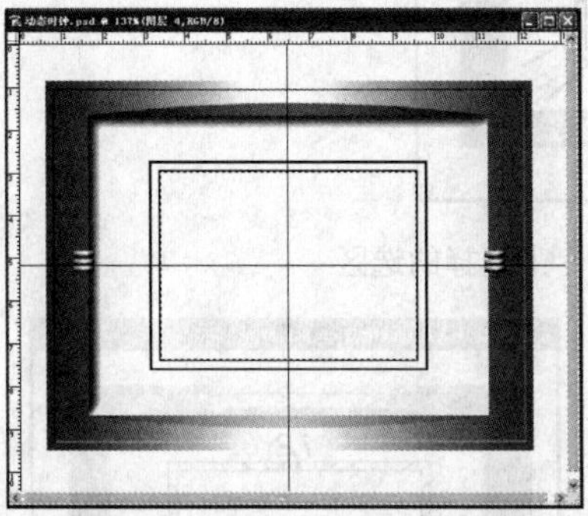

图 7.311　给选区绘制中心辅助线后的状态

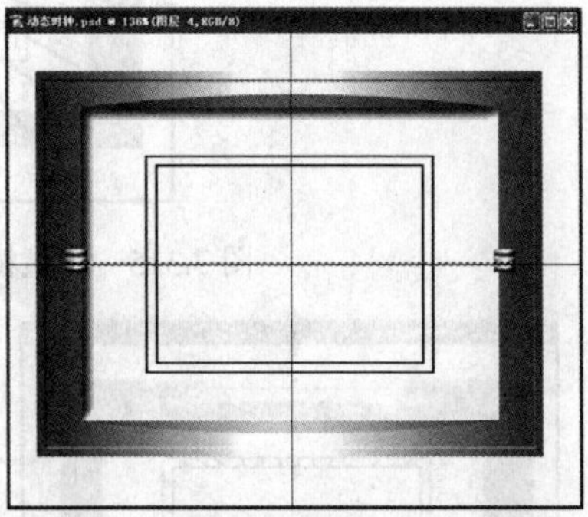

图 7.312　用矩形选框工具创建的选区

㉑ 按 Ctrl+J 快捷键复制生成“图层 5 副本”层，确认复制生成的“图层 5 副本”层处于被选中状态，按 Ctrl+T 快捷键对“图层 5 副本”层进行自由变换编辑。单击工具属性栏中的 ，移动旋转变换轴心点至矩形的底部边缘中点（原辅助线交叉点上）。在工具属性栏的角度变换框中输入旋转角度为 10 度，得到如图 7.313 所示的效果。

㉒ 按 Enter 键确认自由变换，按 Ctrl+J 快捷键复制生成“图层 5 副本 2”层，确认复制生成的“图层 5 副本 2”层处于被选中状态，按 Ctrl+T 快捷键对“图层 5 副本 2”层进行自由变换编辑。单击工具属性栏中的 ，在工具属性栏的角度变换框中输入旋转角度为 10 度。得到如图 7.314 所示的效果。按 Ctrl+E 快捷键合并所有矩形条得到“图层 5”。

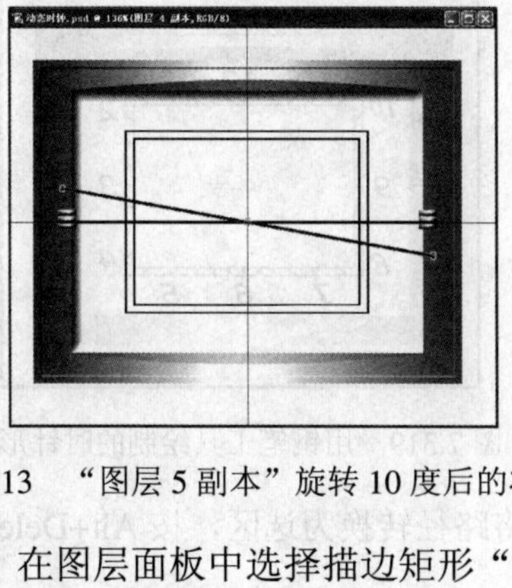

图 7.313　“图层 5 副本”旋转 10 度后的状态

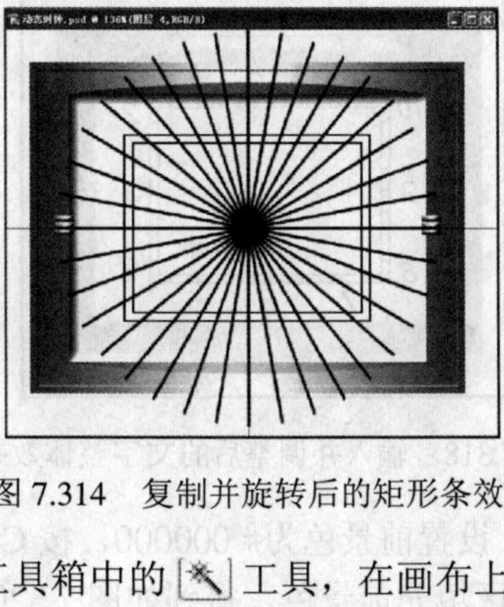

图 7.314　复制并旋转后的矩形条效果

㉓ 在图层面板中选择描边矩形“图层 4”，选择工具箱中的 工具，在画布上选择如图 7.315 所示的选区。

㉔ 在图层面板中选择合并后的矩形条图层“图层 5”，按 Delete 键删除选区内的图像，得到如图 7.316 所示的效果，按 Ctrl+D 快捷键取消选区。

㉕ 选择工具箱中的 T 工具，在画布上单击并输入如图 7.317 所示的文字（文字的字体由读者选择），按 Ctrl+Enter 快捷键结束文字的输入。

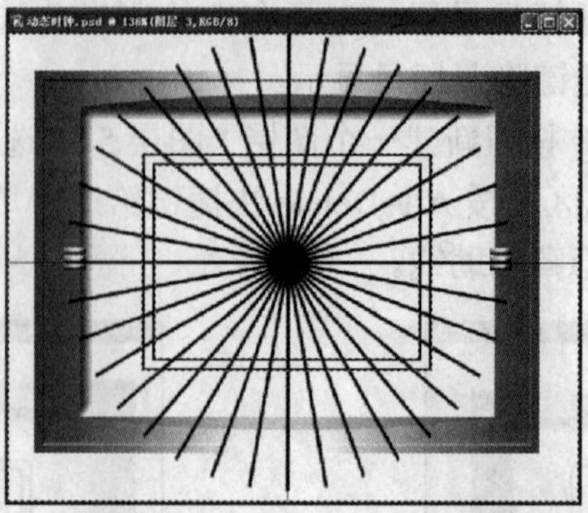

图 7.315　用魔棒工具在“图层 4”上选择的选区

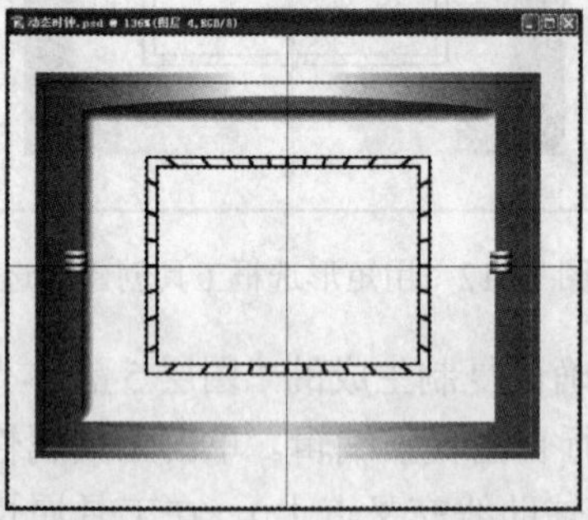

图 7.316　删除选区内图像后的效果

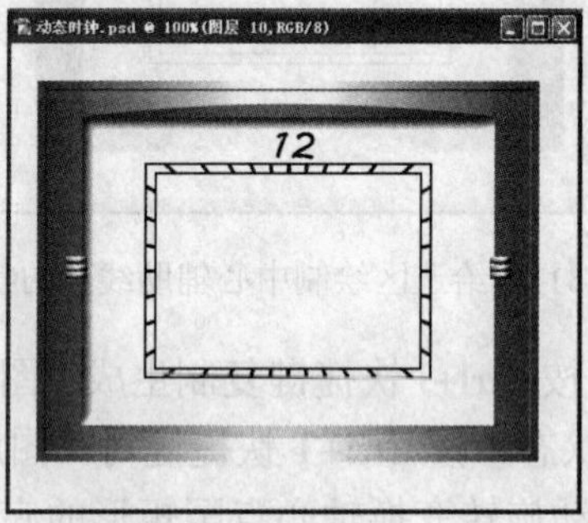

图 7.317　用文字工具输入的文字状态

㉖ 选择工具箱中的 T 工具，输入其他文字，调整文字，整体效果如图 7.318 所示。

㉗ 单击图层面板底部的 按钮新建一个图层并命名为“时针”。选择工具箱中的 工具，在画布上绘制如图 7.319 所示的路径作为动态指针的时针形状。

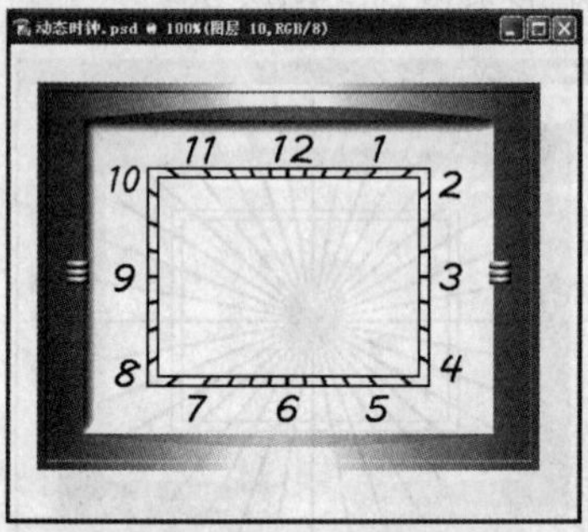

图 7.318　输入并调整后的文字整体效果

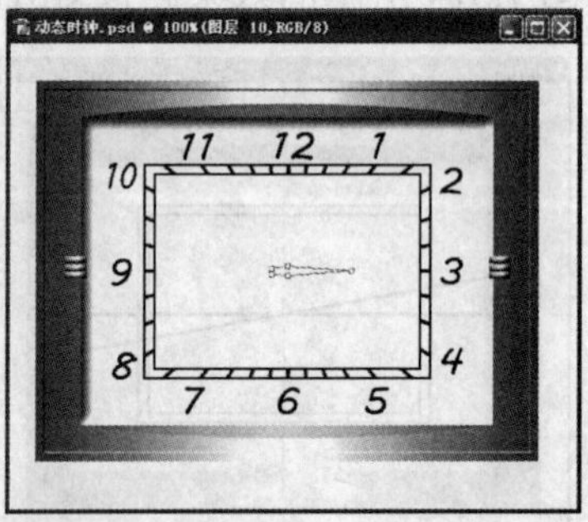

图 7.319　用钢笔工具绘制的时针形状

㉘ 设置前景色为# 000000，按 Ctrl+Enter 快捷键将路径转换为选区，按 Alt+Delete 快捷键给选区填充前景色，得到如图 7.320 所示的效果。

㉙ 选择工具箱中的 工具，在画布上创建如图 7.321 所示的选区。设置前景色为 # 9C9A9A，按 Alt+Shift+Delete 快捷键给选区填充前景色。按 Ctrl+D 快捷键取消选区得到如图 7.322 所示的效果。

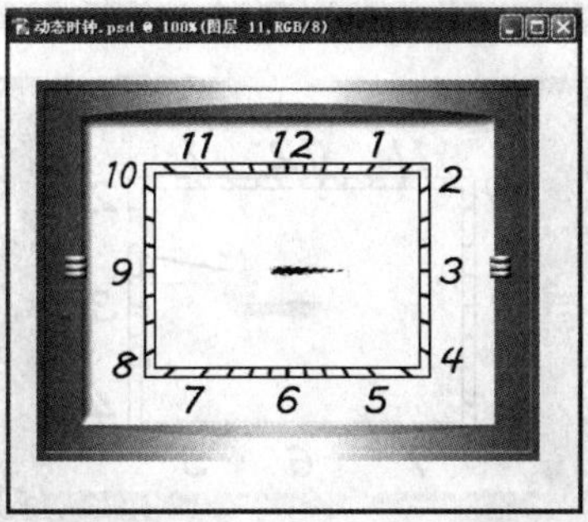

图 7.320　给选区填充前景色

图 7.321　用矩形选框工具创建的矩形选区

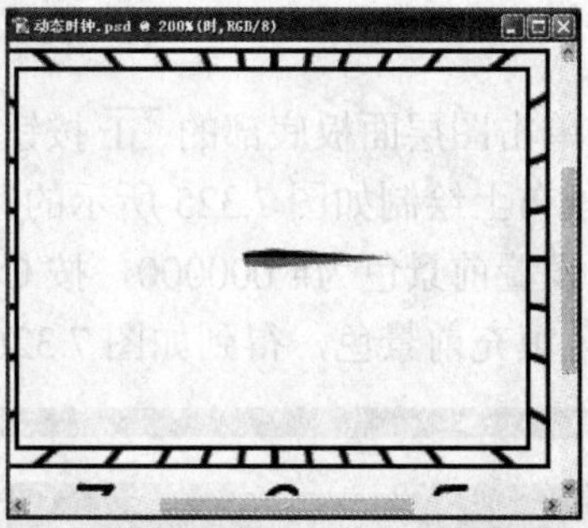

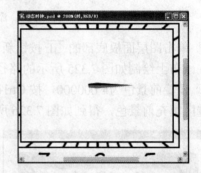

图 7.322　给选区不透明区域填充前景色

㉚ 单击图层面板底部的 按钮，在弹出的图层样式快捷菜单中选择 投影... 选项，设置投影参数如图 7.323 所示。

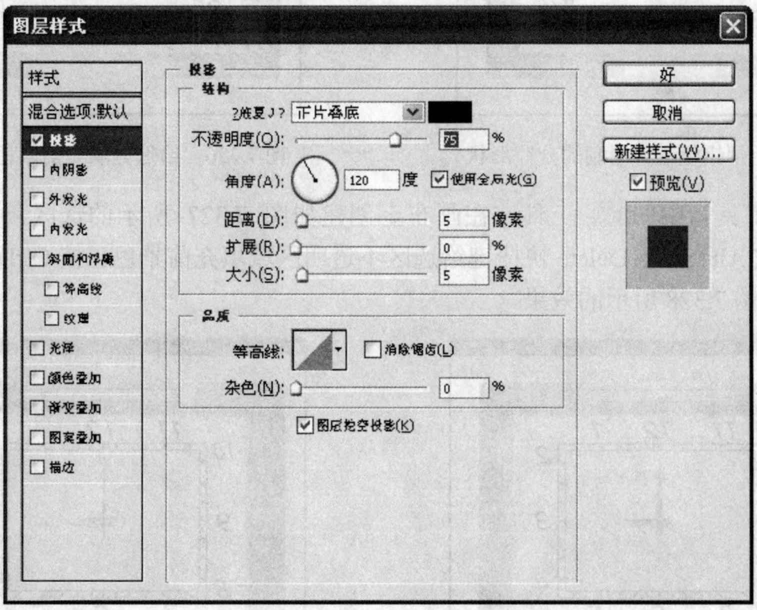

图 7.323　图层投影样式的参数设置

㉛ 设置好投影参数后单击 好 按钮，得到如图 7.324 所示的效果。

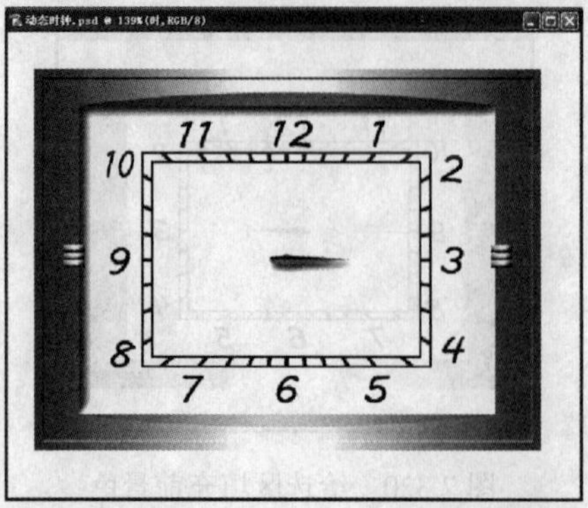

图 7.324 添加投影样式后的时针效果

㉜ 单击图层面板底部的 按钮新建一个图层并命名为“分针”。选择工具箱中的 工具，在画布上绘制如图 7.325 所示的路径作为动态指针的分针形状。

㉝ 设置前景色为# 000000，按 Ctrl+Enter 快捷键将路径转换为选区，按 Alt+Delete 快捷键给选区填充前景色，得到如图 7.326 所示的效果。

图 7.325 用钢笔工具绘制的分针形状

图 7.326 给选区填充前景色后的效果

㉞ 选择工具箱中的 工具，在画布上创建如图 7.327 所示的选区。设置前景色为 # 9C9A9A，按 Alt+Shift+Delete 快捷键给选区不透明区域填充前景色。按 Ctrl+D 快捷键取消选区，得到如图 7.328 所示的效果。

图 7.327 用矩形选框工具创建的矩形选区

图 7.328 给选区不透明区域填充前景色

㉟ 单击图层面板底部的 按钮，在弹出的图层样式快捷菜单中选择 ✔投影... 选项，设置投影参数，如图 7.329 所示。

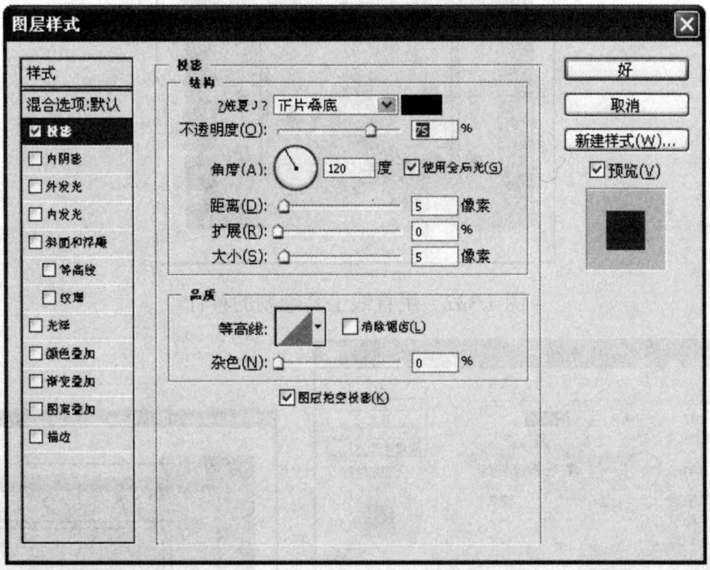

图 7.329 图层投影样式的参数设置

㊱ 设置好投影参数后单击 好 按钮，得到如图 7.330 所示的效果。在图层面板中选择“图层 2”，设置前景色为# 79D3C3，按 Alt+Shift+Delete 快捷键给图层不透明区域填充前景色，得到如图 7.331 所示的效果。

图 7.330 分针添加投影样式后的效果

图 7.331 给“图层 2”不透明区域填充前景色

㊲ 单击图层面板底部的 按钮，在“分针”层之上新建一个图层并命名为“秒针”。设置前景色为# 727574，选择工具箱中的 工具，在工具属性栏中单击填充像素按钮 ，并设置直线的粗细为 0.05cm，在画布上绘制一条如图 7.332 所示的直线。

㊳ 单击图层面板底部的 按钮，在弹出的图层样式快捷菜单中选择 ✔投影... 选项，设置投影参数，如图 7.333 所示。设置好投影参数后单击 好 按钮，得到如图 7.334 所示的效果。

图 7.332　用直线工具绘制的秒针

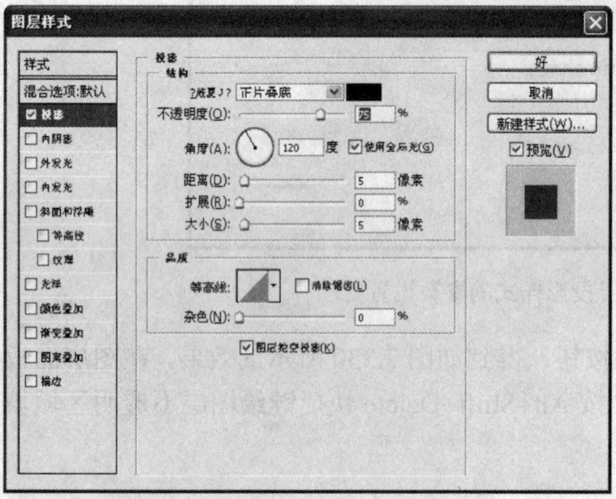

图 7.333　图层投影样式的参数设置

图 7.334　秒针添加投影样式后的效果

㊴ 单击图层面板底部的 按钮，在“秒针”层之上新建一个图层并命名为“铰链”。选择工具箱中的 工具，在画布上创建如图 7.335 所示的圆形选区。

㊵ 设置前景色为# FFFFFF、背景色为# B43333，选择工具箱中的 工具，在工具属性栏中单击径向渐变按钮 ，将鼠标光标放在圆形选区的中部，按住鼠标左键拖动鼠标光标到圆形选区的边缘，松开鼠标光标得到如图 7.336 所示的效果。

图 7.335　用椭圆工具创建的圆形选区位置

图 7.336　给圆形选区填充径向渐变后的效果

㊶ 按 Ctrl+D 快捷键取消选区。设置前景色为# 5B5B5B，单击图层面板底部的按钮，在“秒针”层之上新建一个图层并命名为“形状”。选择工具箱中的工具，在工具属性栏中单击填充像素按钮，在工具属性栏的形状库中选择形状。在画布上时钟的左上角创建一个如图 7.337 所示的形状。

图 7.337　用形状工具创建的形状

㊷ 单击图层面板底部的按钮，在弹出的图层样式快捷菜单中选择 斜面和浮雕... 选项，设置斜面和浮雕参数，如图 7.338 所示。设置好斜面和浮雕参数后单击 好 按钮，得到如图 7.339 所示的效果。

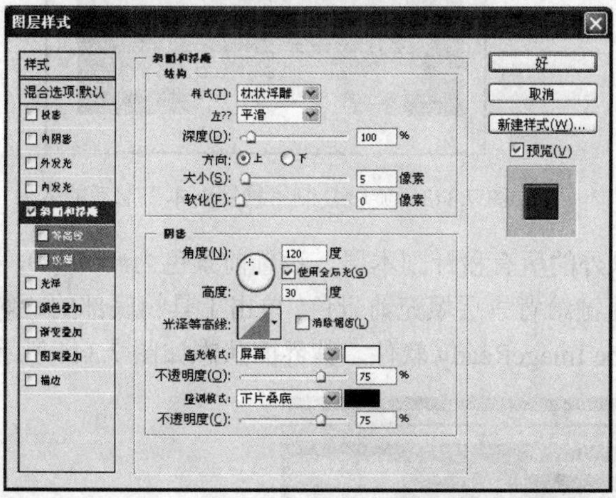

图 7.338　斜面和浮雕的参数设置

图 7.339　添加斜面和浮雕样式后的形状

㊸ 在图层面板中确认“形状”层处于被选中状态，选择工具箱中的工具，按住 Alt 键复制形状副本，如图 7.340 所示。

㊹ 在图层面板中选择“秒针”层，按 Ctrl+J 快捷键复制生成一个“秒针副本”层，确认“秒针副本”层处于被选中状态，按 Ctrl+T 快捷键对“秒针副本”层进行自由变换编辑。移动自由变换轴心至如图 7.341 所示的位置。

图 7.340　复制形状后的时钟效果

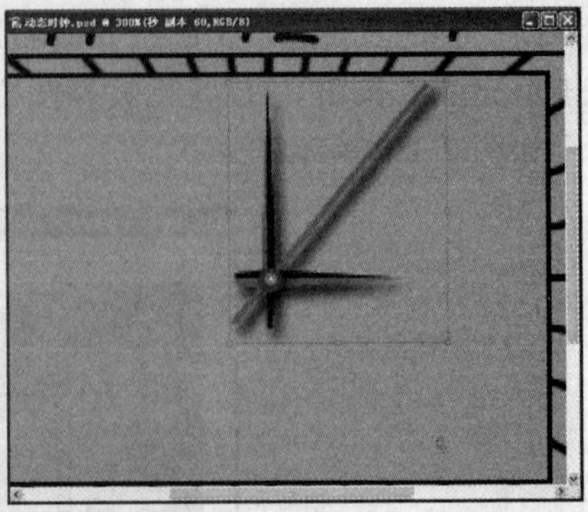

图 7.341　移动自由变换轴心后的轴心位置

㊺ 在工具属性栏的旋转角度框中输入旋转角度为 6 度，“秒针副本”层变为如图 7.342 所示的状态。按 Enter 键确认自由变换。按 59 次 Ctrl+Shift+Alt+T 快捷键，旋转复制“秒针副本”层，效果如图 7.343 所示。

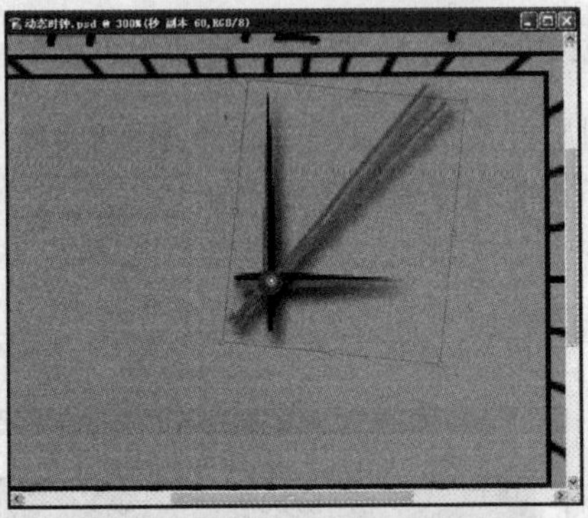

图 7.342　旋转后的“秒针副本”层状态

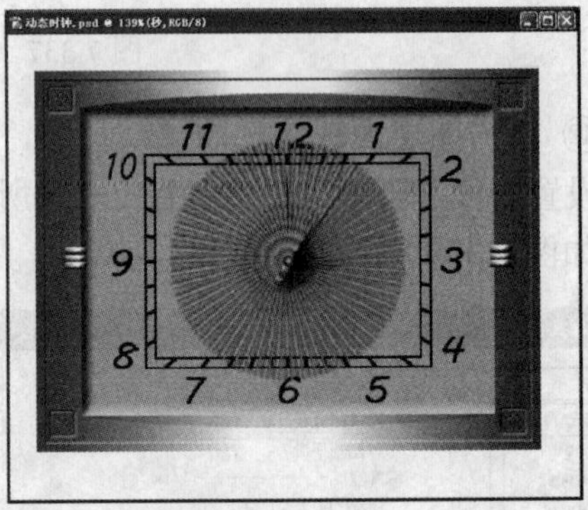

图 7.343　旋转复制“秒针副本”层后的效果

㊻ 在图层面板中关闭除“秒针”层以外的所有秒针副本层。设置前景色为#000000，在图层面板中选择背景层，按 Alt+Delete 快捷键给背景层填充前景色。单击工具箱底部的按钮或按 Ctrl+Shift+M 快捷键，启动 Adobe ImageReady 软件，其界面状态如图 7.344 所示。

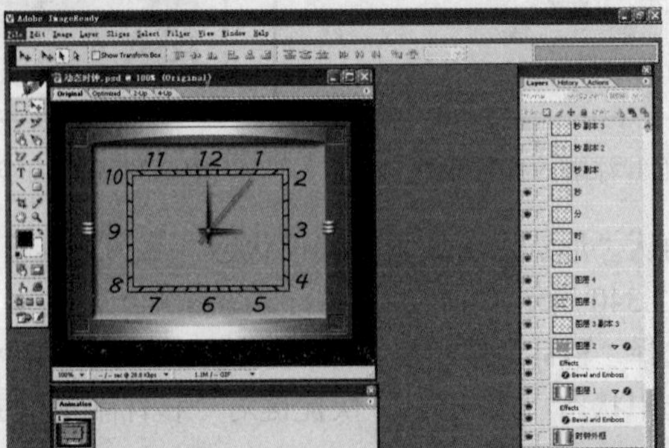

图 7.344　Adobe ImageReady 软件界面

㊼ 单击 Animation 面板下方的 复制帧按钮复制出一个关键帧，此时 Animation 面板状态如图 4.345 所示。

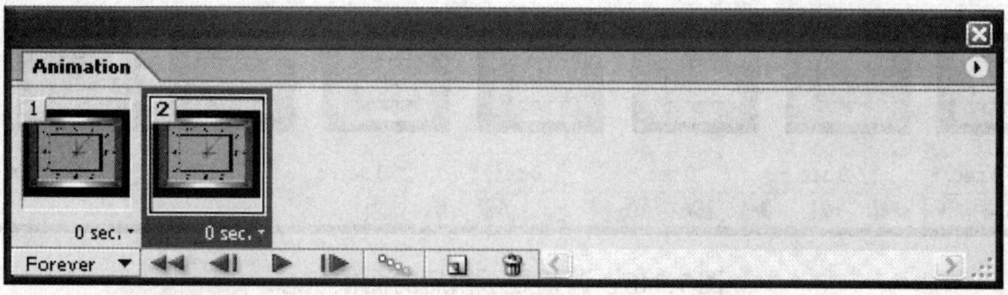

图 7.345　复制帧后的面板状态

㊽ 单击 Animation 面板下方的 过渡帧按钮，在弹出的“过渡”对话框中设置参数，如图 7.346 所示，其中 Frames to Add 添加过渡帧为 59 帧。

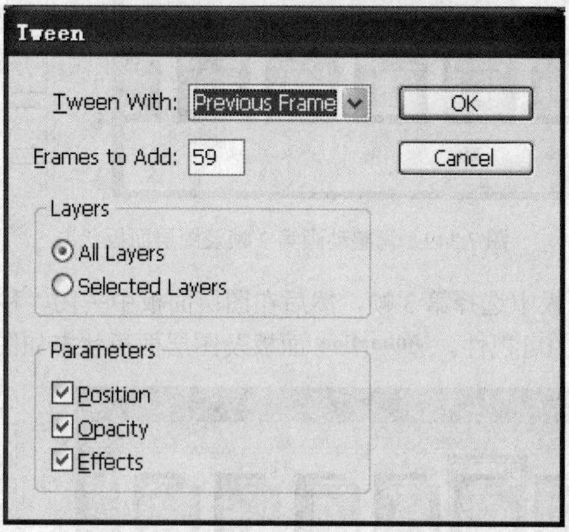

图 7.346　“过渡”对话框的参数设置

㊾ 设置好“过渡”对话框参数后，单击 好 按钮，Animation 面板状态如图 7.347 所示。

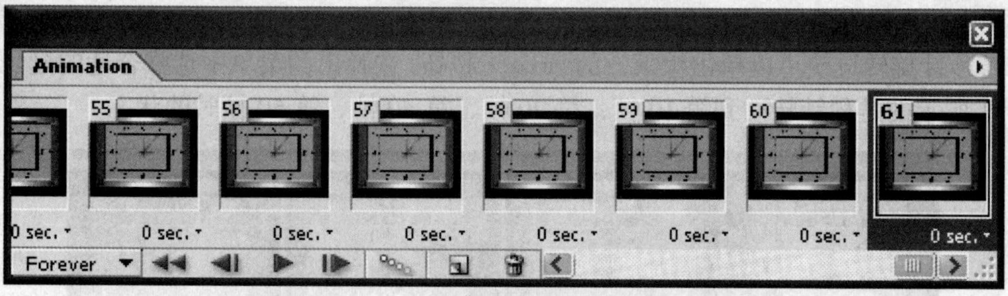

图 7.347　添加过渡帧后的 Animation 面板状态

㊿ 单击 Animation 面板底部的 按钮或拖动 滑块，显示出动画控制的第一帧。Animation 面板状态如图 7.348 所示。

⑭ 使用绘画工具（如画笔、钢笔工具等）时按住 Shift 键，单击鼠标，可将两次单击不同位置的点以直线连接。

⑮ 按住 Alt 键用吸管工具选取颜色即可定义当前背景色。通过颜色取样器工具（按 Shift+I 快捷键）和信息面板监视当前图片的颜色变化。变化前后的颜色值显示在信息面板上取样编号的旁边。通过信息面板上的弹出菜单可以定义取样点的色彩模式。要增加新取样点只需用颜色取样器工具在画布上再单击即可，按住 Alt 键单击可以除去取样点。但一张图上最多只能放置四个颜色取样点。当 Photoshop 8.0 中有对话框（如色阶命令）弹出时，要增加新的取样点必须按住 Shift 键再单击，按住 Alt+Shift 快捷键单击可以减去一个取样点。

⑯ 图像的精确裁剪。在用裁切工具，调整裁切框时，如果裁切框比较接近图像边界，那么裁切框会自动粘贴到图像的边缘上，无法精确地裁切图像。但是，只要在调整裁切框的时候按下 Ctrl 键，裁切框就能实现精确裁切了，如图 8.7 所示。

图 8.7 按 Ctrl 键可实现精确裁切图像

8.2 复制技巧

在图像处理或广告设计时，熟练掌握一些复制技巧往往可以事半功倍，提高工作效率。下面就为读者提供一些复制操作技巧。

① 按住 Ctrl+Alt 快捷键后拖动鼠标可以复制当前层或选区内容，如图 8.8 所示。如果复制了一张照片存在剪贴板里，Photoshop 在新建文件（按 Ctrl+N 快捷键）时会以剪贴板中图片的尺寸作为新建文件的默认大小。要跳过这个设置而使用上一次的设置，只要在新建文件时按 Ctrl+Alt+N 快捷键即可。

② 如果创作一幅新作品，需要与一幅已打开的图片有一样的尺寸、解析度和格式，只要选择 文件(F) 菜单下的 新建(N)... 命令，在打开的“新建”文件对话框中，单击 Preset 选项栏最下面一栏并单击已开启的图片名称即可。

③ 在使用自由变换工具（按 Ctrl+T 快捷键）时，按住 Ctrl+Alt+T 快捷键可先复制原图层（在当前的选区）后再在复制层上进行变换。按 Ctrl+Shift+T 快捷键可再次执行上次的变换，按 Ctrl+Alt+Shift+T 快捷键可复制原图后再执行变换。

④ 使用“通过复制新建层（按 Ctrl+J 快捷键）”或“通过剪切新建层（按 Shift+Ctrl+J 快捷键）”命令可以在一步之间完成复制到粘贴和剪切到粘贴的工作；通过复制（剪切）新建层命令粘贴时仍会放置在它们原来的地方，然后通过复制（剪切）再粘贴就会放置到图片或选区的中心。

⑤ 若要直接复制图像而不希望出现对话框，如图 8.9 所示，可先按住 Alt 键，再执行 图像(I) 中的 复制(D)... 命令。

图 8.8 按 Ctrl+Alt 快捷键快速复制图像

图 8.9 直接复制图像所出现的对话框

⑥ Photoshop 的剪贴板很好用，如果更希望直接使用 Windows 系统剪贴板直接处理从屏幕上截取的图像，可按下 Ctrl+K 快捷键，在弹出的对话框中选中“输出剪贴板”选项即可，如图 8.10 所示。

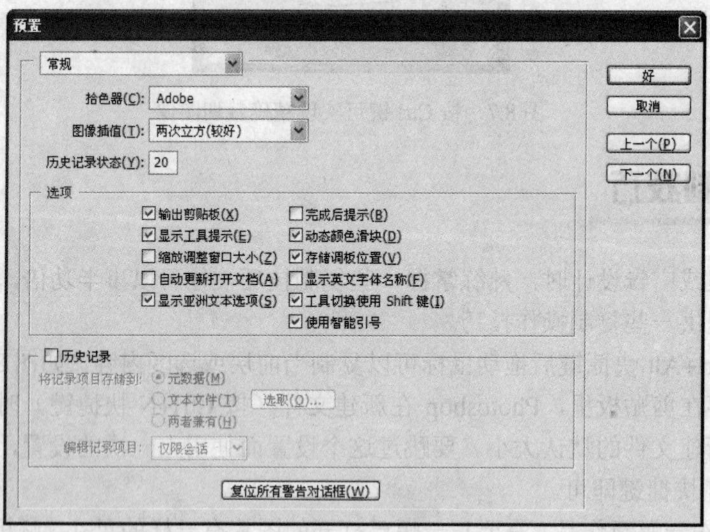

图 8.10 输出剪贴板设置

⑦ 在 Photoshop 内实现有规律的复制。

在做版面设计时，通常会把某些元素有规律地摆放以寻求一种形式的美感，在 Photoshop 8.0 内通过以下方法就可以轻易取得这种效果。

圈选出要复制的物体，按 Ctrl+J 快捷键产生一个浮动图层；旋转并移动浮动图层到适当位置后确认，此时按住 Ctrl+Alt+Shift 键后连续按 T 键就可以有规律地复制出连续的图像，而按住 Ctrl +Shift 键只是有规律地移动。

⑧ 当要复制文件中的选择对象时，可使用“编辑”菜单中的“复制”命令。如果要多次复制，可以先用选择工具选定对象，而后单击移动工具，再按住 Alt 键不放，当光标变成一黑一白重叠在一起的两个箭头时，拖动鼠标光标到所需位置即可。

⑨ 可以用选框工具或套索工具，把选区从一个文档拖到另一个文档中。

⑩ 要为当前历史状态或快照建立一个复制文档可以按以下操作方法进行：

单击“从当前状态创建新文档”按钮，从历史面板中选择新文档；拖动当前状态或新快照到“从当前状态创建新文档”按钮上；用鼠标单击所要的状态或快照，从弹出的菜单中选择新文档，把历史状态中当前图片的某一历史状态拖到另一个图片的窗口可改变目标的图片的内容；按住 Alt 键单击任一历史状态（除了当前的、最近的状态）可以复制它，而后被复制的状态就变为当前（最近的）状态；按住 Alt 键拖动动作中的步骤可以将其复制到另一个动作中。

8.3 选择技巧

对图像进行选取有许多操作技巧，虽然有的操作方法也可使用工具选项或菜单命令来实现，但操作起来始终没有我们下面的一些选择方法快捷实用，下面所提供的选择技巧会令你工作起来更加轻松愉快。

① 把选择区域或层从一个文档拖向另一个文档时，按住 Shift 键可以使其在目标文档上居中。如果源文档和目标文档的大小相同，被拖动的元素会被放置在与源文档位置相同的地方，而不是放在画布的中心。如果目标文档包含选区，所拖动的元素会被放置在选区的中心。

② 单击工具箱中的画笔类工具，在随后显示的工具属性栏中单击画笔标签右边的下拉按钮，在弹出的菜单中选择“载入画笔”选项，到 Photoshop 目录的 Brushes 文件夹中选择*.abr，就会在画笔列表中看到相应的工具。

③ 如果想选择两个选择区域相交的部分，可在已有的任意一个选择区域的旁边按住 Shift+Alt 键拖动，绘制第二个选择区域（鼠标十字形光标旁出现一个乘号，表示重合的该区域将被保留），如图 8.11 所示。

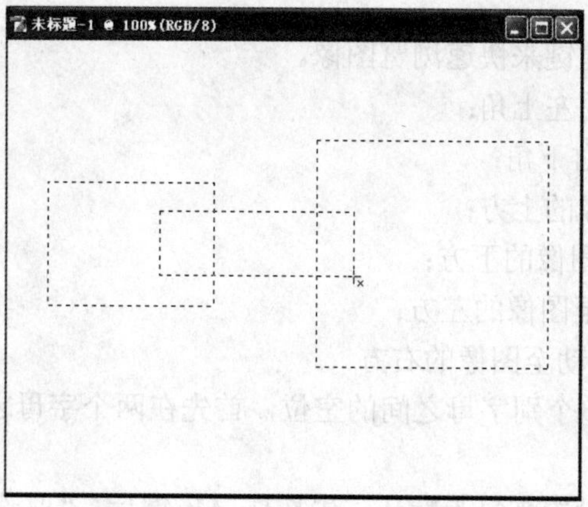

图 8.11　让选区之间相交

④ 在选择区域中删除正方形或圆形，首先任意绘制一个选择区域，在该选择区域内，按 Alt 键拖动矩形或椭圆选框工具。松开 Alt 键，按住 Shift 键，拖动到满意为止，先松开鼠标，再松开 Shift 键。

⑤ 从中心向外删除一个选择区域，可在任意一个选择区域内，按住 Alt 键拖动矩形或椭圆的选框工具，松开 Alt 键后再一次按住 Alt 键，最后松开鼠标，再松开 Alt 键。

⑥ 在快速蒙版模式下要迅速切换蒙版区域和选取区域时，先按住 Alt 键，然后将光标移到快速遮色模式图标上单击鼠标即可。

⑦ 使用选框工具时，按住 Shift 键可以画出正方形和正圆的选区，按住 Alt 键将以起始点为中心勾画选区。

⑧ 在使用套索工具勾画选区时按 Alt 键可以在套索工具和多边形套索工具间切换。勾画选区时按住空格键可以移动正在勾画的选区。

⑨ 按住 Ctrl 键单击图层面板上的层图标，可载入它的透明通道，按住 Ctrl+Alt+Shift 键，再单击另一层可选取两个层的透明通道相交的区域。

⑩ 在缩放或复制图片之前先切换到快速蒙版模式（按 Q 键）可保留原来的选区。

⑪ 选框工具中 Shift 和 Alt 键的使用方法如下：

当用选框工具选取图片时，若想扩大选择区，可按住 Shift 键，光标“+”会变成“+₊”，拖动光标，就可以在原来选取的基础上扩大所需的选择区域，或是在同一幅图片中同时选取两个或两个以上的选取框。

当用选框工具选取图片时，想在选取框中减去多余的图片，这时按住 Alt 键，光标“+”会变成“+₋”，拖动光标，这样就可以留下所需要的图片。

当用选框工具选取图片时，想得到两个选取框叠加的部分，这时按住 Shift+Alt 键，光标“+”会变成“+ₓ”，拖动光标，这样就得到想要的部分。如果想得到选取框中的正圆或正方形时，按住 Shift 键即可。

⑫ 魔棒、套索工具中 Shift 和 Alt 键的使用方法如下：

增加选取范围按 Shift 键，方法和选框工具中扩大选择区的方法相同；

减少选取范围按 Alt 键，方法和选框工具中减去多余图片的方法相同；

得到两个选取框叠加的区域按 Shift+Alt 键，方法和选取框中得到两个选取框叠加部分的方法相同。

⑬ 可以用以下的快捷键来快速浏览图像。

Home：卷动至图像的左上角；

End：卷动至图像的右下角；

Page Up：卷动至图像的上方；

Page Down：卷动至图像的下方；

Ctrl+Page Up：卷动至图像的左方；

Ctrl+ Page Down：卷动至图像的右方。

⑭ 当想“紧排”调整个别字母之间的空位，首先在两个字母之间单击，然后按下 Alt 键后用左右方向键调整。

⑮ 要将对话框内的设置恢复为默认，先按住 Alt 键后，“取消”键会变成“恢复”键，再单击“恢复”键即可。

⑯ 要快速改变在对话框中显示的数值，首先用鼠标单击那个数字，让光标处在对话框中，然后就可以用上下方向键来改变数值。如果在用方向键改变数值前先按下 Shift 键，那么数值的改变速度会加快。

⑰ Photoshop 除了有以往熟悉的快捷键 Ctrl+Z 组合键（可以自由地在历史记录和当前状态中切换）之外，还增加了 Shift+Ctrl+Z 组合键（用以按照操作次序不断地逐步取消操作）和 Alt+Ctrl+Z 组合键（使用户可以按照操作次序不断地逐步取消操作）两个快捷键。按 Ctrl+Alt+Z 组合键和 Shift+Ctrl+Z 组合键分别为在历史记录中向后或向前。

⑱ 填充功能。

按 Shift+BackSpace 快捷键打开填充对话框，如图 8.12 所示。

按 Alt+BackSpace 和 Ctrl+BackSpace 快捷键分别为填充前景色和背景色。

按 Alt+Shift+BackSpace 及 Ctrl+Shift+BackSpace 快捷键在填充前景色及背景色时只填充已存在的像素（保持透明区域）。

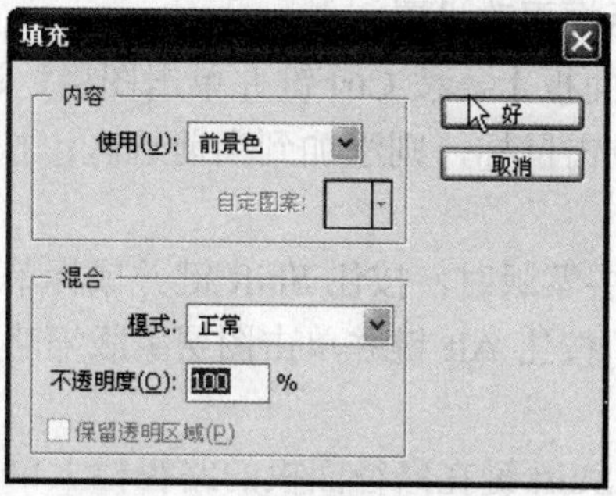

图 8.12 “填充”对话框

⑲ 按 D 键、X 键可迅速切换前景色和背景色。

⑳ 用任意一个绘图工具画出直线笔触：先在起点位置单击鼠标，然后按住 Shift 键，再将光标移到终点单击鼠标即可。

㉑ 按 Ctrl+M 快捷键打开“曲线”调整对话框时，按 Alt 键后单击曲线，可使格线更精细，再单击鼠标可恢复原状。

㉒ 使用矩形或椭圆形选框工具选择范围后，按住鼠标不放，再按空格键即可随意调整选取框的位置，放开后可再调整选取范围的大小。

㉓ 增加一个由中心向外绘制的矩形或椭圆形，在增加的任意一个选择区域内，先按 Shift 键拖动矩形或椭圆形的选框工具，然后放开 Shift 键，再按 Alt 键，最后松开鼠标，再松开 Alt 键。按 Enter 键或可关闭滑块框。若要取消更改，可按 Esc 键，若要在弹出滑块对话框时，以 10%的增量增加或减少数值，可按住 Shift 键并按↑键或者↓键。

㉔ 若要在屏幕上预览 RGB 模式图像的 CMYK 模式色彩时，可先执行 窗口(W) 菜单中的 新窗口(W) 命令，产生一个新视图后，再执行“视图/预览/CMYK”命令，即可同时观看两种模式的图像，便于比较分析。

㉕ 若要修正倾斜的图像，先用测量工具在图像上可以作为水平或垂直方向基准的地方画一条线（如图像的边框、两点间的水平线等），然后从菜单中选择“图像/旋转画布/任意角度…”命令，打开后会发现正确的旋转角度已经自动填好在对话框中，单击 好 按钮即可。

㉖ 裁剪图像之后裁剪范围之外的像素就都丢失了。要想无损失地裁剪可以用“画布大小”命令来代替。虽然 Photoshop 会警告将进行一些剪切，但出于某种原因，事实上并没有将所有“被剪切掉的”数据保留在画面以外，但这对索引模式不起作用。

㉗ 合并可见图层时按 Ctrl+Alt+Shift+E 快捷键可把所有可见图层复制一份后合并到当前图层。同样，在合并图层的时候按住 Alt 键，也会把当前层复制一份后合并到前一个层，但是 Ctrl+Alt+E 快捷键这时并不能起作用。

㉘ 创建参考线时，按 Shift 键拖移参考线可以将参考线紧贴到标尺刻度处；按 Alt 键拖移参考线可以将参考线更改为水平或垂直取向。

㉙ 在调色板中，按住 Shift 键单击某一颜色块，则用前景色替代该颜色；按住 Shift+Alt 键单击鼠标，则将单击处前景色作为新的颜色块插入；按住 Alt 键在某一颜色块上单击鼠标，则设置背景颜色；按住 Ctrl 键单击某一颜色块，会将该颜色块删除。

㉚ 在图层、通道、路径面板上，按住 Alt 键单击这些面板底部的工具按钮时，对于有对话框的工具可调出相应的对话框更改设置。

㉛ 在图层、通道、路径面板上，按 Ctrl 键并单击图层、通道或路径会将其作为选区载入；按 Ctrl+Shift 快捷键并单击鼠标，则添加到当前选区；按 Ctrl+Shift+Alt 快捷键并单击鼠标，则与当前选区交叉。

㉜ 在图层调板中使用图层蒙版时，按住 Shift 键并鼠标单击图层蒙版缩略图，会出现一个红叉，表示禁用当前蒙版，按住 Alt 键并单击图层蒙版缩略图，蒙版会以整幅图像的方式显示，便于观察调整。

㉝ 在路径面板中，按住 Shift 键在路径面板的路径栏上单击鼠标可切换路径是否显示。

8.4 路径技巧

在路径操作时，Photoshop 8.0 提供了一些路径的选取或修改工具，如直接选择工具、路径选择工具以及添加锚点、删除锚点、转换点工具。这些工具我们都可以通过按键盘上的的功能键来实现，这样就减少了工具之间的选择切换所带来的麻烦。当然对路径控制面板中的路径操作也可通过一些技巧性操作来实现，下面就来感受一下操作技巧所带来的无穷乐趣吧。

① 在单击调整路径上的一个点后，按住 Alt 键，再在该点单击一下鼠标，其中一根“调节控制线”将会消失，再单击下一个路径点时就不会受影响。

② 如果用工具绘制了一条路径，而鼠标现在的状态又是钢笔的话，只需按 Ctrl+Enter 快捷键就可将路径转换为选区。

③ 如果用工具绘制了一条路径，而鼠标现在的状态又是画笔的话，只需按 Enter 键就可根据画笔笔尖的大小用前景色描边路径了。

④ 按住 Alt 键后在路径控制面板上的垃圾桶图标上单击鼠标就可以直接删除路径。

⑤ 使用路径其他工具时按住 Ctrl 键使光标暂时变成方向选取范围工具。单击路径面板上的空白区域就可以关闭所有显示的路径。

⑥ 单击路径面板下方的几个按钮（用前景色填充路径、用前景色描边路径、将路径作为选区载入）时，按 Alt 键可以看见一系列可用的工具或选项。

⑦ 如果需要移动整条或是多条路径，可选择所需移动的路径然后使用快捷键 Ctrl+T，就

可以拖动路径到任何位置。

⑧ 在勾勒路径时，最常用的操作还是像素的单线条的勾勒，但此时会出现问题，即有锯齿存在，很影响实用价值，此时不妨先将其路径转换为选区，然后对选区进行描边处理，同样可以得到原路径的线条，却可以消除锯齿。

⑨ 使用钢笔工具绘制路径时，按住 Shift 键可以强制路径或方向控制线成水平、垂直或 45° 角，按住 Ctrl 键可暂时切换到路径选取工具，按住 Alt 键将笔形光标在黑色锚点上单击鼠标可改变方向控制线的方向，使曲线能够转折；按住 Alt 键用路径选取工具单击路径会选取整个路径；要同时选取多个路径可以按住 Shift 后逐个单击；使用路径选取工具时按住 Ctrl+Alt 键移近路径会切换到加节点或剪切点笔形工具。

⑩ 按 Ctrl+H 快捷键可以隐藏或显示绘制的路径、选区和辅助线。

8.5 滤镜技巧

在滤镜的使用中，我们往往感觉到滤镜的使用似乎没有什么操作技巧，如果真这样想的话就大错特错了哟，接下来我们提供的滤镜使用操作技巧会令你的作品无限增色，带给你无比的惊奇和感叹。

① 滤镜快捷键。

Ctrl+F：再次使用刚用过的滤镜。

Ctrl+Alt+F：用新的选项使用刚用过的滤镜。

Ctrl+Shift+F：褪去上次用过的滤镜或调整的效果及改变合成的模式。

② 在使用“滤镜/渲染/云彩”滤镜时，若要产生更多明显的云彩图案，可先按住 Alt 键后再执行该命令；若要生成低漫射云彩效果，可先按住 Shift 键后再执行“滤镜/渲染/云彩”命令。

③ 滤镜的处理效果以像素为单位，即相同的参数处理不同分辨率的图像，效果会不同。RGB 的模式里可以对图形使用全部的滤镜，文字一定要变成图形才能使用滤镜。

④ 用滤镜对 Alphal 通道进行数据处理会得到令人兴奋的结果（也可以处理灰阶图像），然后用该通道作为选取，再应用其他滤镜，通过该选取处理整个图像。该项技术尤其适用于晶体折射滤镜。

⑤ 用户可以打破适当的设置，观察有什么效果发生。当用户不按常规设置滤镜时，有时能得奇妙的特殊效果。例如，将虚蒙版或蒙尘与划痕的参数设置得较高，有时能平滑图像的颜色，效果特别好。

⑥ 有些滤镜的效果非常明显，细微的参数调整会导致明显的变化，因此在使用时要仔细选择，以免因为变化幅度过大而失去每个滤镜的风格。处理过渡的图像只能作为样品或范例，但它们不是最好的艺术品，使用滤镜还应根据艺术创作的需要，有选择地进行。

8.6 图层技巧

有人这样讲：“学习 Photoshop 只要学会了图层就等于学会了 Photoshop 的一半，我觉得这种说法一点也不过分，因为图层是 Photoshop 图像的构成元素，图层的用途实在是太大了，下面来学习图层的操作技巧。

① 按 Ctrl+[快捷键可下移选择图层的排列次序，按 Ctrl+]快捷键可上移选择图层的排列次序。

② 在移动图像或选取范围时，按方向键做每次 1 像素的移动。在移动图层或选取范围时，先按住 Shift 键后再按方向键做每次 10 像素的移动。

③ 直接删除图层时可以先按住 Alt 键后将光标移到图层面板上的垃圾桶上单击鼠标即可。按下 Ctrl 键后，移动工具就有自动选择功能了，这时只要单击某个图层上的对象，就会自动地切换到那个对象所在的图层；但当放开 Ctrl 键，移动工具就不再有自动选择的功能，这样就很容易防止了误选。

④ 在层面板中按住 Alt 键在两层之间单击鼠标可把它们编为一组。当一些层链接在一起而又只想把它们中的一部分编组时，这个功能十分好用。因为编组命令（Ctrl+G）在当前层与其他层有链接时会转为编组链接层命令。

⑤ 用鼠标双击图层面板中带“T”字样的图层还可以再次对文字进行编辑，按住 Alt 键单击所需层前眼睛图标可隐藏/显示其他所有图层。按住 Alt 键单击当前层前的笔刷图标可解除与其他所有层的链接。

⑥ 要清除某个层上所有的层效果，按住 Alt 键双击该层上的层效果图标。要关掉其中一个效果，按住 Alt 键后在“图层/图层样式”子菜单中选中它的名字，或者可以在图层效果对话框中取消它的“应用”标记。

⑦ 除了在通道面板中编辑层蒙版以外，按住 Alt 键单击层面板上蒙版的图标可以打开它；按住 Shift 键单击蒙版图标为关闭/打开蒙版。按 Alt+Shif 键，单击层蒙版可以以红宝石色（50%）显示。按住 Ctrl 键单击蒙版图标为载入它的透明选区。

⑧ 按住 Alt 键单击鼠标右键可以自动选择当前点最靠上的层，或者打开移动工具选项面板中的自动选择图层选项也可实现。按住 Alt+Shift，单击鼠标右键可以切换当前层是否与最上面层作链接。

⑨ 需要多层选择时，可以先用选择工具选定文件中的区域，绘制一个选择虚框，然后按住 Alt 键，当光标变成 +₋ 时（这表示减少被选择的区域或像素），在第一个框的里面拉出第二个框；而后按住 Shift 键，当光标变成 +₊ 时，再在第二个框的里面拉了第三个选择框，这样二者轮流使用，就可以进行多层选择，用这种方法也可以选择不规则对象。

8.7 色彩技巧

在 Photoshop 的学习过程中，初学者往往认为在色彩的选择上没有有趣的技巧，其实色彩的设置和选择也有一定的操作技巧，下面我们为你提供的这些色彩操作技巧你是否会觉得十分有趣呢，马上操作一下看看吧。

① Photoshop 是 32 位应用程序，为了正确地观看文件，须将屏幕设置为 24 位色彩。先执行 窗口(W) 菜单中的 新窗口(W) 命令，产生有关新视窗后，再执行“视图/预览/CMEK”，即可同时观看两种模式的图像。

② 单击视窗上的吸管或十字图标，就可由弹出式菜单更改尺寸及色彩模式。按住 Shift 键单击鼠标右键，从弹出的颜色条选项菜单中选取其他色彩模式。

③ 在调色板面板上的任一空白（灰色）区域单击可在调色板上加进一个自定义的颜色，

按住 Ctrl 键单击为减去一个颜色，按住 Shift 单击为替换一个颜色。

④ 通过复制粘贴 Photoshop 拾色器中所显示的十六进制颜色值，可以在 Photoshop 和其他程序（其他支持十六进制颜色值的程序）之间交换颜色数据。

⑤ 打开颜色范围对话框时，可按 Ctrl 键作图像与选取预览的切换。若按 Shift 键可使吸管变成有“+”符号的加选吸管，若按 Alt 键则会使吸管变成有“–”符号的减选吸管，按 Shift+BackSpace 快捷键可直接弹出填色对话框。

⑥ 在选色控制板上直接切换色彩模式，按住 Shift 键后将光标移到色彩杆上单击鼠标即可。

8.8　动作技巧

动作其实是一系列指令的集合，类似于录制好了的宏，在动作的操作中也有如下技巧。

① 若要在一个动作中的一个命令后新增一个命令，可以先选中该命令，然后单击面板上的开始记录按钮，选择要增加的命令，再单击停止记录按钮即可。先按住 Ctrl 键后，在动作面板上所要执行的动作名称上双击鼠标，即可执行整个动作。

② 若要一起执行数个宏，可以先增加一个宏，然后录制每一个所要执行的宏。

③ 若要在一个宏中的某一命令后新增一条命令，可以先选中该命令，然后单击调色板上的开始录制按钮，选择要增加的命令，再单击停止录制按钮即可。

思考与练习 8

1. 写出工具箱中各工具的快捷键。

2. 练习各节所讲的各种高级操作技巧并回答下列问题。

① 绘制一个选区，然后按 Q 键切换到选区快速蒙板模式，这时若要扩大选区的选取范围，应怎样操作？若减小选取范围呢？

② 按 Ctrl+H 快捷键能隐藏选区、路径、辅助线和切片吗？

③ 按 Ctrl+J 快捷键复制一个图层，然后再按 Ctrl+T 快捷键将所复制的图层缩小或旋转一定角度，按 Ctrl+Shift+Alt+T 快捷键能再次重复上一步的操作吗？

④ 绘制一闭合路径，按 Ctrl+Enter 快捷键能将该路径转换为选区吗？

⑤“图层编组”命令的使用时，下一图层是否能和上一图层编组？

附录A 快捷键

Photoshop 快捷键 A（最常用的）

矩形、椭圆选框工具　M
剪切工具　C
移动工具　V
切片工具　K
套索、多边形套索、磁性套索工个　L
魔棒工具　W
修复画笔工具　J
画笔工具　B
橡皮图章、图案图章　S
历史记录画笔工具　Y
橡皮擦工具　E
模糊、锐化、涂抹工具　R
减淡、加深、海绵工具　O
钢笔、自由钢笔、磁性钢笔　P
直接选取工具　A
文字、文字蒙版、直排文字、直排文字蒙版　T
注释工具　N
度量工具　I
矩形工具　U
直线渐变、径向渐变、对称渐变、角度渐变、菱形渐变工具　G
油漆桶工具　K
吸管、颜色取样器　I
抓手工具　H
缩放工具　Z
默认前景色和背景色　D
切换前景色和背景色　X
切换标准模式和快速蒙版模式　Q
标准屏幕模式、带有菜单栏的全屏模式、全屏模式　F

临时使用移动工具 Ctrl
临时使用吸色工具 Alt
临时使用抓手工具 空格
打开工具选项面板 Enter
快速输入工具选项（当前工具选项面板中至少有一个可调节数字）：0～9
新建图形文件 Ctrl+N
用默认设置创建新文件 Ctrl+Alt+N
打开已有的图像 Ctrl+O
打开为... Ctrl+Alt+O
关闭当前图像 Ctrl+W
保存当前图像 Ctrl+S
另存为... Ctrl+Shift+S
存储副本 Ctrl+Alt+S
页面设置 Ctrl+Shift+P
打印 Ctrl+P
打开“预置”对话框 Ctrl+K
显示最后一次显示的“预置”对话框 Alt+Ctrl+K
设置“常规”选项（在预置对话框中） Ctrl+1
设置“存储文件”（在预置对话框中） Ctrl+2
设置“显示和光标”（在预置对话框中） Ctrl+3
设置“透明区域与色域”（在预置对话框中） Ctrl+4
设置“单位与标尺”（在预置对话框中） Ctrl+5
设置“参考线与网格”（在预置对话框中） Ctrl+6
设置“增效工具与暂存盘”（在预置对话框中） Ctrl+7
设置“内存与图像高速缓存”（在预置对话框中） Ctrl+8

编辑操作

还原/重做前一步操作 Ctrl+Z
还原两步以上操作 Ctrl+Alt+Z
重做两步以上操作 Ctrl+Shift+Z
剪切选取的图像或路径 Ctrl+X 或 F2
复制选取的图像或路径 Ctrl+C
合并拷贝 Ctrl+Shift+C
将剪贴板的内容粘贴到当前图形中 Ctrl+V 或 F4
将剪贴板的内容粘贴到选框中 Ctrl+Shift+V
自由变换 Ctrl+T
应用自由变换（在自由变换模式下） Enter
从中心或对称点开始变换（在自由变换模式下） Alt
限制（在自由变换模式下） Shift
扭曲（在自由变换模式下） Ctrl

取消变形（在自由变换模式下） Esc
自由变换复制的像素数据 Ctrl+Shift+T
再次变换复制的像素数据并建立一个副本 Ctrl+Shift+Alt+T
删除选框中的图案或选取的路径 DEL
用背景色填充所选区域或整个图层 Ctrl+BackSpace 或 Ctrl+Del
用前景色填充所选区域或整个图层 Alt+BackSpace 或 Alt+Del
弹出“填充”对话框 Shift+BackSpace
从历史记录中填充 Alt+Ctrl+BackSpace

Photoshop 快捷键 B（文件、编辑操作）

文件操作

新建图形文件 Ctrl+N
用默认设置创建新文件 Ctrl+Alt+N
打开已有的图像 Ctrl+O
打开为... Ctrl+Alt+O
关闭当前图像 Ctrl+W
保存当前图像 Ctrl+S
另存为... Ctrl+Shift+S
存储副本 Ctrl+Alt+S
页面设置 Ctrl+Shift+P
打印 Ctrl+P
打开“预置”对话框 Ctrl+K
显示最后一次显示的“预置”对话框 Alt+Ctrl+K
设置“常规”选项（在预置对话框中） Ctrl+1
设置“存储文件”（在预置对话框中） Ctrl+2
设置“显示和光标”（在预置对话框中） Ctrl+3
设置“透明区域与色域”（在预置对话框中） Ctrl+4
设置“单位与标尺”（在预置对话框中） Ctrl+5
设置“参考线与网格”（在预置对话框中） Ctrl+6
设置“增效工具与暂存盘”（在预置对话框中） Ctrl+7
设置“内存与图像高速缓存”（在预置对话框中） Ctrl+8

编辑操作

还原/重做前一步操作 Ctrl+Z
还原两步以上操作 Ctrl+Alt+Z
重做两步以上操作 Ctrl+Shift+Z
剪切选取的图像或路径 Ctrl+X 或 F2
复制选取的图像或路径 Ctrl+C

合并复制 Ctrl+Shift+C
将剪贴板的内容粘贴到当前图形中 Ctrl+V 或 F4
将剪贴板的内容粘贴到选框中 Ctrl+Shift+V
自由变换 Ctrl+T
应用自由变换（在自由变换模式下） Enter
从中心或对称点开始变换（在自由变换模式下） Alt
限制（在自由变换模式下） Shift
扭曲（在自由变换模式下） Ctrl
取消变形（在自由变换模式下） Esc
自由变换复制的像素数据 Ctrl+Shift+T
再次变换复制的像素数据并建立一个副本 Ctrl+Shift+Alt+T
删除选框中的图案或选取的路径 DEL
用背景色填充所选区域或整个图层 Ctrl+BackSpace 或 Ctrl+Del
用前景色填充所选区域或整个图层 Alt+BackSpace 或 Alt+Del
弹出“填充”对话框 Shift+BackSpace
从历史记录中填充 Alt+Ctrl+BackSpace

Photoshop 快捷键 C（图像、图层操作）

图像调整

调整色阶 Ctrl+L
自动调整色阶 Ctrl+Shift+L
打开曲线调整对话框 Ctrl+M
在所选通道的曲线上添加新的点（“曲线”对话框中）在图像中 Ctrl 加点按
在复合曲线以外的所有曲线上添加新的点（“曲线”对话框中） Ctrl+Shift 加点按
移动所选点（“曲线”对话框中） ↑/↓/←/→
以 10 点为增幅移动所选点以 10 点为增幅（“曲线”对话框中） Shift+箭头
选择多个控制点（“曲线”对话框中） Shift 加点按
前移控制点（“曲线”对话框中） Ctrl+Tab
后移控制点（“曲线”对话框中） Ctrl+Shift+Tab
添加新的点（“曲线”对话框中） 点按网格
删除点（“曲线”对话框中） Ctrl 加点按点
取消选择所选通道上的所有点（“曲线”对话框中） Ctrl+D
使曲线网格更精细或更粗糙（“曲线”对话框中） Alt 加点按网格
选择彩色通道（“曲线”对话框中） Ctrl+“~”
选择单色通道（“曲线”对话框中） Ctrl+数字
打开“色彩平衡”对话框 Ctrl+B
打开“色相/饱和度”对话框 Ctrl+U

全图调整（在“色相/饱和度”对话框中） Ctrl+“~”
只调整红色（在“色相/饱和度”对话框中） Ctrl+1
只调整黄色（在“色相/饱和度”对话框中） Ctrl+2
只调整绿色（在“色相/饱和度”对话框中） Ctrl+3
只调整青色（在“色相/饱和度”对话框中） Ctrl+4
只调整蓝色（在“色相/饱和度”对话框中） Ctrl+5
只调整洋红（在“色相/饱和度”对话框中） Ctrl+6
去色 Ctrl+Shift+U
反相 Ctrl+I

图层操作

从对话框新建一个图层 Ctrl+Shift+N
以默认选项建立一个新的图层 Ctrl+Alt+Shift+N
通过复制建立一个图层 Ctrl+J
通过剪切建立一个图层 Ctrl+Shift+J
与前一图层编组 Ctrl+G
取消编组 Ctrl+Shift+G
向下合并或合并链接图层 Ctrl+E
合并可见图层 Ctrl+Shift+E
盖印或盖印链接图层 Ctrl+Alt+E
盖印可见图层 Ctrl+Alt+Shift+E
将当前层下移一层 Ctrl+“[”
将当前层上移一层 Ctrl+“]”
将当前层移到最下面 Ctrl+Shift+“[”
将当前层移到最上面 Ctrl+Shift+“]”
激活下一个图层 Alt+“[”
激活上一个图层 Alt+
激活底部图层 Shift+Alt+“[”
激活顶部图层 Shift+Alt+“]”
调整当前图层的透明度（当前工具为无数字参数的，如移动工具）0 至 9
保留当前图层的透明区域（开关）/
投影效果（在“效果”对话框中） Ctrl+1
内阴影效果（在“效果”对话框中） Ctrl+2
外发光效果（在“效果”对话框中） Ctrl+3
内发光效果（在“效果”对话框中） Ctrl+4
斜面和浮雕效果（在“效果”对话框中） Ctrl+5
应用当前所选效果并使参数可调（在“效果”对话框中） A

图层混合模式

循环选择混合模式 Alt+ -或+
正常 Ctrl+Alt+N
阈值（位图模式） Ctrl+Alt+L
溶解 Ctrl+Alt+I
背后 Ctrl+Alt+Q
清除 Ctrl+Alt+R
正片叠底 Ctrl+Alt+M
屏幕 Ctrl+Alt+S
叠加 Ctrl+Alt+O
柔光 Ctrl+Alt+F
强光 Ctrl+Alt+H
颜色减淡 Ctrl+Alt+D
颜色加深 Ctrl+Alt+B
变暗 Ctrl+Alt+K
变亮 Ctrl+Alt+G
差值 Ctrl+Alt+E
排除 Ctrl+Alt+X
色相 Ctrl+Alt+U
饱和度 Ctrl+Alt+T
颜色 Ctrl+Alt+C
光度 Ctrl+Alt+Y
去色 海绵工具+Ctrl+Alt+J
加色 海绵工具+Ctrl+Alt+A
暗调 减淡/加深工具+Ctrl+Alt+W
中间调 减淡/加深工具+Ctrl+Alt+V
高光 减淡/加深工具+Ctrl+Alt+Z 选择功能
全部选取 Ctrl+A
取消选择 Ctrl+D
重新选择 Ctrl+Shift+D
羽化选择 Ctrl+Alt+D
反向选择 Ctrl+Shift+I
路径变选区 数字键盘的 Enter
载入选区 Ctrl+点按图层、路径、通道面板中的缩约图
按上次的参数再做一次上次的滤镜 Ctrl+F
褪去上次所做滤镜的效果 Ctrl+Shift+F
重复上次所做的滤镜（可调参数） Ctrl+Alt+F
选择工具（在“3D 变化”滤镜中） V

立方体工具（在“3D 变化”滤镜中） M
球体工具（在“3D 变化”滤镜中） N
柱体工具（在“3D 变化”滤镜中） C
轨迹球（在“3D 变化”滤镜中） R
全景相机工具（在“3D 变化”滤镜中） E

Photoshop 快捷键 D（视图操作）

视图操作

显示彩色通道 Ctrl+~
显示单色通道 Ctrl+数字
显示复合通道 ~
以 CMYK 方式预览（开关） Ctrl+Y
打开/关闭色域警告 Ctrl+Shift+Y
放大视图 Ctrl++
缩小视图 Ctrl+−
满画布显示 Ctrl+0
实际像素显示 Ctrl+Alt+0
向上卷动一屏 Page Up
向下卷动一屏 Page Down
向左卷动一屏 Ctrl+PageUp
向右卷动一屏 Ctrl+PageDown
向上卷动 10 个单位 Shift+Page Up
向下卷动 10 个单位 Shift+Page Down
向左卷动 10 个单位 Shift+Ctrl+Page Up
向右卷动 10 个单位 Shift+Ctrl+Page Down
将视图移到左上角 Home
将视图移到右下角 End
显示/隐藏选择区域 Ctrl+H
显示/隐藏路径 Ctrl+Shift+H
显示/隐藏标尺 Ctrl+R
显示/隐藏参考线 Ctrl+“;”
显示/隐藏网格 Ctrl+”
贴紧参考线 Ctrl+Shift+“;”
锁定参考线 Ctrl+Alt+“;”
贴紧网格 Ctrl+Shift+”
显示/隐藏“画笔”面板 F5
显示/隐藏“颜色”面板 F6

显示/隐藏“图层”面板 F7

显示/隐藏“信息”面板 F8

显示/隐藏“动作”面板 F9

显示/隐藏所有命令面板 Tab

显示或隐藏工具箱以外的所有调板 Shift+Tab

文字处理（在“文字工具”对话框中）

左对齐或顶对齐 Ctrl+Shift+L

中对齐 Ctrl+Shift+C

右对齐或底对齐 Ctrl+Shift+R

左 / 右选择 1 个字符 Shift+←/→

下 / 上选择 1 行 Shift+↑/↓

选择所有字符 Ctrl+A

选择从插入点到鼠标点按点的字符 Shift 加点按

左 / 右移动 1 个字符 ←/→

下 / 上移动 1 行 ↑/↓

左 / 右移动 1 个字 Ctrl+←/→

将所选文本的文字大小减小 2 点像素 Ctrl+Shift+<

将所选文本的文字大小增大 2 点像素 Ctrl+Shift+>

将所选文本的文字大小减小 10 点像素 Ctrl+Alt+Shift+<

将所选文本的文字大小增大 10 点像素 Ctrl+Alt+Shift+>

将行距减小 2 点像素 Alt+↓

将行距增大 2 点像素 Alt+↑

将基线位移减小 2 点像素 Shift+Alt+↓

将基线位移增加 2 点像素 Shift+Alt+↑

将字距微调或字距调整减小 20/1000ems Alt+←

将字距微调或字距调整增加 20/1000ems Alt+→

将字距微调或字距调整减小 100/1000ems Ctrl+Alt+←

将字距微调或字距调整增加 100/1000ems Ctrl+Alt+→

选择通道中白的像素（包括半色调） Ctrl+Alt+1~9

反侵权盗版声明

举报电话：（010）88254396；（010）88258888
传　　真：（010）88254397
E-mail:　dbqq@phei.com.cn
通信地址：北京市万寿路 173 信箱
　　　　　电子工业出版社总编办公室
邮　　编：100036